番茄出版

大地生根

DADI SHENGGEN

天外吹雪◎著

SPM 南方传媒 | 花城出版社
中国·广州

图书在版编目（CIP）数据

大地生根 / 天外吹雪著. — 广州 : 花城出版社，2023.3
ISBN 978-7-5360-9818-3

Ⅰ. ①大… Ⅱ. ①天… Ⅲ. ①长篇小说－中国－当代 Ⅳ. ①I247.5

中国版本图书馆CIP数据核字(2022)第216441号

出 版 人：张　懿
责任编辑：李　卉
特约编辑：钟　溪
责任校对：李道学
技术编辑：林佳莹
封面设计：林　希
封面插画：BEE

书　　名　大地生根
　　　　　DADI SHENGGEN
出版发行　花城出版社
　　　　　（广州市环市东路水荫路 11 号）
经　　销　全国新华书店
印　　刷　广东虎彩云印刷有限公司
　　　　　（东莞市虎门镇黄村社区厚虎路 20 号 C 幢一楼）
开　　本　880 毫米 ×1230 毫米　32 开
印　　张　10.75
字　　数　274，000 字
版　　次　2023 年 3 月第 1 版　2023 年 3 月第 1 次印刷
定　　价　49.00 元

购书热线：020-37604658　37602954
花城出版社网站：http：//www.fcph.com.cn

目　录

第1章　这次不发钱

落沙湖村坐落于武陵山区的深山之中，以喀斯特地貌为主，风光秀丽。村子在深山之中，村口距离镇上直线距离不到七公里，但一条蜿蜒的乡道翻山越岭，弯弯绕绕的盘山公路足足有二十七公里。村里有三百二十七户，共一千零三十二人，以李、覃二姓为主，另有五户熊姓，两户王姓，建档立卡户五十三户。

村里产业就是种水稻和红薯。山谷里形成的水田，和山坡上开垦出来的梯田，种水稻。山坡上无法开垦出梯田的，就形成旱地。水田加梯田，村里人均0.6亩，旱地人均3亩，其余的除开宅基地，不是河道就是森林。一个字：穷！除了穷，再也找不到一个更加合适的字来高度概括这个村子。村里的农民，做梦都想摆脱贫穷，过一过富裕的日子。

上午11点，落沙湖村村部。

村民大会正在召开，主持会议的村主任覃祖浩向村民介绍了进村扶贫的工作组，说到了工作组组长刘镇洪是县委组织部副部长时，参加会议的村民就纷纷开口打断了他的话。

“组织部的官是不是很大啊？”

“刘部长，这次你们扶贫队，给我们村里带了多少钱？”

“上次听说麻峪村得了三十万扶贫款！”

“那是十几年前的三十万！换到现在，值三百万！”

“那恐怕不止三百万，刘部长这次来，可能会有五百万。刘部长，对吧？”

“有扶贫就是好，要是年年都有扶贫就更好了！一年扶个几百万，我们全村都有好日子过了！”

七十几个人坐在原村小最大的那间教室改成的会议室里，七嘴八舌地议论着，神情振奋，目露渴望。大家都看着刘镇洪，仿佛在看五百万现金似的。会议室的门口和窗户边，也站了不少人，同样在不停地议论着。

刘镇洪昨天才到落沙湖村，镇党委书记带着班子成员陪他一起到了村里，开了党员会，又开了两委扩大会。会后，镇党委书记又邀请扶贫工作队先去镇里，具体了解一下落沙村往年的情况，这个情况，镇里比村里可能了解得更加宏观一点。于是，工作队三个人都去了镇上，查翻资料到了晚上，就在镇上住了一晚，今天再次来到落沙湖村。

今天村支两委就召开村民大会，但来的村民并不多，镇里有个副镇长今天也在这儿陪着。工作队共有三人，队长是县委组织部副部长刘镇洪，两名队员分别是何军与王芳。

刘镇洪身为扶贫队队长，站起来笑着说：“看来大家对我们工作队还是很欢迎的啊！”

窗户外面有人吼叫着：“只要有钱拿，我们都欢迎！”

“哈哈哈哈……”

“哈哈哈，是的，只要有钱拿，我们都欢迎！”

“举双手欢迎！”

“热烈欢迎！”

众人哄笑着回应，笑声很欢乐，气氛很热烈。

刘镇洪继续笑着说：“我听大家这意思，欢迎的是钱，不是我们工作队啊！”

有人马上回应：“我们现在穷得只差钱了，当然欢迎钱啊！不欢迎钱，难道欢迎多几个当官的吗？”

“就是……”

“扶贫不就是给钱嘛！”

大家继续笑了起来，笑容里似乎有许多意味，但又像是没有什么意味，只是单纯地觉得想笑。

村支书李相文伸手压了压：“大家安静一下啊，不要乱说，刘部长是县里来的领导，大家要给领导留个好印象！”会议室里的声音小了一些，但众人根本就没安静，依然在说说笑笑。

“好了好了，都少说两句，听刘部长讲！”村主任覃祖浩也开口了，还站了起来，“要是你们一直讲一直讲，那你们是不是要给刘部长扶贫？你们还想不想扶贫了？不想要扶贫的到我这儿登记，到时候把你们的扶贫名额都算到我头上来！”

“祖浩你胃口太大了！”

“祖浩你是不是村主任不想干了，那你下次让给我干！”

“都不要说了，听县领导的。”

“都别讲了，听一下县领导到底带了多少钱下来！”

众人又是一阵哄笑，但总算是安静了。

刘镇洪看到众人安静了，这才笑着坐下来开口：“刚才李书记和覃主任讲我是领导，但我要给大家说明一下，从昨天我来到我们村里开始，我就是我们村的人！昨天村里开了党员大会，我在会上被任命为我们落沙湖村党支部第一书记！从昨天开始，我就是我们落沙湖村的人！不仅仅是我，还有我身边的两位同志——何军同志和王芳同志，都是我们村的人了！”话落音，何军和王芳都站了起来，还对着众人微微鞠了个躬。

“啪啪啪……”

村支书李相文先鼓掌，然后大部分人都开始鼓掌，但也有几个人坐在会议室里，并未鼓掌，还抽着烟。

“那以后是不是可以不用喊你刘部长了？”掌声之中，还有人在大声发问，引得众人又是一阵笑。

刘镇洪同样笑着回答：“不用叫我刘部长，也不用叫我刘书记！你们就直接叫我刘镇洪！年纪比我大的，就叫我小刘；年纪比我小的，可以叫我老刘！啊，我今年三十三岁！”他这个话一说出来，会议室里就又是一通议论。

“啊……三十三岁啊，好年轻，看着像个二十二岁的大学生。”

“是啊，城里的娃儿们就是长得嫩！”

“这个细皮嫩肉的，到我们村里别晒黑了啊！”

“城里娃儿就是会保养！”

“才三十三岁就当县领导了，有能力啊！”

“有能力就多给我们要点扶贫款！”

刘镇洪听着这些议论，脸上一直保持着微笑，没有急着说话。他在当县委组织部副部长之前，在乡镇干过，县教育局也干过，村里的党员会参加过，村支两委的选举会也参加过。对于在开会的时候，有人随意插话这种现象，他是见得很多的。不稀奇。

在他的经历和印象中，各个村里都差不多，只有在党员大会的时候，才能够保持会场纪律，不抽烟不插话。而像村支两委扩大会议上，都有人时不时插话，至于村民大会，根本没可能做到那么好的纪律。但只要有点儿耐心，会议还是可以很顺利地开下去的。因为村民们议论几句之后，就会自然安静下来。果然，几句讨论过后，就没人说话了。

刘镇洪就继续说话：“这次我们来扶贫，跟以往是不一样的。我们三个人，是要真正把自己当成落沙湖村的人，吃在落沙湖、住在落沙湖、干在落沙湖！落沙湖不脱贫致富，我们工作队不撤离！”

“不要光讲那些好听的！”一个满嘴络腮胡子的中年男人粗声粗气地叫嚷着，“赶紧说这次有多少扶贫款吧，扶贫款下来了怎么分？是按家庭分，还是按人分？”

“肯定按人分！按家庭分有多有少，按人最公平！”

“对，按人最公平！”

“就按人分，都不要吵了，听刘部长讲，讲完了好分钱！”

“对，不要讲套话了，赶紧讲点儿实在的，算一下一个人能分多少钱！”

众人的声音一个高过一个。大家谈到钱，都特别兴奋，嘴角都笑得歪了，有些人的手指头就情不自禁地捻了起来。主持会议的村主任覃祖浩嘴角扯了扯，这些人把落沙湖村的脸都丢光了！他一肚子闷气，站起来大吼：“都听好了啊！我告诉你们，这次扶贫，只扶贫，不发钱，不分钱！”

村民们一听这个话，立马炸锅了！

第2章　我有几个问题

“不发钱？”

“不发钱你扶什么贫？”

“是不是你们村干部把钱都贪了？”

“我就知道没那么好心！喊我们来开会，说是扶贫，其实就是扶村干部的贫！”

各种难听的话此起彼伏，如同一个个波浪，在村支两委的成员们心头冲击着，令他们有口难辩。何军与王芳对望了一眼，目光中满是担忧。他们俩都很年轻，都没有乡镇的工作经验，没想到农村实际情况是这样的。这以后的扶贫工作，可怎么做啊？感觉就是一团乱麻毫无头绪！目光对视之后，何军与王芳又同时看向了刘镇洪。他们看到，刘镇洪的微笑一直挂在脸上，根本就没受到眼前这个情况的影响，顿时镇定了不少。

这一次村民们的议论，或者说是对村干部的明嘲暗讽越来越强烈，似乎没有了停止的迹象，就连村支书和村主任连续喊了几遍，也止不住他们在会场上的高谈阔论，和以前召开村民大会的场面相比，完全不一样了。扶贫工作队下来却不发扶贫款，这个消息，听在村民们的耳朵里，疼在了他们的心尖上。眼见众人短时间之内，不肯安静下来，刘镇洪就再一次站了起来。他这一站起来，众人顿时就把目光都集中到了他身上，然后也安静了下来。

刘镇洪双目炯炯有神地看着众人，大声说道："乡亲们，我向你们保证，扶贫款，村干部一分钱都没有拿到，而且，扶贫款也不会到他们的手里！"

"哗……"

会议室里发出了一片低沉的嘈杂声，但没有人像先前那般质问了。

刘镇洪没有理会这嘈杂声，大声问道："有没有人想问，那扶贫款到底在哪里？这个问题，大家想不想知道？"

"想！"众人异口同声地回答。

随后又有零星的发问："那扶贫款到底在哪儿？刘部长你是不是想绕过村干部，直接发到我们手里？这样好，这样好！"

刘镇洪没有直接回答这个问题，而是说："在说到扶贫款的问题之前，我要先把我们工作队的目标给大家讲一讲。我恳请各位乡亲，恳求大家，在我接下来讲我们工作队的目标的时候，大家不要总是打断我的话，就算要打断，那打断的时间能不能短一点儿？一次一分钟之内好不好？"

"好！"

得到这个回答，刘镇洪这才继续说："我们工作队这一次来落沙湖村扶贫，不是简单地给大家发点钱买点种子那么简单。我们这一次，是要让整个落沙湖村全部脱贫，还要让落沙湖村整体致富奔小康！大家不要急着问，听我说完！"本来要开口问话的几个人，直接就把问题憋在了肚子里。

刘镇洪伸出一根食指向上方指着："刚才我说的就是我们的一个总体目标，那么这个目标要怎么完成呢？"说到这儿，刘镇洪又弹出了中指，呈两个指头向上的手势，嘴里说着："用两个方式来完成这个目标：一个方式是送出去，一个方式是收回来！那么，要用多久时间呢？”这时候，刘镇洪手上竖起的手指从两根变成了三根，嘴里富有激情地喊出一句话：“三年！三年时间，让落沙湖村人人脱贫、家家致富！”

没有人发问，也没有掌声。村民们带着困惑的目光看着刘镇洪，似乎没听懂他在说什么。

刘镇洪手上伸出的指头又变回了一根，对着村民动情地说：“要达成这个目标不容易！这需要我们全村人一起努力，团结一致，搞项目、做产业，确立一个主要项目，带动其他辅助产业，要把钱用在一处，劲使在一处，这样才能够干大事，也才能够干成事！这样才能够避免今年脱贫明年返贫的情况出现，才能够让村里拥有可持续发展的长远产业，才能够让村里真真正正脱贫、切切实实致富！”

村支书李相文带头鼓掌。村民们鼓掌的不多，掌声稀稀拉拉的，不过村民们之间的交谈声，倒是渐渐大了起来。

“他在说什么？”

“他讲的每句话我都听懂了，但就是不知道是什么意思。”

“好像是说要钱一起用？搞项目，是不是要办厂？我看可以办个砖厂！”

“一起办厂？办什么办，扶贫款是国家发的，大家直接分了！”

“对，要是办厂钱有几个能够落到老百姓头上？国家给的扶贫款，不能让他们糟蹋了！分钱！”

“对，分钱！”

众人都开始大声叫喊了起来。

村支书李相文和村主任覃祖浩赶紧出声维持会场秩序，让大家都先安静，听刘部长详细说。

大部分村民都听了话，但还有四个人不听，仍然不依不饶，叫嚷着要分钱。特别是之前那个络腮胡子的男人，叫嚣得最厉害。

这时候，一声苍老的声音响起。

“李兴旺，你给我闭嘴！开大会的场合，不要给我胡搅蛮缠！组织上派出了工作队过来，就是帮我们村里脱贫致富的！组织上有组织上的考虑，工作队还要听你指挥吗？你是想要把工作队气回去，不给我们扶贫了吗？”说话的是一个满脸皱纹，脸庞消瘦，却没有留胡子的老人家。

“永定叔，我没那个意思……我就是，就是……”络腮胡子的声音一下就小了很多，眼神飘忽，吞吞吐吐找着理由。

老者站了起来，对着络腮胡的李兴旺说：“我不管你是什么意思，今天开会就好好开会！有意见你给相文提，给祖浩提都可以，不要在大会上捣乱！”

李相文就凑到刘镇洪耳边，轻声说：“这是我们村里的老党员，老同志，叫李永定，算辈分是和我爷爷一辈的，我在村里辈分比较小。他年纪有点儿大，但觉悟相当高！”刘镇洪点点头，没说话。

李兴旺不说话了，看到他不说话，另几个和他一起起哄的人，也不说话了。这时候，整个会议室，直接就安静了下来。

老同志李永定还是站着，没有坐下，他把目光从李兴旺脸上移开，看向了刘镇洪，用他那洪亮的声音说：“刘部长，我是村里一名老党员，我有几个问题，要问一问，可不可以？”

第3章　比以前复杂了啊

“可以，完全可以。”刘镇洪点点头，看着李永定，脸上的笑容不变，“党内同志之间，有意见和建议，都可以直接提，我们都是欢迎的。”

李永定点点头：“那我先自我介绍一下，我叫李永定，今年七十八岁了，是一名老党员。首先，我对扶贫队能够来我们村里扶贫，我代表全村的群众，感谢你们，感谢组织上对我们村里的关心。”刘镇洪面带微笑看着他，微微点头，示意自己在认真地听着。

李永定歇了一口气，又继续说道：“刚才刘部长你讲过，要在我们村里搞项目，搞产业，而不是发钱，这个思路，我是支持的！”

刘镇洪说：“谢谢老人家的支持，家有一老，如有一宝啊！”

李永定也看着刘镇洪，一脸严肃地问：“但我想问一下刘部长，你们这次来，是准备在我们村里搞什么产业？搞什么项目？是你们扶贫队自己拿钱来办厂搞项目，还是从外面拉大公司来给我们投资搞项目？”

刘镇洪沉吟了一下，说：“具体准备怎么搞项目，搞什么项目，这个问题，暂时还没有确定！我们这次不是带着项目来的，而是带着解决问题的决心来的！”

“没项目还有什么好说的？什么思路都没有，还不如发钱！”又有人开始嘀咕了起来。

李永定顿时一扭头，目光扫过，出声的那一片立马鸦雀无声。刘镇洪看着这一幕，心里确定了，老同志李永定在村里的威信很高！

“那你对我们村里的情况，了不了解？”李永定把头扭回来，继续看着刘镇洪，“我们村里有多少人，有多少贫困户，一个人有几分田几亩地，田里地里产出是什么，适合种什么，这些问题，你都了解吗？”

问题很犀利啊！老同志很认真，也很明白，不是一个容易糊弄的人。当然，刘镇洪这次带队来扶贫，就是下定了决心要认认真真扶贫，踏踏实实干事的，根本就没想过要糊弄谁。共产党员，就是要全心全意为人民办实事！

刘镇洪摇摇头：“老人家，说句实在话，我昨天刚刚到村里，对于村里的实际情况，我还没有一个详细的了解。正因为没有详细的了解，所以，我们才没有确定要做什么产业，要做什么项目。我们这次是要实实在在解决问题的，不是搞纸上谈兵的。所以，我们工作组，未来还要花一些时间，到村里的水田和山地都实地走一遍，拍照片拍视频，还要请农业林业方面的专家过来，分析气候，分析土质和水质，看看村里到底适合搞什么产业！然后才能够讨论具体的项目。没有调查就没有发言权，我现在对村里的情况还是一头雾水，所以不敢乱讲啊！”

“好！”李永定那张严肃的脸上，终于露出了笑容，“刘部长你这么讲，我就放心了。你讲得这么实在，那是一个干实事的人！你刚才要是直接就讲要搞什么项目，那你就是在哄人！那我们村里就什么项目都不敢让你搞！”

刘镇洪就哈哈大笑了起来：“那老人家你现在相信我了吧？”“现在还没完全相信。”李永定笑着说，“现在还要看你的实际行动，有些人嘴上讲得一套一套的，但落不到实际上来。我要看看你刘部长能不能说话算话！”

“刚才说了，不要叫我刘部长，年长的，都叫我小刘，亲切！”刘镇洪说，“能不能说话算话，我自己不评价自己，我等大家来评价我！等同志们、等乡亲们来评价我！路遥知马力，日久见人心。只要村里一天没脱贫，我就在村里住一天！”

“好，那我就看着你，以后再评价你！”李永定也哈哈大笑，“我今年七十八岁，我就等到你小刘给我们脱贫！今天不问你了，等你先在村里搞调查，调查完了，再问你准备怎么搞项目搞产业！”

听到李永定这么说，村支书李相文也赶紧大声说：“对对对，先搞调查，调查完了，再讨论这个问题。我们落沙湖村其实资源还是有的，有山有地有河有湖，还有溶洞，就是没钱搞开发，按理说旅游都可以搞，就是交通太不方便了，游客进来不方便。”村主任覃祖浩也说：“是的，只要交通搞好，架几座桥钻几个隧道，直接连接市里修条高速公路，那我们这里光搞旅游，以后发展都不简单！我们有湖，还有洞，山上再搞点儿花园什么的……”

李兴旺冷冷一笑：“想得美！从村里到市里现在要两个多小时，中间全是山，一条高速公路修下来，恐怕要几个亿，甚至几十个亿，哪有这个钱？要有这个钱，就算不修路，直接发给我们村里，平分下来，人人都是富豪了！”

这家伙脑回路就是如此清奇，不管是什么资金，他都要平分。也许在他看来，什么发展不发展的，都没有直接拿到手的钱实在。你说他蠢吧，他小聪明多的是，你说他聪明吧，但又总是鼠目寸光，只顾眼前不考虑将来。干事的时候，从来不想大局，只顾着自己的小利益。说话的时候，也不考虑别人的感受，只顾着自己出风头。不仅仅自己想不劳而获，还处处鄙视别人的勤劳。想一想，其实哪里都有这种人。

有个人看不过去了，直接怼了一句："李兴旺，就你这种只想着天上掉钱的人，就算天上真的掉钱，也没你捡的份！"说这话的，是一个女性。

"我捡不到你就能捡到啊？"李兴旺回怼了过去，"覃香秀，你今年都二十八了！一个老姑娘，天天就只知道蹲在家里也好意思？搞得现在全镇都知道我们村里有个姑娘，二十八岁了还没出嫁，以为我们村的姑娘都嫁不出去，搞得我们村里其他人嫁姑娘，彩礼钱都收不高了！你简直就是我们村里的祸害，你也好意思在这儿说我？"

二十八岁的姑娘覃香秀顿时就站了起来，指着李兴旺说："二十八怎么了，我吃你家饭了？李兴旺你嘴巴给我放干净点！你自己嫁女儿收高价彩礼，你是嫁女儿还是卖女儿啊？人家要个彩礼钱，嫁女儿的时候，彩礼钱都全部给了女儿当嫁妆，你倒好，彩礼收了就成你自己的了，给女儿的嫁妆还要女婿另外出！你把我们落沙湖的脸都丢光了！现在外面人讲到我们落沙湖，除了讲我们穷，还讲我们不要脸！"

李兴旺暴跳如雷："覃香秀你再讲一句试试！信不信老子打死你！"

覃香秀也不是吃素的，双手叉腰："你试试！"

这架势，看样子是要打起来。

老同志李永定面若寒霜："吵什么吵？还嫌不够丢脸吗？这里是会场，不是你们吵架的地方，你们两个再吵，就都给我出去！"

覃香秀就坐下了。李兴旺没有坐下，一转身，向着门口走去，边走边说："这个会开起又有什么意思？也不分钱，说要搞项目。现在连搞什么项目都不知道，村里的情况都还没调查清楚，还讨论什么？有什么好讨论的？走走走，吃中饭去！"

"走走走，没意思，没意思。"有几个人也附和着，跟着他一起走了出去。然后在门外的人，也开始三三两两地离开。

见到这个情景，会议室里面的人，也有些站了起来，或者说家里有事，或者说要去做农活，又走了一批。眼看着最后落在会议室里的，只有不到三十个人，刘镇洪就感觉到，现在的农村工作，比他当初在乡镇干的时候，复杂很多了啊！

第4章　知道为什么吗

这一次的村民大会，不痛不痒地结束了。

刘镇洪深切地感受到了未来工作的难度，但他并没有气馁，也没觉得今天这个会，是对他的伤害。因为开这个村民大会的本意，并不是要马上就决定在村里做什么扶贫项目，而是要和大家统一思想，给大家讲明白为什么不分扶贫款，却去统一做项目的道理。一开始，他也没想过只靠一次村民大会，就统一思想。农村工作没有那么容易的。他在乡镇干过，深知农村工作的难度，也做好了多开几次会，甚至是每家每户实地走访，分别谈心的打算。但他没料到，村民们的反应，会那么强烈。好在，村里的党员觉悟，还是很高的。这在以后的工作中，会是一个很好的助力。一定要想办法充分发挥村支两委和党员的带头作用，只有这样才能够带动全村的村民，有一个思想认识上的转变。从只顾眼前利益，到长远考虑的转变。

会议结束后，村民们都走了，但扶贫队三个人都没走，副镇长郭毅也没走，村支两委成员也留了下来。会议室里，李相文和覃祖浩脸上都有些讪讪，觉得今天这个会开成这样，他们两个人是有责任的，也怕刘部长和郭镇长心里不舒服。

覃祖浩一脸自责地说道："刘部长、郭镇长，村里太穷了，我们这里的人也没什么文化，又没见识，穷山恶水出刁民，都是我们村里工作没做到位，让两位领导看笑话了，请领导批评。”

副镇长郭毅接过话说：“刘部长，这个情况其实在农村很常见。开村民大会的时候，吵吵闹闹是常事，迟到早退都是家常便饭，有时候为了几块钱也能够争个头破血流，甚至为了半尺宽的地，亲兄弟反目的都有。说白了，都是穷怕了，针鼻子大点利益，都记到心尖子上去了，生怕自己吃亏。”

刘镇洪就哈哈笑着说：“这个我知道，我也在乡镇干过。今天这个会，开得很有意义，让我们工作队了解到了我们落沙湖村到底是个什么样子，村民们心里到底是怎么想的。这是很好的，很有意义的。啊，要是开会的时候，村民们都不敢说出来心里怎么想的，不肯表达出真实的意见，我说什么，他们都点头说好，那我还要怀疑，你们是不是在哄我们工作队！”李相文和覃祖浩就赔着笑。

刘镇洪又说：“不要以为我在讲套话！我告诉你们，我讲的都是真话！我们这次过来，在村里长驻，也是真话！不仅是长驻，还要长住，住宿的住！”

“刘部长和工作队在村里长住，这是我们村里的福气啊！”李相文说，“你们工作队这是真正地深入工作、深入生活，村里一定会把工作队的食宿都安排好。昨天你们到镇上去了，时间也太紧了，今天早上我和村主任商量了一下，决定给工作队专门安排一个房子！再安排个人煮饭洗衣服，让工作队能够更加专心地把扶贫工作做好！”

刘镇洪摆摆手：“不要搞特殊。我们来村里是扶贫的，不是享受的，洗个衣服做个饭，还要找专门的人，那我们还扶什么贫？在村里的食宿，我们有经费补贴，也不用专门安排一个房子，就把我们工作队三个人，分别安排在三户农户家里，这样我们才能够真正融入村里，真正地从心里把自己当成落沙湖的村民。如果单独安排一个房子，里面就住着我们三个人，那我们工作队，虽然人在村里，可心跟大家还是隔了一层呀。你们说，是不是这个道理？”

扶贫队员何军说：“对对对，就是要住进农户家里，才是真正的深入群众。”扶贫队员王芳也赶紧说：“住进农户家里好，可以随时了解到村民心里真正的想法！”

“这个……”村主任覃祖浩有些为难地说，“我们村里农户的家庭条件，都不怎么好，吃的住的，都没什么讲究，怕你们不习惯啊！”

“正是因为条件不好，我们扶贫队才过来嘛。”刘镇洪说，“没有什么不习惯的，要是连这个都受不了，那我们三个人也不会过来了。放心吧，我们三个人分三户住，三个人的食宿补助呢，也全部给那三户农户，当我们交的住宿费和伙食费。”说到这儿，刘镇洪稍稍一顿，又补充了一句：“找三户贫困户安排我们住进去，我跟何军同志是男同志，你们随便安排就可以了，就安排进条件最差的住户，但家里要有男人的，不要让人说闲话。王芳同志是女同志，又是刚毕业才工作一年的大学生，安排个条件相对好一点儿的家庭，最好家里也有女孩的。”

王芳马上说：“不用特殊照顾我，给我安排最困难的家庭就可以了。我没问题的！”

“那可不行。”刘镇洪笑着说，“我们干扶贫工作，要能够吃苦耐劳，但也不用故意吃苦耐劳。我们既要用心努力工作，也要考虑现实困难。你一个女同志，平时也有些不方便，起码你住的地方，总要有个私密空间吧？你一个女同志，安全问题和隐私问题也要考虑进去吧？”

王芳：“我……”

“我这可不是性别歧视，我这是具体问题具体分析。”刘镇洪摆摆手，打断王芳的话，“生活上对你有了照顾，工作上我对你还是一样的严格要求。住宿问题听我的，你不要再说了，工作上好好做，我们一起努力，把落沙湖村的局面改变，让落沙湖村从全县最穷的村成变人人羡慕的村，那才是最重要的事情。王芳同志，有没有这个信心？”

“有！”王芳大声回答。

“好，那就这么安排。”刘镇洪对李相文和覃祖浩说，“李书记、覃主任，那王芳同志的住宿，就要你们两位多费心，找一个合适点儿的。我和何军同志，随便安排就行了。今天晚上，我们三个人就要分别住进三户农户家里。”说到这儿，刘镇洪就笑了起来：“床上用品和牙刷牙膏衣架等生活用品，我们三个人都自己带了的！昨天晚上李书记还说我们被套都自己带了，看起来是真的要长住了。现在我解释 一下，为什么我们三个人要自己带被套这些生活用品？为什么，你们知道吗？”

“自己的被子自己睡，才睡得踏实，睡踏实了，才能够更好地工作。”这是李相文的回答。

“这个应该也是出于卫生方面的考虑吧？”这是覃祖浩说的话。

郭毅就面带微笑不说话。

第5章　会说话

又有几个村干部也回答了几个答案。

刘镇洪摇摇头，叹息一声，说：“其实说起来，真正要融入农村，就盖乡亲们的被子不行吗？完全没问题。那为什么我们还要自己带呢？你们刚才都说了很多理由，但都没说到点子上。”

郭毅这时候才插嘴问了一句：“那到底是为什么？”

“因为如果我们不自己带的话，哪怕我们真的要睡村民的旧被子，你们能让我们睡吗？”刘镇洪脸上带着似笑非笑的表情，目光在众人脸上扫过，然后才继续说道，“我就算是再三强调，不能给我们买新被子，你们就不会买了吗？只要我说我们要住农户家里，哪怕我守着你们几个，你们也有办法在我们去农户家里之前把新被子送到农户家里！到时候，我批评你们也好，我不用新被子也好，能够改变新被子买了的事实吗？”

李相文和覃祖浩就一脸尴尬地笑着，不说话。很显然，刘镇洪说出了他们心里真正的想法。郭毅就叹息了一声，然后点点头：“刘部长用心良苦啊！这一招算是釜底抽薪！根本就不给机会，自己带着被套就过来了！刘部长，看来以前你在基层工作，是真真正正踏踏实实地深入群众了的，要不然你不会有这么深刻的感受。有刘部长这么深入群众融入基层的扶贫队长，落沙湖这次肯定能够脱贫致富，成为人人羡慕的美丽乡村！”

刘镇洪笑着点头：“这个还需要镇委、镇政府和村支两委的大力支持，还需要全村父老乡亲的辛勤付出……好了，多话不提了。今天中午，我个人请大家吃个简单的中午饭，然后下午马上就实地考察走访，扶贫工作，不能只停留在口头上，一定要深入实地。李书记，我昨天来村里的时候，看到村口有个小卖部，我们现在就一起去小卖部，买方便面，我私人请大家吃一顿方便面，吃完马上投入工作！大家都不要嫌弃啊！”

李相文赶紧说：“刘部长你刚来，怎么能让你请客呢？去我家吃吧！”

“看看，我说什么了？”刘镇洪对着李相文说道，“这还只是吃个中午饭，你就要抢着请客，你说这个情况，我敢不带着被套和生活用品过来吗？啊？”

众人都笑了起来。刘镇洪接着说：“今天中午我请客，就吃方便面了。咱们抓紧时间，吃完了今天下午还有整整一个下午的工作，爬山下河的，就不要在中午饭上面浪费时间了。走吧！”

“刘部长真是雷厉风行啊！”郭毅感慨了一句，然后对李相文说，“李书记，那我们今天就听刘部长的吧，吃一吃领导的大户！”李相文这才答应下来，嘴里还在一个劲地自责，说自己没有尽到地主之谊。

一行人步行到了村口的小卖部。说是小卖部，其实就是村里一户人家，开了个杂货铺，里面的东西不多，但方便面还是有的。只不过，方便面的包装上，蒙了一层灰。小卖部的老板娘听说是县里的领导过来，赶紧拿起一张抹布，准备在方便面的包装上抹一抹，但抹布才刚刚拿起，又被她放下了，跑到桌子那里，拿了一卷纸巾，扯了好长一截，然后在方便面的包装上面擦了起来。

“路边灰多，你们等一下，我擦一擦。”她脸上露出不好意思的笑容，手上的动作非常利索。

刘镇洪笑着说：“拿过来我们自己擦吧，其实擦不擦都没事，吃的是里面的面，又不是吃包装。”

王芳看着这一幕，心里觉得那卷纸不是用来擦嘴的那种抽纸，而是用来放在卫生间的纸巾。她嘴唇动了动，却没有把心里想的话说出来，只是咬了咬嘴唇，在心里默默地告诉自己，自己是来扶贫的，不是来享受的！

“一包吃不饱的就吃两包，两包吃不饱就吃三包。”刘镇洪笑着对众人说，“下午肯定是要费体力的，中午就吃饱点。我吃两包！另外，老板，你看他们是喝水还是喝饮料，自己拿，我统一结账。但不准喝酒啊！”郭毅笑着说：“中午坚决不喝酒！”李相文也笑了起来：“就着方便面喝酒，我还真没喝过！”

“说起来，我喝过。”覃祖浩接过话，露出一脸追忆往昔的神色，“那是我第二次去广东，在火车上，我就着一碗方便面，喝了两瓶啤酒！”

“味道怎么样？”

“是不是比吃饭的时候喝酒更爽？”

“火车上的啤酒不便宜吧？”

“祖浩你可真会过日子，火车上还要喝几口！”

众人七嘴八舌地议论了起来，带着调侃与追忆。毕竟，落沙湖村的村民，很多都去过广东打工，南下的火车，是他们曾经的青春，承载着他们多年之前的梦想。只是那梦想，早已远去，现在只要别人不提起，自己做梦都不会梦到了。

“老话说得好，方便面配酒，越喝越有！”一个在小卖部休息的村民就摇头晃脑起来，“你们村干部是不是看到县领导来了，就不敢喝了？”

覃祖浩马上说："就是县领导没来，我们村干部中午也不喝酒！"众人又是一阵哄笑。

今天吃泡面的人有点多，好在小卖部有三个电热水壶，烧水速度不慢。这种家里有三个电热水壶的，绝对是村里的富豪级别了。不久之后，刘镇洪就会了解到，在落沙湖村，很多家庭连一个电热水壶都没有，尽管那东西并不贵，但多数村民还是用不起。或者说，舍不得用。

有说有笑地吃完了泡面，又喝了些水，结账的时候，李相文和覃祖浩抢着要付款。

刘镇洪就笑着说："李书记、覃主任，这个你们不要和我抢。我今天是正式住到村里来了，以后也是村里的人了，你们总不能让我刚一进村，就言而无信吧？啊？这样的话，以后我要讲个什么话，说个什么事，恐怕都没人会相信了！"他这么一说，李相文和覃祖浩才没有再争。

郭毅一直都是面带微笑地看着，他也深深地明白了，刘镇洪年纪轻轻就已经是县委组织部副部长了，看来不仅仅做事能力强，说话的艺术，也非常高超。这样的干部带队来扶贫，可以更好地融入农村更好地和农户沟通。他在基层工作，深知在农村，很多时候，会说话，你做事就可以事半功倍。相反，如果不会说话，哪怕出发点再好，村里的农户也会反感你，这一反感，无论你想干什么事，农户都不配合。就目前来看，这个刘部长，说话方面完全没问题，绝对是个和农户沟通的高手，来对了！

第6章　你要主持公道啊

刘镇洪付了款，是微信转账。落沙湖村虽然穷，但小卖部老板娘还是紧跟时代步伐，支付宝和微信都有，但没有放二维码在柜台，而是拿出一个老旧的智能机，点开二维码让刘镇洪扫她的。用她的话说，二维码放在桌子上，万一被别人给换了呢？那不就转账转到别人那里去了？她不能做这个亏本生意！

付完款，看到有些人已把一瓶水喝完了，刘镇洪就又叫老板娘给每人拿了一瓶水，同样扫码支付。这一次，他没征求别人的意见，问别人是要饮料还是水，而是直接就做出了决定，全部都买水。买完水，就没再休息，每人都拿好自己的水，出了小卖部，沿着村道往上走，目的地是村里最大的一片山地——樟木垴。

李相文走在最前面带路，只走了一小段水泥路，便直接踏上了用不规则的石块铺成的简易台阶。台阶都被踩得很光滑了，幸好今天出太阳，不然冬天还不知道会不会结冰，会不会打滑。

台阶上完，又到了水泥路上。

李相文却没有沿着水泥路继续走，而是走了边上的山道，边走边说：“走公路有点儿远，我们直接从这边小路上去。刘部长，走走山路没问题吧？”刘镇洪笑着说道：“今天怎么走，我们都听你的。你不要问我，问我肯定就是没问题，只要你们能走的路，我就能走，走不上去，我手脚并用，爬也要爬上去。”“这个没问题，肯定不用刘部长你爬。”覃祖浩接过话，“樟木垴虽然是山，但山势不算太陡，虽然这个在平原地区算是很陡了，但在我们这里，还是比较平缓的，要不然山上也开不了山地。”

“这个山看着不算很陡。”刘镇洪点点头，然后又问，“村里的山地都在这个樟木垴上面吗，是叫樟木垴吧？”覃祖浩说：“村里百分之六十的山地，都在樟木垴上。别的山上也有，但都不成规模，只有樟木垴上面，整片山上都是地，成规模了。”

刘镇洪停下脚步：“有多大规模？”“樟木垴可用来耕种的地，总共有三千多亩。”覃祖浩伸手指了指面前的山，“都是耕种了几十年的熟地，包谷、红薯、土豆、花生、油菜、小麦都可以种，不过现在都没怎么种了，至少三分之二的地是荒在那儿的。”

“怎么荒了？三千多亩熟地，这个面积不小了啊，要是都种起来，收入应该也不错啊！”刘镇洪又问，然后边问边往前走。这时候，走在前面的李相文就回话了：“也不是不想种，而是种出来东西，基本上也就是保个本，很有可能还会亏。”

“哦，怎么会亏？”

李相文一条一条细说：“这个亏是多方面的。一方面呢，樟木垴上面地是多，也都是熟地，但地里很多石头，至少有三分之一的地，土壤层非常薄，根本就存不住水。而这个山上，山虽然不陡，但是山高，没有水，只能靠天上下雨。所以，产量一直上不去，然后买种子化肥农药，成本一算下来，再加上人工，划不来。做个简单的计算，去广东打工，一个月包吃包住三千块钱，那一年有三万六，要是一个月有五千块钱，那一年有六万。种这几亩地，一年拼死拼活，能够搞个几千块钱收成都不错了。”覃祖浩接过话说：“另外还有一个，现在樟木垴上面，有三分之二的地里，都种了椪柑树，树都长得很大了，地里再种东西，也不好种，所以就懒得种了。”

“有椪柑啊，三分之二的地，那这就有两千多亩椪柑，按道理讲，村里一年收益应该也可以啊！”刘镇洪就不明白了，落沙湖村，这条件应该是不错的啊，怎么就弄成了全县最穷的村呢？不应该啊！

说话的时间，就已经踏上了山里的小路。说是小路，但实际上，这路有三米多宽，看得出来是挖过了，只是路上凹凸不平，路边挖出来的土壁痕迹上，树根横七竖八地戳着，黄土块松动得仿佛随时能掉几块下来。

“我们这里也不知道是土质原因还是什么原因，椪柑树上结的果子大果很少，中果小果居多，而且甜度不够。”李相文苦笑一声，伸手往上一指，“再一个，我们这里到镇上，有二十七公里，这还是从村口算，要是加上山上的那条泥巴路，又要多出来五六公里。然后从镇上到县里，还有四十公里左右，从县里到市里，有七十三公里，到了市里才能够上高速。运输不方便，来收货的老板就少。”

覃祖浩在旁补充：“而且，从镇上到我们村里的路，只能跑一般的货车，有几个弯道太弯了，后八轮都转不了弯，开不到村口。所以一般是用三轮车从山上把椪柑拖回家。然后再到村口集中装到小货车上，小货车再拖到镇上，装到收柑橘的老板的大车上，这中间的环节太多了，收购价又低，来回折腾下来，除开了农药化肥，卖椪柑的那几个钱，连工钱都保不到，硬亏！”

“原来如此啊！”刘镇洪点点头，继续往上走，边走边反思。看来自己离开乡镇这些年，对于农村工作，也有些脱离实际，有些想当然了。开始听到有几千亩山地，第一感觉就是村民应该会有钱，却压根儿就没想过这些地本身是肥沃还是贫瘠，然后听到村里有两千多亩的椪柑树，也是只想着椪柑能卖钱，却没算过各种成本。刘镇洪在心里有些自嘲，觉得自己刚才真是有些自作聪明了，其实只要认真想一想，如果这些椪柑树真的能够为村民们带来丰厚的回报，那村民们又怎么会收入那么低呢？这世上，大部分人都不蠢，都会算账的！

这时候，已经走到了一边是山林、一边是果林的地段了。放眼望去，椪柑树一片接一片，郁郁葱葱，有不少椪柑树上，还挂着红红的椪柑。

覃祖浩随手扯了几个椪柑，递给刘镇洪等人："来，刘部长，郭镇长，大家都试试我们这儿的椪柑。这个口感真的很一般，果子也不大，所以有很多都懒得摘回家了，因为真的不好吃。没有市场竞争力，吃又吃不完，卖又卖不掉，很多都烂在地里了。"

说着，他随手往地上指了指。刘镇洪其实在他说之前，就看到了地上掉落的椪柑果子。剥开了手上的椪柑，刘镇洪往嘴里塞了一瓣。

"有点酸啊！"

"是有点酸。"

"按道理讲现在都过了打霜的时间了，果子在树上挂到现在，顶多也就是味道有点馊，但不至于酸啊，你们这儿的椪柑居然现在还是酸的，这个卖到市场上，完全没有任何竞争力啊！"

王芳也吃了一瓣，感觉太酸了，伸手就把手里没吃完的递给了何军，然后问李相文："李书记，我看你们这里的椪柑树都很大了，这个树栽下去有好几年了吧？"

"那不止，至少有二十年了。"李相文笑着说，"我想想啊，应该快三十年了，具体哪一天栽的我还真想不起来，但肯定是九几年的时候栽的，1995年之前！"

"那时间很长了啊。"郭毅感叹了一声，"好像听过一个说法，柑橘树一般也就三四十年的寿命，一般过了二十年，结的果子质量就一年不比一年，下降得厉害。而且你们这里的柑橘，也不可能达到薄肥多施的标准，所以实际寿命和挂果年限，可能比理论上的更差一些。正好刘部长他们来扶贫，可以叫刘部长请专家过来，看看这一片山可以搞什么项目。柑橘还是不要搞了，市面上太多了，就算果子再好，也卖不出价。还是要搞市面上不多的东西，价格贵的东西，这样才有利润！”就在话音刚落的时候，一个声音在后面喊了起来：“领导，领导！我的地被别人抢了，你要给我主持公道啊！”刘镇洪转身回头望去，只见一个老年妇女气喘吁吁地从小路上追了上来。

第7章　听她说

这是一个头发斑白的老年妇女，她追上来的动作非常矫捷，身形消瘦，但气喘得厉害。刘镇洪明白，山里的人别看有时候气喘吁吁的，但爬山路的速度还是很快的。

“领导！他们都欺负我们孤儿寡母，你要为我们做主啊！”她喘着气叫喊着，但是声音特别洪亮。

刘镇洪看了看身边的人，问：“这是我们村的人吧？”既然已经把自己当成落沙湖村的人，那他自然会在说话方面很注意了，一口一个我们村，直接就拉近了自己和村里的乡亲们的距离。当然，这不是一时之间的事情，需要一个长期的过程，但至少，会让听到的人，心里舒服，觉得县里来的人，没把村里的人当外人。其实在问出这句话的时候，刘镇洪心里还在思索着，这个人看上去年纪已经五六十岁了吧，还在说着孤儿寡母的，那她孩子有多大？当然这个问题，他只在心里自己嘀咕，没有问出来，别人也不知道他心里是怎么想的。

李相文听到刘镇洪发问，就在边上马上回答：“是的，这是我们村的人，叫张华妹，平时我们喊她张婶。她老公已经过世了，还有个孩子现在在外面打工，目前家里就她一个人。”

“嗯。”刘镇洪点点头，又问，“那这个，她说别人欺负她，抢她的地，这是怎么回事啊？”李相文叹息了一声，又摇了摇头：“这个事啊，说起来比较复杂，唉，也是挺长时间的一个事情了，我想想啊，这都争了几年了。他们两家因为一块地啊，一直在争，一直在争啊！我们村干部呢，这个村支两委也调解了几次，我调解了几次，覃主任也调解了几次。但是呢，他们两方都不退让，哪个都不肯退，也是村里一个老大难的问题了。”覃祖浩也不时地点头附和。

具体的原因和事情，也不是三言两语一时之间能够讲明白的。但李相文这个解释，也能够让刘镇洪知道一个大致的情况了。就是两家争地，可能有些纠纷，谁也不肯让谁，谁也不肯服谁。刘镇洪也是在乡镇干过的，知道这样的情况很常见。农村嘛，今天你说我把你的地挖了一锄头宽，明天我说你建房子占了我的地两寸宽，这种杂事很常见。

在李相文说话之间，张华妹已经追上来了。

她来到了刘镇洪面前，边喘气边对刘镇洪说：“你就是县里来的领导吧？”都不用人介绍，她一眼就看出刘镇洪是领导，眼力还是可以的。

刘镇洪点点头：“我是从县里来的，来到我们落沙湖村，给乡亲们做服务的。”

张华妹就语似连珠地说：“你是县里的领导就好，我一定要找你反映一个事情啊！我们村干部不作为，没良心啊！别人家抢了我家的地，他们村干部一直不帮我，你现在是县领导，那你过来了，你就一定要为我做主啊！不能都看着我老公死了啊，村里的人就都欺负我，没有这个道理！”

“不着急，不着急，你慢慢说，慢慢说。说说具体是个什么情况？”刘镇洪看着她，希望舒缓一下她的情绪。

张华妹却丝毫没有放慢语速，也没有降低音量，依然很大声很快速地说道：“我告诉你啊，这个事情不给我搞好，不为我做主，我还要去市里面、去省里啊！你们县里不管，我就去找能管的人！我就不信了，谁还能够一手遮天！”

李相文不乐意了：“华婶，你这话说得就不好听了……”

张华妹立马打断他的话：“我说得不好听？你们欺负我的时候，还要我给你们说好话吗？”

刘镇洪看着她这样子，心里面就觉得，你这个样子估计也没几个人能欺负你！当然，这个只是心里的一个念头，他也不会说出来，更不会因为有这个感受，而觉得眼前的张华妹无理取闹或者不占道理。还是要具体情况具体分析，不能因为觉得哪个人不像是会被人欺负的，就确定了其不会被欺负。事情本身的矛盾和理由，是不会变的，不能因当事人的性格或者脾气而产生误判。这点冷静的思考能力，刘镇洪是有的。

所以，刘镇洪就一脸真诚地对张华妹说道：“这个事情呢，你先不要急啊，有什么情况慢慢说，我先了解一下情况好不好？具体是什么地？是什么情况？你是和哪一户存在争议？”问完，刘镇洪马上又对李相文说：“李书记、覃主任，你们两位先不要说话，我先听一听这位大婶讲，好不好？”

“好好好。”李相文和覃祖浩马上点头。

张华妹也马上点头：“好好好，我现在马上就跟你讲是什么情况啊！村干部都在这里，我跟他们也讲过很多次，但是他们不作为啊！他们都拉偏架，不帮我啊。我一个孤儿寡母，孩子又出去打工了，现在就我一个人，他们就都欺负我啊！”

这种半天讲不到重点的情况，刘镇洪也没少见。在农村工作，不能够一上来就直接讲道理，而是要先倾听，先让他们把情绪发泄一下，然后再讲道理，这样才讲得通。不然的话，道理是很难讲的。刘镇洪明白这一点，就很有耐心地看着她，听着她说话，并不因为她说话没有条理没有重点就在脸上出现不耐烦的神情。他脸上一直是很诚恳的表情，就像是一个晚辈听长辈拉家常一样。这种神情和态度，让张华妹的倾诉欲望更强烈了，同时心里也觉得县里的领导就是不一样，就是比村干部要好，人家那么大的领导，都肯听她讲话，而村干部，就只知道拉偏架！还是县里的干部有水平，有能力！

心里这么想着，张华妹说得就更来劲了："我有一块地啊，就在这里，就在樟木塆这个山上。那块地本来就是我们家的，但是啊，李兴财把我们的地抢了，村干部都帮着李兴财。领导我跟你讲啊，我们落沙湖的村干部，都是没良心的，自私！"

李相文忍不住又插话了："华婶你……"

刘镇洪马上打断李相文的话："李书记，先听，我们先听。"不管张华妹说的是真是假，先倾听完，再来解决问题，才是正途。如果先没倾听完，直接上来就要解决问题，那张华妹心里憋着气，肯定什么问题都解决不好的。

"还是县里的领导好啊！"张华妹感叹了一句，才又继续，"不像村干部那么拉偏架！领导我跟你讲，那块地是我的，但是李兴财抢过去了，说是他的，就因为李兴财姓李，在村里是大姓，和村书记是一个姓的，他们一个姓帮一个姓。我不是姓李的，我也不是姓覃的，我老公姓熊，我们熊家人在村里就受欺负啊，我们熊家人只有几户啊……"

张华妹说着说着就开始掉眼泪，但声音还是很洪亮，眼泪刚掉出来就用手背擦掉。她重点强调了她家男人姓熊，说她家在村里处于弱势，熊家只有几户，跟李姓和覃姓这两大姓，完全没有可比性。她说在村里已经得不到正义了，只能求县里的领导来主持正义！

"你不要乱说啊！我们什么时候帮过别人？刘部长，我这时候一定要说几句了！"李相文完全忍不住了，直接开口反驳，"你那个地啊，村里都是有册子的，册子上面老底子上都写着，有图有面积的，你的地只到那里为止，边上就是李兴财的地。第一次分田地的时候，第二次调整田地的时候，那里一直都是李兴财的地！这都有底子查得到的，不是你说一句是你的，就变成你的了，搞什么事，都要讲个道理是不是？”

第8章　问题很棘手

张华妹就不乐意了，声音更加尖锐地说道：“你看你看你看，村干部现在当着县领导的面，就开始帮别人说话了，就开始欺负我了，还有没有天理了？这个世界上还讲不讲道理？”

刘镇洪一看这个，就知道这不是单纯靠讲道理就讲得通的了。本来今天下午到山上来，是要看看整体的山地，心中好有一个大致的了解，但遇到了现在这个情况，还是要先解决这个情况吧。不然的话，估计看山看河的工作，可能都进行不下去了。先把调研工作放下吧。再说了，要在村里搞产业，那就不能放任村民之间的矛盾不管。只有全村齐心协力，产业扶贫才能够落到实处。

刘镇洪在心里想着这些的时候，村主任覃祖浩也在一旁说话了：“华婶，你这个事情啊，过几天再谈好不好？现在县领导在给我们搞扶贫，现在在考察我们这里的环境，你这样一搞的话，我们都不好做事啊，整个村都受影响！这是全村的大事！”

张华妹大声说：“那我不管你全村不全村，我的地就是我的，你们不能欺负我！看我男人死了现在就欺负我，没有你们这么干事的。你只是个村主任，现在县里的领导在这里，没你说话的份！”

覃祖浩头疼不已，差点被她这个话憋出一口老血。

张华妹不再理会覃祖浩，转而继续对刘镇洪说："你是县里来的领导，现在村干部不帮我，你就要帮我，不能让他们欺负我。我那块地现在就在前面，我带你们过去，你是县领导，你一定要为民做主啊，当官不为民做主，不如回家卖红薯！"

刘镇洪点点头："行，那我们现在过去看一下，实地看一下具体是个什么情况，好不好？"事情到了这一步，这个樟木垴山地的考察工作也没有办法马上继续了，只能暂时放到一边，先去张华妹的地里看一下，那里具体是什么情况。

张华妹说是马上就要到了，但实际上，还是走了十来分钟的路程才走到那块地。这是靠近山顶上的一块相对比较平整的地，地里面也没有见到别的地里那种外露的大石头。初步一看，刘镇洪估计这应该是一片比较肥沃的地。远远看去，这块地里和其他地块一样，密密麻麻地里种着柑橘树，在冬天都是枝繁叶茂，树的普遍高度都超过了三米五。这片地里的柑橘树，树间距基本都在三米以上，但其中有两排树的树间隔只有一米。这两排间隔一米的树，位置稍稍错开，从东头到西头的延伸距离，目测有二十几米到三十米的样子。

张华妹走到那两排间隔只有一米左右的树中间，伸手一指："这两排树都是我的，是我亲自栽的啊，当时栽树的时候啊，这边只有这一点儿地了，所以我这两排栽得密一点。现在李兴财说这边这一排树是他的，这怎么可能？我自己栽的树，我记得清清楚楚的！"

刘镇洪仔细看了看。这一块平地，不仔细看以为是一块地，但仔细一看，还是看得出来是两块地。两块地之间没有什么分界的标志，地也是一片平坦，但是从椪柑树的排列可以看得出来，这是两块地。虽然树与树之间的间隔，都是三米左右，但靠南边的一块地，和靠北边的一块地里的椪柑树，东西方向，可以一排一排成直线，但南北方向的话，不管是从南往北看，还是从北往南看，都能够看得出来，在中间位置的时候，每一排都出现了一个大约半米的波折。这个波折处，就是那个东西走向的两排间距只有一米的椪柑树造成的。因为这两排树，一排可以和南边地块的树完美排列对线，另一排可以和北边地块的树完美排列对线。这其实就很明显了，两排树，分属两个地块。

但张华妹偏偏要说这两排树都是她的！实际上树不重要，重要的是，树是她的了，那地也就是她的了。争的，还是地！当然，这个只是刘镇洪通过目前的观察得出来的一个初步认知，至于事实是不是他所想的那样，还要看更多的证据。观察完了之后，刘镇洪就皱了皱眉头，问张华妹："你说这两排树都是你的，那你有什么证据来证明这块地、这个树是你的？"

张华妹说："这个能有什么证据啊？这个地就是我的，一直就是我的，这个还要什么证据啊？以前种地的时候地就是我的，后来种了树，没有种地了，啊，这个分界的地方就模糊了，现在就看不到了，没有了，这个还能有什么证据？分地的时候，大家以前都是自己种自己的地，都不要证据啊，这个没有证据啊，这谁也没有证据啊，全村的人都没有证据啊，没有证据的。都没有证据！"

覃祖浩就忍不住插话了："证据都是有的，村里都有底子，每块地啊，每一丘田都是有底子的，哪一家哪一户啊，在哪块地跟谁挨着的，长是多少，宽是多少，是什么形状，村里底子上都清清楚楚的！"

张华妹又情绪激动了起来："那个底子还不是你们村干部想怎么画就怎么画，想怎么写就怎么写啊？你是姓覃的他是姓李的，你们都是村里的两个大姓，那你就帮他不帮我！"

覃祖浩毫不相让："你这么说就没有道理了。"

张华妹伸手指着覃祖浩的鼻子："什么叫没有道理了，只有你说的话才有道理吗？我说的话就没有道理啊，你们村干部说的话就有道理，我们小老百姓说的话就没道理了吗？"

李相文也开口了："你这个跟你讲过好多次了，这个不是你的，你这个我们村干部也调解过了，调解过好几次，你们就以这两排树为断！两棵树中间画一条线啊，树这边是你的，树那边是他的不就行了吗？你一定要说这两排树都是你的，这个谁都看得出来，就这样两排树，肯定当时是自己栽自己的，要是两排树都是你的，你怎么可能栽成这个样子，怎么是和李兴财那边的树对齐，而不是和你自己地里的树对齐？"

一听到这个话，张华妹马上就哭了，号啕大哭！哭着哭着就骂，骂村干部就是欺负人，然后又在地上打滚，然后又开始骂人，骂得特别难听。

覃祖浩看着这一幕，满脸的尴尬，李相文脸上也特别不好看。他们两个是村里的主官，今天扶贫队刚刚到就闹了这么一出，他们觉得脸上无光。

李相文冷着脸，对张华妹说："你不要再闹啊，你要闹也要分场合，今天扶贫队刚刚来，县领导下来，镇里的领导也陪着，我们全村可能都因为你这一闹，扶贫款就没有了！没有扶贫款了，以后还得过穷日子，你就是全村的罪人。"

张华妹的情绪更加激动起来了："我就是全村的罪人？啊，我什么时候成罪人了啊，你现在还给我定罪了啊？你们村干部就这么嚣张跋扈啊，还有没有天理了？还有没有王法啦？啊？"

刘镇洪一看这也不是个事啊，就对地上的张华妹说："你先起来，我们有事说事啊，不要骂人也不要太激动啊，先起来。我们好好说一下谈一下。你既然没有证据，那么有没有证人呢，有谁能证明这个地是你的？这个有没有人可以证明？"

张华妹坐在地上号啕大哭，指天骂地边骂边说："我怎么可能会有证人啊？全村都是姓李的和姓覃的，我们姓熊的才几个人啊，没有人给我证明啊，姓李的姓覃的都不会给我证明，姓熊的也不敢出头，他们就算能证明也不敢出头啊，不敢得罪姓覃的和姓李的，没有王法啊，欺负老实人啊！”

这个事情很棘手。刘镇洪知道，这个棘手的事情，他不能往外推。因为只要一推，那身边这些人，就会觉得他办事很滑头，遇到困难就退缩。这对于他以后的工作开展，就不是一个好的开头。

想了想，刘镇洪就对李相文说：“李书记，你看能不能把另一户叫过来啊？叫什么名字？刚才说好像是叫李什么来着？”

“李兴财！另一户是李兴财，我现在就给他打电话，他有手机。”李相文说着，就拿出了手机，拨通了一个电话号码，大声说道，“啊，兴财叔，我是相文啊，我现在在樟木垴，你和华婶这块地里面啊，你过来一下吧，县领导镇领导都在这里……呃……嗯，华婶也在这里，你们两家再来沟通一下啊，领导再给你们协调一下……没在屋里啊？哦，那什么时候回来啊？下个月啊。那婶子呢，婶子什么时候有时间回来啊？有没有时间回来一趟，把这个事情解决一下？嗯嗯嗯……好好好。”

挂断电话，李相文就对刘镇洪说：“刘部长，刚刚我给李兴财打电话了。但是他没在家，他们一家都出去打工了。”

第9章　要讲方式方法

刘镇洪问："去广东了？"

李相文说："那没有，就在市里面。但是要下个月，他才有时间回来，哦，下个月基本上就是回来过年了。他们两口子都在打工。然后，他说这个事情他要自己处理啊，他老婆处理不了，还是要等他自己回来才行，要下个月。过年前吧，过年前处理好。"刘镇洪听到这个话，就知道今天是没办法处理了。因为只有一个当事人在这里，肯定处理不了。

"下个月就是2月了，过年前就过年前吧，处理好了，大家过年心情也更好。"刘镇洪就对张华妹说："那你看下个月处理这个事情怎么样啊？下个月约个时间，等李兴财回来之后，我们再来一起协商这个事情，今天也处理不了。这个希望你能够理解啊！"

张华妹不满意地说："要下个月啊，下个月我到哪里找你去啊？你现在是领导，事情又多，你现在处理好就好了，你回去之后，你不来了我又找谁去？村干部又不会帮我！"

刘镇洪说："你放心，我今天来了是要在村里长驻的，就在落沙湖一直住，一直到扶贫工作完成我才会走，你要找我随时都找得到，我就住在村里。等我把住的地方搞好之后啊，会跟村干部、跟村支两委说，让他们告诉你们，告诉我们全村的人。要让全村的人都知道我是住在哪里，以及我们另外两位扶贫的同志是住在哪里的！你们有什么问题，到时候找我们两位同志、找我，都可以，随时欢迎！我们随时沟通，有问题随时解决，好不好？”

张华妹将信将疑地问：“你不会骗我吧？”

李相文马上接过话：“这是县里来的领导，能骗你吗？人家那么大个领导能骗你吗？国家派他来扶贫的，能骗你吗？人家要帮我们全村都脱贫致富，你以为骗你一个人有什么用吗？来了之后不是操心你这么一点儿小事的，你这个地就是小事，特别小的事！但是我们全村的脱贫致富是大事，知不知道啊？”

刘镇洪打断李相文的话说：“都不是小事，都是大事。啊，群众无小事啊！群众的一针一线都是大事。”说完，他又面向张华妹：“你这个事情啊，土地关系到农民的生存，这个是农民最大的事情，我们一定要处理好，一定会处理好，这个请你放心。等下个月啊，现在具体说不好日期，等一下李书记你要负责跟李兴财联系好，确定一个具体的日期，就是下个月的一天。确定好了就告诉我，我们一定要把这个处理好。”

张华妹这才从地上站起来，对着刘镇洪，满脸严肃地说道：“那这个是领导你自己说的啊，下个月一定要帮我的，一定要处理好的。”

刘镇洪纠正道：“下个月，我们一起协商一起把这个事情处理好。我不是说帮谁，我谁都不会帮，我只看谁有道理。”

张华妹也不知道听没听懂这个话里的分别，对刘镇洪道了几声谢，然后嘀咕着自行离去了。

等到张华妹走远了，李相文就对刘镇洪说：“刘部长，你不要为这个事情费心了。这个事情明摆着的，这地就不是她家的，她这是看多年没种地了，想从别人那里争一点。她就是个喜欢占小便宜的人。”

刘镇洪摆摆手，说：“管还是要管的，这个事情你们也是头痛了很久吧？既然时间那么长，还在纠结，还有争论，那这个事情，在村里应该也是有一定影响的。像这样的事情啊，不能只是简单地去论对错，还要做通工作！”

李相文苦笑：“她就是想占小便宜，这个工作没办法做，做不通的。”

“要讲究方式方法嘛。”刘镇洪笑着说道，“喜欢占小便宜，那是因为没有看到大的利益。如果有了大的利益，那小便宜就不重要了。”

郭毅就接过话说：“那就要等刘部长和工作队给村里搞个大项目了，搞了大项目，有钱赚，这点地就是小事了！”

“哈哈哈，对，还是要赶紧想想，搞个什么项目才好。”刘镇洪放眼四望，然后指着不远处的山顶，“李书记，我们继续看吧，先爬到最顶上去看怎么样？可以看一个总的地势，心里也才有个打算。”

“对对对，先到山顶上去。”李相文赶紧点头，“从山顶上，可以看到下面的落沙湖，我们村的名字就是因为这个落沙湖才叫落沙湖村的。到上面还看得到苦竹洞的洞口，风景非常好。”

边爬山边聊天，不多时就站到了山顶。虽然是山顶，但这顶上全是栽着椪柑树的地。站在山顶，果然看到了下方有一个极深的峡谷，峡谷里是一条蜿蜒的河流，河水清澈，河两边是连绵的石壁，石壁上面，还有几个洞口，而石壁的顶部又是茂密的森林。

“哇，真美！这完全可以开发搞旅游啊！”王芳惊喜不已，边赞叹边拿着手机拍照，然后发现效果不行，就又从包里拿出背着的单反，就是一通猛拍。除了拍风景之外，她对着樟木垴的地势也是一通猛拍。带着相机来拍这一片山，可不仅仅只拍风景，还要看地势，拍情况，回去之后还要研究分析的。甚至，除了拍照片之外，还要拍一些视频资料的。

王芳在拍资料的时候，何军也没闲着，他拿着笔写写画画，还用几个包分别装了一些小一点儿的石头以及土壤。这个也要带给专家去看的。前期只能是从这里带东西去给专家做检测，等需要专家过来的时候，才谈邀请专家过来的事情。

刘镇洪则是跟李相文、覃祖浩他们了解这里地块的分布，以及如果要搞产业，这里的地好不好集中；如果要集中租地的话，哪一片更合适一些。因为很多地里，都有露出来的大石头，所以，尽量选一些土壤层厚的地，才能最大限度发挥作用。这些都是非常琐碎的事情。但必须把这些琐碎的事情做好，扶贫工作才能够做得好。

第10章　有潜力

刘镇洪观察着这里的地势，发现这还真是一片非常不错的山地。虽然有许多土壤层很薄的地方，但也并非所有的经济作物，都是深根系的啊！完全可以根据这里山地的特点，去匹配相应的农作物嘛。这个樟木垴山上，上来的路不算太陡，而到了这上面的山地上的时候，就更加平缓了，所有的地，都不是梯田形状的，全部都是山体本来的形状。直接就是山势自然的起伏。

“这个山上以前是不是很多樟树，所以叫樟木垴啊？”刘镇洪随口问了一句。

李相文答道：“对，以前听说很多樟树，但我没看到过，我小时候看到的是满山的茶树，就是那种长得好高好高的茶树，应该有三四米那么高吧，大茶树，不是采茶叶的。后来，茶树都砍了，就种了椪柑树，现在这椪柑树也要砍了，种别的。”覃祖浩加了一句：“反正不管种什么，这些椪柑树是一定要砍了的。完全没有任何用途了。”

刘镇洪点点头：“那你们自己想过种什么吗？”

“想过种桃子，或者种李子。”覃祖浩说，“不过呢，桃子和李子，都不好保存，也就果子成熟的那几天，必须卖掉，不然就烂完了。我们镇有两个村种了李子，有时候赚钱，有时候亏本。主要是这两样东西都太常见了，果子成熟之后，也基本上就在县里范围内卖，市里都很少，卖不起价。”

刘镇洪就说：“也不一定要种水果，中草药也是可以的嘛，现在的人都越来越注重养生了，如果把中草药这一块搞起来，从长远来看的话，时间越长，牌子越响，未来村里就越有钱。另外，养殖业也可以考虑一下。不过具体的，还要等专家看一看，主要是看看土壤和气候，再结合市场，看看种什么最合适。我们会请市里甚至是省里的专家过来看的。省里的农业、林业、中草药、畜牧业等方面的专家，都问问，帮咱们村把把脉。”他的话刚说完，就听到王芳发出了一声惊喜的欢呼：“河里有白鹤，在飞，看着有十几只！”

“是的，白鹤，落沙湖这里，是有白鹤的。”李相文笑着说，“以前还多些，有人打。后来森林公安过来抓了人，才知道不能打，然后我们村里也觉得这个东西，是福气，都不让打，所以现在就没人打了，经常还有人去下面河边扔一些东西给它们吃。现在都不怎么怕人的。”

“正好，我们现在可以往下走，边看樟木脑这边这个坡的地形，边下到河边去。”覃祖浩也笑着，笑得很开心，“我给你们讲啊，听说以前的时候，河里的水没这么深，也没这么宽。后来下面修了水电站，这河面才变宽，就像个湖了。然后才来的一群白鹤，以前的白鹤怕人，现在不怕了，今天你们一到这个上面来，白鹤就出来了。这就证明你们都是贵人啊，会给我们村里带来福气啊！”

一路欢声笑语，下到了河边。到了河边之后，才真正感受到，这河面确实很宽，说是湖都不为过。而在河岸边，有些河段是两面绝壁，但绝壁与绝壁之间，又会夹一小段的水淹地，和湿地类似，但又没有湿地那种规模。这个环境，倒是真的很适合白鹤生存。

“这真是个神仙地方啊！”刘镇洪由衷感叹，“要是搞个船，在这个湖上搞个平湖游，那绝对很爽。就是你们这个进村的交通，实在是太头痛了。”

李相文就叹息一声：“是啊，如果不是交通不方便，不说外地游客吧，就算是仅仅市里县里的人周末过来玩一玩，我们村里也不至于穷成这个样子。”

“旅游这个事情值得搞。”刘镇洪点点头，“但这是一个长期积累的过程，不能急。我们先把方向定下来，然后先做种植或者养殖的产业，有了一个产业基础之后，再发展旅游业。我们落沙湖村，本身是有潜力可挖的，把这个潜力挖出来，那就肯定能够脱贫致富，过上好日子！”

第11章　你这是在打我的脸

在河边走了不少路，沿路又拍了不少视频和照片，时间已经到了下午四点半。李相文就提议慢慢回去，到家的时候，基本上也要吃晚饭了。

说到吃晚饭的时候，李相文就发出了邀请："刘部长，晚饭就在我家里吃，粗茶淡饭，也不是公款，就是自己家里种的菜，自己家里杀的猪，炕的腊肉。"炕的腊肉，其实就是熏的腊肉，但这边的习惯用词，却是把炕这个字用作动词，意思就是烟熏。山里人还是很热情的，到了家里来，就总是要让客人在家里吃饭，才显得自己对客人的真心。

但刘镇洪拒绝了："今天就不在你家里吃了，过小年时候，在你家里过，我先预定了。今天我们三个人，晚上都在住的地方解决，住在谁家里，就在谁家里吃饭，从今天开始算伙食费和住宿费。"

工作队在村里住的第一天，就在支书家里吃饭，虽然这中间没什么事儿，可刘镇洪还是觉得不妥当。他拒绝了。有时候，这种拒绝的话，也不能太生硬。所以，他在拒绝的时候，又直接说了要在李相文家里过小年。这就表明他刘镇洪，不是一个完全不讲人情的人。要是完全不讲人情的话，那在村里的工作，也就干不下去了。刘镇洪知道，农村工作，更多的，还是要动之以情。感情深厚了，很多工作就好开展了。

李相文听到这个话，又邀请了两次，见刘镇洪真的要去贫困户家里吃饭，而且刘镇洪保证了过小年会在他家里吃饭，他也就不再强求了，只是一再强调过小年一定要在他家里过。之后，李相文就打了个电话给他老婆，让他老婆去分别通知三户人家，又叫他老婆给三户人家都送点菜去。

刘镇洪就说："不要送菜，有什么吃什么就行！"

"也就送这一餐！"李相文笑着说，"我要是不送菜过去，那三户贫困户知道你们三个县里来的干部要在他们家吃晚饭，不得为了给你们弄点菜想破脑壳？我虽然也不富有，但几块腊肉还是出得起的，你总不能让他们三个贫困户为了给你们准备一餐饭，还要借钱去镇上买肉吧？"

话说到这个份上，刘镇洪也只能点头感谢了，然后又要给李相文算腊肉钱。李相文听到他这个话，一改之前的小心翼翼，很强硬地说道："刘部长，要讲级别，你是我的领导，但你就算觉得我目无领导，我今天也要说句话，你要是硬要给这个腊肉钱，那就是看不起我李相文，看不起我们落沙湖村！"

刘镇洪马上解释道："李书记你误会了，我不是这个意思……"

李相文打断他的话："你口口声声说把自己当成了落沙湖村的人，你要在这里长驻！你要年纪大的人喊你喊小刘，你要年轻的人喊你喊老刘。但你现在吃个晚饭，几块腊肉，你都要给我钱！你这算是哪门子落沙湖的人啊？我们落沙湖的叔伯兄弟，哪怕不同姓的，都干不出来这种事！你这哪里是给我钱，你这是打我李相文的脸啊！"

第12章　以彼之道，还施彼身

刘镇洪没想到，自己这一句话，就让李相文这么激动了。直接就上升到了不给面子，上升到了打脸的程度了。这可不是什么好事。遇到这种情况了，直接摆出一副六亲不认的样子，然后讲原则，那肯定会把工作弄得很僵。面子问题，不是小问题啊！有多少人本来关系不错的，就是因为面子问题，而搞得跟仇人一样了。

刘镇洪到落沙湖村来，是扶贫的，是要把这个工作做好的。而干工作，除了要讲原则之外，还要深入群众，要融入农村。如果是一个没有乡镇工作经验的人，这时候可能有些不知道怎么应对了。但刘镇洪是有乡镇工作经验的人，经过刚开始的错愕之后，他就有些怀疑了，这个李相文，是不是在唬人？有些村干部，就喜欢用这种方式，让上面来的干部摸不准套路，然后推不过人情，喝了一杯再喝一杯什么的。这在酒桌上最常见。只是，刚才不是在酒桌上，所以刘镇洪还差点儿就以为李相文是真生气了呢。

现在一想通这一点儿，刘镇洪就停下了脚步，一脸严肃地说道："李书记，你这是想让我来村里的第一天，就犯错误吗？你是想让组织部明天就把我调回去，给你们换一个新的工作队队长来吗？你今天是不是对我有什么不满意，所以这么急着要把我赶走？"这个话一出来，李相文脸上那生气的表情立马就不见了，取而代之的，是极大的紧张。

“刘部长，不是，我不是那个意思。”李相文马上解释着，“你们工作队到我们村里来，你亲自带队，我高兴都来不及，怎么可能会有意见？你今天一来，都没休息，就直接到山上去实地看了，一看就是干实事的领导，我欢迎都来不及，怎么可能会不满意啊！刘部长，你是真的冤枉我了啊！”

郭毅也在一旁说：“是啊是啊，刘部长，李书记是个直杆子人，你不要和他一般见识。”

刘镇洪听到李相文的话，见到他的表情时，就知道，自己猜对了。这个李相文，就是在唬人。既然试探出来了李相文是在唬人，刘镇洪就不慌了：“那今天这个腊肉，我就要给你钱，要不然，你就是对我有意见，就是想让我犯错误！”以彼之道，还施彼身。

“这……这……”李相文顿时就左右为难了，“刘部长，你这，我，我要真的收下你这个钱，以后在村里，我都抬不起头了啊，他们还以为我有多小气呢！”

这时候，覃祖浩就说：“刘部长，你就算要给李书记钱，他也不知道要收多少钱啊！腊肉是他老婆送过去的，送了多少都不知道，算钱都算不了啊！你要给，也要给他老婆才行！”

“对对对，我家里是我老婆管钱的，我是一分钱都不过手啊！”李相文赶紧点头说道，“走走走，刘部长，我们先赶紧回去吧。先去哪一家？”

刘镇洪说：“先送王芳同志吧。”

回到村里，一行人在李相文的带领下，把王芳送到了将要住的那户贫困户。虽然这是贫困户，但房子看着还不算太差，一层的砖房，看样子，应该是三十年前建成的房子式样了。

一到门口，覃祖浩就大声喊着："香秀，快出来，县里的领导来了！"顿时，里面出来了一个女性。刘镇洪一看，挺面熟，居然是开会的时候，跟那个捣乱的李兴旺吵起来的女人，二十八岁的覃香秀。

第13章　融入得很快

“香秀，这是刘部长，还有扶贫队的两位同志，何军同志，还有王芳同志。王芳同志，以后就要住到你家里了。”覃祖浩介绍着，“刘部长，这就是给王芳同志安排的住宿点，覃香秀家里，她家里就只有她和她奶奶两个人住，王芳同志安排过来，正合适。香秀和王芳同志是一个辈分的，是去年我们支部新发展的党员，和王芳同志相互叫名字就可以了。”

“覃主任和李书记费心了。”刘镇洪笑着道了谢，又对覃香秀说，“覃香秀同志，以后就要麻烦你了啊！”

覃香秀赶紧热情地招呼：“啊……不麻烦不麻烦，欢迎欢迎，快到屋里坐。”

“我是何军。”何军点头微笑着招呼。

“我是王芳，香秀姐，以后我就要经常打扰你了。”王芳也赶紧笑着说，“家里要是有什么家务活，都可以叫我，以后我就是这个家里的一分子了。这次过来，真的是给你添麻烦了。”

覃香秀说：“你都说了以后就是一家人了，一家人不讲两家话，不存在麻烦不麻烦的。快进屋吧，屋里坐，外面冷。”

覃香秀家是一户大三间的房子，房子中间是堂屋，功能类似于城里商品房的客厅，两边各有两间卧室，房子的东头还有一个偏房，偏房里有一个接近四十平方米的餐厅，里面有一个火坑，里间还有一个二十几平方米的厨房。在离房子西头五米远的地方，还有一个杂房，里面就是厕所和养牲口的地方。

一行人边打量着覃香秀的家，边走进了她家里的大门，到了堂屋里。堂屋里不像墙外那样把砖直接露在外面，而是刷了一层粉的。只是，这个粉，不是现在常用的一体色，而是下面一米高左右的都刷绿色，上方都是白色。墙上的粉，已经掉了好几块，也没有补上。堂屋正对大门那一面上，贴着这边常见的家神联，堂屋正中间，架着一个大桌子，桌子底下有一个木架子的老式火盆，火盆里正燃着炭火。看来，覃香秀是早就做准备了的。

“你们先烤火，我去给你们倒茶。”说着，覃香秀就开始撕桌子上放的一次性塑料杯的包装，边拆边说，“我完全没有准备，家里也没有准备杯子，这个杯子都是李书记家里送过来的，茶叶也是……”听着她的话，刘镇洪等人都说不要忙活了，但她坚持要泡茶喝。

王芳就说：“那我帮你。水在哪儿？”

说着，王芳就左看右看，没看到水壶。

覃香秀说：“你坐你坐，你是客。”

王芳说：“我住到这个屋里了，我就是主人家，难道你要当我是外人？”这是把刘镇洪先前所说的话，拿过来现学现用了。

覃香秀语塞，只能说：“水在火坑屋里，在火坑上烧着，我去提！”说着，她就赶紧跑向了东头那间偏房。

王芳没有跟过去，顺手就把茶叶袋子撕开，给每个塑料杯里放了一点儿茶叶。

刘镇洪笑着说：“王芳你这是马上就融入环境了啊，不错不错，今天就泡茶给我们喝，下次看你能不能学会做菜！”

“我一定用最快的速度学会做菜！”王芳笑着回答，仿佛下保证一般，“到时候，我好好弄一大桌子菜，请你们大家吃饭！”

何军就说：“那你要定个时间啊！”

“那就……”王芳迟疑了一下，“正月十五之后，正月二十之前！我就不信了，这么长时间，我还学不会做几道菜了！”

刘镇洪说：“好！那我们就等着了啊！到时候菜我出，你只要出手艺就行了！”

王芳赶紧点头。

第14章　绝对不找城里的

这时候，覃香秀提着烧开水的壶过来了，给众人泡茶。泡好茶之后，又说笑了几句，刘镇洪问了问覃香秀家里的基本情况，得知她奶奶腿脚不便，正在火坑屋里的火坑边烤火，便小喝了两口茶之后说："走走，到你火坑屋里看看你奶奶去。"

到了火炕屋，和正在烤火的老人家聊了几句天，刘镇洪又问老人家对未来有什么想法。老人家就说："我没有什么想法啊，我都快钻土了，我就想香秀赶紧找个婆家，我就心愿了啦。唉，都是我这个残废耽搁她了啊！我看只有我死了，她才找得到婆家！"

"奶奶，你又乱讲这个话！"覃香秀不高兴了，生气地说，"你以后不准讲这个话！我找婆家也要找个人好的才行啊，要是哪个男人看到要养你，就看不上我，那这样的男人，我也不要！"

老人家却不听覃香秀的，只是看着刘镇洪说："你是县里的领导，你认到的人多，能不能帮香秀找个好婆家啊？"

刘镇洪就笑着回答："我可以帮她留意着，看看有没有合适的人选。不过，老人家，你也要告诉我，你们想要什么条件的啊？对方要有什么工作，一个月有多少收入？还有啊，你们这里彩礼钱是多少啊？"

“那我也不晓得。”老人家就叹息一声，“这个要香秀自己做主，我一个残废，又是老糊涂，我也做不了她的主啊！”

覃香秀就说：“我不要彩礼。刘部长，我先前在会上就说了，彩礼要那么高，风气都带坏了，要不得！不怕你领导觉得我不晓得害羞，我就直接给你领导讲，我相过几次亲，有两次我还有点儿心动，我不要彩礼，也不要求对方有房有车。我只要对方老老实实，踏踏实实，不赌不嫖，安安心心过日子就行了。但对方一看到我奶奶腿脚不方便，听到我讲要养奶奶，就都打退堂鼓了！”

刘镇洪眼神一亮：“不要彩礼？”

“不要彩礼！”覃香秀很肯定地说，“结婚是过日子的，人好就行！”

覃祖浩插话了：“这个香秀没讲假话，我们都知道，她不要彩礼，只要人好，肯养她奶奶就行。这个，她奶奶是个药罐子，一年医药费开支不小啊！”

李相文也在一旁说：“我都帮香秀介绍过一个对象，对方也是担心她这个家里的情况。看来，要你们城里的单身汉，家底厚实的，才担得起啊。香秀长得这么漂亮，配个城里的后生，还是配得上的！”

覃香秀就说：“城里的还是算了，我不找城里的！绝对不找城里的！”

第15章　怕什么来什么

听到覃香秀说绝对不找城里的男人，工作队三个人就都很好奇了。

王芳忍不住问："为什么呀？相亲现在不都要看一下双方的条件吗？条件越好，以后越轻松啊！"

"轻松那只是身体上的。"覃香秀一脸看透了人情世故的表情，斩钉截铁地说，"但是在心理上，就不一定轻松了。城里那些规矩，我可受不来！到时候就算找到一个对眼的，他可以忍受我在农村的一些习惯，但他爸妈能忍受吗？就算能忍受，他爸妈能接受我奶奶吗？相亲我都不和城里的男的相亲，不想受他们的白眼！"

"这个……"王芳想反驳，但一时之间也找不到什么合适的话。她感觉覃香秀可能有些自卑，但这个话不能说出来。如果是在和老同学或者闺密一起讨论问题，她倒是可以随意反驳，但是和覃香秀才刚刚认识，不能像面对闺密的时候那样口无遮拦。所以，王芳就有些不知道怎么开口了。

好在，刘镇洪接过了话："你说的这个情况，还是存在的，证明你也是诚心诚意地考虑过婚姻大事。不要急嘛，主要还是看自己的努力和缘分，你要自信点！王芳，以后你住在覃香秀同志家里了，要在这方面多下功夫啊！”

这功夫怎么下？王芳有些蒙，但却马上回答：“是，我一定尽力！”

又是一阵说笑，刘镇洪这才想起来带的生活用品还放在村部，赶紧忙着要去拿。李相文却说已经都叫人拿到三户农户家里了，早上往村部放的时候，李相文就记住了谁是谁的，保证没有送错。

刘镇洪道着谢，心里很是感激，村里真是太热情了。其实这次进村来，他原来是准备自己开车的，但那台三万块钱买的二手车出了点毛病，送到修理厂去了。所以昨天是坐着部里的车来的，车把他们送到地方之后，就回县城了。要不然的话，放在自己车上，那就方便了。

谢绝了覃香秀的留饭，刘镇洪又把何军也送到了住的地方，最后才到了自己住的地方。刘镇洪住的这户人家姓李，户主叫李元清，五十五岁，上有一个老父亲，下有两个女儿，两个女儿都结婚了，但一个是出嫁，一个是招女婿上门。住在家里的女儿和上门女婿，生了两个孩子，一个七岁，一个四岁，都是男孩。目前李元清家里住着的人，就是六口人，四代同堂。现在加上刘镇洪的话，总共就住了七个人。

刘镇洪的晚饭，就是在李元清家里吃。李元清硬要留着村支两委的几个人一起吃，喝几口，还说酒也是李相文的老婆送过来的，他自己可买不起酒。李相文他们也没拒绝，直接就答应了。这在农村也是很常见的事情，刘镇洪自然不可能不让他们留下来吃饭。其实吃饭倒是没什么，刘镇洪就怕这些人一起找他喝酒。然而，怕什么来什么。

菜一炒完，刚坐到桌子上，李相文就打开了酒瓶的盖子：“刘部长，今天我就借花献佛，我们要好好搞一搞！酒不好，比不得你们城里的好酒，你就不要见怪！”

第16章　有技巧

刘镇洪不想喝酒，是真不想。因为他知道，今天第一天，如果喝了酒，估计得喝很多。毕竟，现在这里只有他一个人是工作队的，不说别的，村支两委这些人，一个人敬他一杯，他都得喝吐。更何况，对方也不可能一个人只敬一杯酒啊——最少都会敬三杯！这么算下来，今天晚上岂不是要喝个胃出血？进村扶贫，在村里住下的第一天，就喝酒喝到胃出血，这说到哪儿去，都不好听，会把县里的脸都丢光了。但强硬地拒绝，那肯定是不行的。关系到面子问题！

先前说过一定要给李相文算菜钱，就已经算是不给李相文面子了，现在如果再直接拒绝，那估计李相文都要翻脸了。并且，村支两委的干部们，也会对他有意见。还是那句话，既然是来扶贫的，是要融入农村的，那农村的习俗，是要尊重的。所以，刘镇洪想要不喝酒，就只能用委婉的办法，并且还要有说服力。好在，他在来之前，就把要喝酒的情况考虑进去了，所以早早地做了一些准备。只见他伸手进羽绒服的口袋里，摸出了一板头孢，取了两颗，往嘴里一灌，水都没喝，直接就着唾沫吞了下去。

李元清在一旁笑着问：“刘部长，你喝酒之前还要先吃解酒药吗？”

刘镇洪就苦笑着摇头："这个不是解酒药，是消炎药。我前几天喝酒，酒只喝了二两，胃出血了，喉咙也肿了，住了几天院，胃是治得差不多了，但喉咙现在还没好，还要吃几天消炎药。本来医生都不同意我出院的，也严禁我喝酒了，说再喝酒我的胃就要切了，还叫我休息一段时间好好养一下，但我要到村里来，工作等不得啊！我主动要求出院，带了几天的药！"

说着，他还拿出手机，翻出了几张住院的时候在病房自拍的照片，给他们看了看，增加说服力。

其实他并没有胃出血住院，而是肾结石住院。另外，他的喉咙痛，是前天感冒了，喉咙发炎，吃了两天药，已经差不多好了，但医生说让他吃三天，他今天正好用上。

"刘部长，你这是吃的头孢吧？"覃祖浩看了看桌子上的药，有些迟疑地问，"吃了头孢，你还能不能喝酒啊？我记得在哪儿看到过，吃了头孢再喝酒，有可能会有生命危险啊！难怪你昨天在镇上一直不肯喝酒啊！"

刘镇洪刚才还准备提这个话题的，没想到覃祖浩先说了。这下正好！

"医生是说吃了头孢不能喝酒，含酒精的饮料都不能喝。"刘镇洪一脸为难地说道，"但你们又这么热情，我不喝，心里又过意不去。按说今天应该是我给大家敬酒的，今天把大家都耽搁了整整一天的时间……我是真的想和大家喝几杯，感谢大家，但我又怕喝了酒起了反应，到时候打个120，120的车子还没过来，我就先没命了。我没命了不要紧，可不能连累你们。这样吧，酒你们喝，我陪着你们吃肉，你们喝一口酒，我就吃一块肉！我要好好试试，李书记家里这个腊肉，炕得正宗不正宗。我吃肉吃多了，你们不会有意见吧？"

第17章　对工作组有意见

听到覃祖浩这么说，众人都七嘴八舌地讨论了起来。

“什么药这么怪，吃了还不能喝酒了？”

“消炎药吧？”

“消炎药怎么不能喝酒了？”

“刘部长你这不是专门躲酒的吧？”

“打针的时候不是还要擦酒精吗？”

“打针酒精是擦在皮肤上的，又不是喝到肚子里的，那能一样吗？”

听着众人的话，刘镇洪就说：“医生是说不能碰酒，一滴都不能沾，万一酒和药起反应了，可能会没命。”

李相文叹了口气：“刘部长，你这就不够意思了。今天爬了一天山，晚上正好喝点酒解解乏，你坐都坐到了桌子上来了，却搞这一手！”

刘镇洪说：“李书记，今天是真的对不住了。不过过小年的时候，我说了要去你家里的，到时候我从我家里带酒过来，陪你好好喝，给你赔罪，行不行？今天我喝不了酒，但我吃肉，就吃你家里自己炕的这个腊肉，你不叫停，我就一直吃，行不行？”

覃祖浩就在一旁说："吃肉可比喝酒难啊！有些人有一斤的酒量，但很难有一斤的肉量！"

"那确实，喝得了一斤酒，不见得吃得了一斤肉！"

"今天这个桌子上，怕是有两斤肉吧？"

"我看可以，看看县里来的领导能吃多少肉！"

"行！那刘部长你就好好吃肉！"李相文也只能就着这个台阶下了，"你到村里来了，酒不给你喝好，但肉一定要吃好！我李相文别的没有，猪今年是杀了两头的！"

一场酒，就这么躲过去了。

当然，刘镇洪也吃了不少肉，不过也只是相对比较多，实际上半斤肉都没吃到。既然都没缠着让他喝酒了，李相文也不可能真的要他把肉吃光。当晚，刘镇洪就在李元清家里住下了。

一连几天，工作组都在村里走访农户，深入了解实际情况。然而，了解到的情况，比他们从县里、镇上和村支两委得到的书面情况，更加触动人心——眼见为实啊！并且，不仅仅是穷，村里的村民还心不齐，走访的那些贫困户，大部分都只想着让扶贫队给钱！至于产业什么的，他们没兴趣！他们的兴趣就是钱！这天，走访完毕，三个人一起到了李元清家里，准备做一个工作小结。

还没等开始呢，就听到有人在外面嚷嚷着："哪个是扶贫队的队长？我有意见要提！"

刘镇洪就走了出来，只见外面站着一个看上去六七十岁的老人家，人比较瘦比较矮，嘴上和下巴上还有短短的花白胡子。"我就是扶贫队的队长，我叫刘镇洪。伯伯你直接喊我小刘，找我有什么事啊？进来讲，进来讲！"刘镇洪微笑着说，"外面冷，不要站外面了。"

"我不进去，我来找你，是要提意见的！"老人家看上去脾气比较暴，语气也比较冲，"你也不要喊我伯伯，我认都认不到你！我要跟你讲，我对你们工作队有意见，我有很大的意见！"

第18章　想要新房子

这是到村里来了之后，第一个上门来提意见的村民。这些天在村里，刘镇洪、何军与王芳三个人在村里走访，不管村民们心里怎么想，但表面上还是很欢迎的，也都想问他们要点扶贫款。但要说对扶贫队有意见的，敢直接提出意见的，之前还没见到过。所以，刘镇洪很重视。前来村里扶贫，腿都走疼了，嗓子也说冒烟了，居然还有人有意见？

“慢慢说，你慢慢说。”刘镇洪就继续笑着说，“有什么意见，你慢慢说，不要急。到屋里慢慢说，坐下来喝杯茶再说。”

“你不要哄我！”老者满脸的不高兴，“你的茶我不喝，我就是要给你提意见！”

刘镇洪脸上的微笑没有变过：“嗯嗯，你提，你提，我听着。对了，怎么称呼啊？”

“什么？”

刘镇洪解释道：“我应该怎么喊你？你又不让我喊你伯伯。”

老者说：“哦，你问我的名字啊，我行不改名坐不改姓，我找你提意见，就不怕你晓得我的名字！我姓李，叫李永福，永就是永久的永，福就是福禄寿的福！你直接喊我的名字就行！”

刘镇洪依然面带着微笑，点点头叫了一声：“永福伯。”这一次，李永福没有叫他不要这么喊了。

“你是扶贫队的队长，我问你，你们是不是到我们村里来扶贫的？是不是对贫困户有很多好政策？你不要骗我啊！”李永福看着刘镇洪，问了这句话之后，还使劲挺了挺腰杆。

刘镇洪点点头：“对。我们就是过来扶贫的，对建档立卡的贫困户当然会有一些相应的政策。”从县里到村里来扶贫，当然会对建档立卡户有相应的扶持政策。这是显而易见的。刘镇洪不明白他问这个问题是什么意思。

李永福又问：“听说你们要给贫困户修新房子？”

刘镇洪解释道：“对于危房，还有处于容易滑坡位置的房子，还是要尽快改造搬迁，这个关系到住户的人身安全问题，这个我们是可以申请专项奖金的，贫困户不用自己掏钱，但新房子的选址，要村里讨论，老房子的地基，也要恢复成耕地。永福伯，你是不是贫困户？你是哪个组的？我们明天就去你家里实地看看去！”

“不用去我家里看，我不是贫困户！”李永福大声说道，“我就想提个意见，你们能够帮贫困户修新房子，那也要帮我们修新房子！”

刘镇洪的眉头皱了一下，但还是马上恢复了微笑：“你的房子是有什么问题了吗？”

“现在还没有什么问题，但哪个晓得以后会不会有问题？”李永福说，“万一以后我的房子垮了呢？所以这个事情，你不能只帮着贫困户修新房子，你还要帮我也修个新房子！”

刘镇洪耐心地解释：“永福伯，这个给贫困户修新房子，是有政策的，而且也不是所有的都修新房子，还要看实际情况，需要不需要修，这个不是我一个人讲了算。扶贫工作有很多项目，国家是有相关的政策的！”

李永福就来劲了：“对啊！国家的政策国家的钱，又不是你个人的钱，你能够给贫困户，为什么就不能给我？”

第19章　不懂规矩

刘镇洪下意识地回了一句："政策规定的，扶贫的项目，就是给贫困户的。"

李永福咄咄逼人："我不管你那么多，反正你给村里别人修了新房子，也要给我修新房子，你给别人钱，我也要有钱！我也是落沙湖村的人，你们扶贫队来扶贫，就要全村人人有份，不然你给一个不给一个，我第一个反对，第一个不同意！"

这是什么逻辑？刘镇洪被他这个话给气乐了。这要是在自己单位，面对同事，刘镇洪就直接要批评了。但现在是在村里，面对的不是自己的同事，而是思想观念和自己有一些区别的农户，那再怎么生气，也要把这个火气压住。要尽力沟通，用沟通来化解矛盾。在来村里之前，他就反复告诉过自己，不管遇到什么样的情况，在和村民意见不同时，都只能想办法讲道理、做思想工作，而不能和村民吵闹，更不能发脾气。当然，讲道理也要讲究个方式方法，不能觉得自己有理，就不顾对方的情绪。很明显，现在李永福是很有情绪的。要做工作，就必须知道他为什么会有这么大的情绪，然后再从原因着手，化解他的情绪。只有冷静下来之后，道理才有可能讲得通。情绪上头的时候，什么道理都没用。

压下心中的气，刘镇洪叹息一声：“永福伯啊，你为什么会觉得，这个扶贫的钱，要每一户都有呢？”

“那你扶贫的钱到了村里，当然要每一户都有才行啊！”李永福理所当然地说道，“照我说，按人头点，平均分，才是最好的。不然不管你给哪个，都会有人不服气！凭什么别人有，而我没有？这说不过去啊！你讲是不是这个道理？”

我讲不是这个道理！刘镇洪在心里来了一句，嘴上却说：“村里有些家里富些，有些家里穷些……”

“那富些的那些人，也是靠本事赚的钱，不偷不抢，有什么问题？”李永福打断刘镇洪的话，“我家里有钱，那是我全家人努力挣的钱，又不是国家给我发的钱。现在国家要发钱了，凭什么我不能分？我就问你凭什么？”说这个话的时候，李永福就激动了起来，手在空中挥动着。

这时候，王芳也从里面出来了，笑着劝道：“老人家你不要激动，慢慢说，有什么事慢慢说。”“你到一边去！”李永福对王芳没好脸色，语气特别冲，“男人说话，你一个小姑娘插什么嘴？一点儿规矩都没有！”

“你……”王芳气得脸都变形了，张了张嘴，还是把想说的话硬生生地吞回了肚子里。

“永福伯，王芳同志也是我们扶贫队的队员。”刘镇洪脸色一正，“妇女能顶半边天，现在很多工作，都是由女同志做的。就拿我们扶贫队来讲，每天的数据整理，每户村民的情况整理，都是王芳同志完成的。可以这么说，没有王芳同志，我们扶贫队的工作，就不好开展了，扶贫的资金，也要经过她核算才行……”

李永福就一脸讪讪，咳嗽两声，嘿嘿一笑：“啊……这个是个会计啊，没看出来，没看出来。”

第20章　我要向你道歉

李永福对王芳的态度不说一下子变好，但也不敢因为王芳是个女同志，而轻视了。至少表面上不敢轻视了。王芳是扶贫队的队员，并不是会计。但刘镇洪并没有对李永福过多的解释，他要误会就误会吧，反正想要解释清楚也不容易，就让他先这么误会着吧。

这些天，刘镇洪也对落沙湖村有了一定的了解，知道村里很多家里都是男人做主的，普遍有一种大事听男人的风气。在这种风气之下，王芳的很多工作，就会受一定的影响了，让村民们误会王芳有个会计的职务，可能对王芳的工作开展，更有利一点，而且，也不算是骗人——工作队里简单的记账，确实是王芳在记。权当变通之法了，一切为了工作。

不过，就算不再无视王芳了，但李永福说的话，还是很不客气："那你们现在队长和会计都在这里，管事的管钱的都在，给我一个痛快话，给不给我修新房子？"

刘镇洪只能再一次解释："永福伯，修新房子，这个只能是贫困户，还要房子是危房才行。"

李永福见不能说通刘镇洪，就冲着王芳说："这个会计，你讲，给不给钱！你是管钱的，我只问你给不给钱！"

王芳刚才在屋子里也听到了外面的对话，对事情有一个大致的了解，便很干脆地说："我们工作队是来扶贫的，是要让整个落沙湖村走向富裕的，不是……"

"你不要给我起高调！"李永福打断她的话，"我把话给你们摆在这里，要是你们扶贫做不到平均，不给我修新房子，那我包你们给谁都修不好新房子！你们要是不给我发扶贫款，你们这个扶贫就搞不下去！我话给你们摆在这儿了！"说完这个话，李永福就气冲冲地走了。

"刘部长……"王芳一脸委屈地看着刘镇洪，"这什么人嘛，怎么有这样的人啊，还讲不讲道理了？"

"这就是农村工作的复杂性，刚才这个都还算是小场面。"刘镇洪安慰她，"以后可能会遇到很多跟刚才差不多的情况，甚至是比刚才还要不讲理几倍的情况，你要有个心理准备。"王芳就嘀咕着："这……这不讲道理，工作怎么开展啊？"

刘镇洪笑了笑："这个嘛，一方面是讲道理，一方面是做工作，主要还是靠做工作。但最重要的，还是要让他们看到希望，让他们对未来有更美好的憧憬，那工作就好做了。再一个，任何工作，都不能只停留在口头上，要实实在在地干出点东西，让他们都看到这个东西，这样才容易说服他们！"

王芳又说："刘部长，你说我们扶贫到底要怎么做啊？我现在还一头雾水呢，这几天总是有人问我，到底是要搞种植还是搞养殖，是种梨子还是种李子，我完全不知道怎么回答。"

"还没请专家过来看呢。"刘镇洪摇摇头，"这不是小事，还是要科学论证，看看最适合做什么，下周就请专家过来！你心里急，我心里也急，不少人也问我啊！我估计村支两委班子心里都急！"

王芳叹息了一声，摇摇头，没再说这个话题了。

刘镇洪刚才说村支两委着急，还真预料到了。吃过晚饭之后，何军与王芳都各自回去了，但村支书李相文和村主任覃祖浩一起到刘镇洪这里来了。

坐下来相互问候几句之后，李相文就说："刘书记，我要给你道歉！对不起！"

现在村支两委成员都称呼刘镇洪为刘书记了，而不是像刚开始那样叫刘部长。本来刘镇洪让他们叫小刘的，但他们都不肯那么叫，也不肯直接叫刘镇洪的名字，所以就都叫他刘书记——毕竟他是村支部第一书记。

第21章　村里的首富

“道歉？你跟我道什么歉？”刘镇洪一头雾水，“李书记你这是……什么情况？”李相文说：“刘书记，今天李永福是不是到你这儿来闹事了？都是我工作没做到位，让李永福跑到你这儿来闹了。”

听他说起这个，刘镇洪就坐直了身子，问：“今天是有人过来问了情况，也不能说是闹，就是可能对政策的理解上，有些偏差。”

李相文就说：“刘书记，你也不要帮他开脱。李永福是什么人，我心中有数，全村人都知道他是个什么德行！村里几个人，我知道，覃主任也清楚！”

覃祖浩就点点头：“李永福确实不好打交道，平时就不讲道理！”

刘镇洪看了他们一眼，再问：“那这个李永福，具体是个什么情况？”

李相文叹了口气：“其实说起来，按辈分，李永福是我的长辈，我不应该直接叫他的名字。但说句实在话，我直接叫他名字已经叫了两年了！那个人简直是不可理喻的，什么道理都讲不通，做什么事情，从来只考虑他自己的利益！而且，有时候那个利益不是他的，他也要说成是他的！”

覃祖浩苦笑着补充了一句：“基本上，李永福可以算是我们村里最难缠的几个人之一了。”说完，他又摇了摇头，还像李相文那样叹了一口气。

可见，他们俩以前应该是在李永福手上没讨到好，估计还不止一次被缠得头疼。

刘镇洪抬手在下巴上摸了摸：“那他家里的情况呢？下午我问他，他说他不是贫困户，看他的穿着，应该家庭条件还好吧？”

覃祖浩说：“他如果都是贫困户的话，那我们全村恐怕百分之九十以上都是贫困户了。真要说起来，他就算不是我们村的首富，至少也能够排到前三！他家里资产应该过百万了！”

“哦？看来我们村里还有富豪啊，资产百万都只能排到前三，那首富不知道有多少啊？”刘镇洪精神一振！

虽然还没把村里每一户都走访完，但刘镇洪也算走了不少家庭了，切切实实地感受到了落沙湖村是真穷，现在听到村主任说村里还有资产百万的村民，那真的如同久旱逢甘露，别提多来劲了。

李相文笑了起来：“首富有多少，你就要问覃主任了。他就是我们村的首富！”

刘镇洪就转头看向覃祖浩。覃祖浩赶紧摆手摇头：“李书记又取笑我！”

随后，他又对刘镇洪说：“我不是首富，都是他们开玩笑的。我只是在广东打了二十年工，帮老板管管厂子，然后也有点儿小股份。去年把股份卖了，回来准备看看创业搞点什么。要说钱，在广东是赚了点儿，但回来之后在市里买了房子，然后又买了车，今年又办了个砖厂，手里已经没钱了。”

李相文说：“刘书记，我跟你讲，我们今年上半年村委会换届的时候，大家都选覃主任当村主任，就是看中了覃主任在广东有办工厂的经验，想让他带领我们脱贫致富。现在我们有了会赚钱的村主任，又有刘书记你们扶贫工作队，我对我们落沙湖村脱贫致富，就特别有信心！”

第22章　交个底

刘镇洪点点头："我们落沙湖村的贫穷面貌，一定会改观的。覃主任，以你在南方办厂子的眼光来看，村里适合搞什么产业？"

覃祖浩就说："之前，上半年的时候，我和李书记也讨论过办产业的事情。但我们讨论来讨论去，要是办一个村集体的产业，做个公司或者厂子，还是很困难的。"

刘镇洪看着他："哪些方面的困难呢？"

覃祖浩想了想，才说："主要是三个方面，一是没有资金，不管办什么厂子，要生产，就要有启动资金；第二个呢，就是交通不方便，不管做什么产业，产品做出来之后，在销售方面，光一个运输成本，我们就要比别人高出太多了；第三个，人力资源，就是人工问题，现在村里的年轻劳动力，大部分都出去打工了，不管办什么厂子，只要稍微要点精力和操作的工作，都招不到人。所以，我和李书记最后商量来商量去，在村里搞集体企业办工厂，行不通，要搞也只能搞种植或者养殖，这个起码成本低一点，但还是那句话，销售的时候，交通是个大问题。"

"交通问题，还是要想办法解决。这个不是马上就能解决的，要时间。"刘镇洪也叹了口气，"那种植和养殖，你们倾向于哪一种模式？种的话，种什么？养的话，养什么？”

覃祖浩说：“养殖的话，就是牛、羊、猪这三样了，优点是见效快，当年就能够产生效益，缺点是成本比较大，而且只能是一户一户散养，没办法成规模。种植的话，李子树和桃子树吧，但都要几年才能够结果，时间太长了……”

李相文补充道：“本来我们村里自己搞的话，很难搞起规模，但现在有了工作队，如果搞养殖，那成本问题就可以解决了，现在买小牛一头也要两三千，要成规模的话，起码要有一两百头吧？这怎么也要几十万的启动资金，我们村里是拿不出来，叫村民集资，他们也不会同意。刘书记，这个工作队，几十万的经费还是有的吧？”

刘镇洪就知道了，他们之前想的方案，其实还是倾向于搞养殖的。经费当然是有的。但经费也不能这么拍脑袋就决定拿来养牛了。虽然落沙湖村山多，但如果真的养两百头牛，那草场去哪里找？要知道牛是要天天吃草的啊！而且，真要是搞养殖的话，除了吃草之外，还要给牛喂料，这样牛才长膘。可不仅仅是那点买小牛的成本。小牛长大之后，销路在哪里？

这些问题，刘镇洪没有急着问出来，他只是点点头：“养牛养羊都是思路，种植的话，也再看看。我下周会请专家过来，到时候结合专家的意见，好好讨论讨论。扶贫的经费，我给你们透个底子，有一点儿，但是不多。到时候，我还要到处化缘去，希望能够讨到一点钱，最重要的是能够引进企业，一起搞养殖，或者一起搞种植，那到时候产销一条龙，我们压力就要小很多了。”

李相文和覃祖浩就点头称是。刘镇洪又说：“我们工作队最近也走访了不少农户，基本上的情况，大致上已经算是了解了。未来肯定是要每家每户都走访完的，但现在我觉得，已经可以边讨论产业方案，边不定时地走访了。像李永福这样的，在村里只有几个对吧？极少数情况对吧？”

“嗯嗯，对对对，那肯定只有几个。”李相文马上点头，“我们村里大部分的人，都还是讲道理的，这个刘书记你放心。要是这都不是极少数的情况，那村里这个日子，恐怕就过不下去了，天天都要打架的了。”

第23章 沟通要讲方式方法

“那我就放心了。”刘镇洪笑着说，“我就怕村里面啊，有很多这样的人，那工作就没办法开展了，只有几个的话，还是可以尽量给他们做一做思想工作的。”

李相文就苦笑着摇头：“他们都是不讲道理的啊！”

“其实呢，只要是人，都是可以讲道理的，就看道理怎么讲！”刘镇洪继续笑着，“只要我们把这个理讲通，讲明白，那就没有问题。这个工作啊，要注意方式方法，以前我们也有许多政策，可能老百姓不理解，但只要多一点儿耐心，将心比心，多沟通，老百姓就能够支持了，你们说是不是？”他都这么问了，李相文和覃祖浩还能怎么说？

覃祖浩就顺口说：“是啊，要好好沟通。”

李相文也微笑着点头：“对啊，对啊，是啊是啊。以前是我们没有注意方式方法，以后还要跟着刘书记多学习啊！”

刘镇洪就笑着摆摆手，又说：“我看村支部有个微信群，那有没有村民微信群？就是全村的人都在里面那种大群？有的话，把我，还有工作队两位同志也都拉进这个村大群里面，这样也方便我们工作队和群众交流。”

“有有有，这个有，不过不是全村的人都在里面，而是每户只允许有一个人在里面。还有些家里没有手机的，就没有进群。”李相文点了点头，又有点迟疑，“不过，刘书记，我要提前跟你讲一下，村里面的大群，这个和支部群不太一样。支部群大家都是党员，说话都还有点分寸。大群的话，这个，这个很多人说话就没分寸了，什么话都敢说，我怕到时候……”

李相文是真的不愿意让刘镇洪进村里的大群。他不是怕刘镇洪和村民交流，而是怕村里有些村民，在群里骂人。他和覃祖浩两个人，甚至村支两委，在群里都没少挨骂。万一到时候刘镇洪在群里被骂了，怎么办？工作队的王芳又是女同志，要是在群里被骂了怎么办？想到这个问题，李相文就头大如斗。

刘镇洪摇摇头，打断他的话：“不要担心这个。我们工作队到村里来，现在就是村里的人，当然也要进这个村里的大群去看一看。啊，我们的工作队三个人都要去。要随时随地，都可以有机会和大家交流，可以随时看一看大伙的意见，看看他们对于村里的各项事务，有什么具体的意见和建议，听听他们的想法，他们真实的想法！”

李相文和覃祖浩对视了一眼，相顾无言。刘镇洪把他们的表情看在眼里，心里也明白他们的顾虑。

想了想，刘镇洪解释道：“我们三个人加到群里之后呢，有什么事情，有什么政策，也可以在群里面公开回复大家的问题。有些人可能不太讲理的，我们在群里面一讨论问题，大家那么多双眼睛看到的，也可以让不讲道理的人，让大家都看看，让大家都评评理。”

听到刘镇洪这么说，李相文就眼前一亮，赶紧点头：“这个可以！在群里让大家都看看那些不讲道理的人，也可以给不讲道理的人一点儿压力！”

刘镇洪又说：“另外呢，关于我们的扶贫政策，到时候也可以在群里面告诉大家，让大家有一个详细的了解，这样也能够拉近我们工作队和大家的距离。李书记，你说是不是这样？”

李相文就点点头：“这个是的，那行，那我就把你和……把你们三个人都拉进来吧。”说完，李相文就拿出手机，开始操作。不到一分钟的时间，他就把刘镇洪、何军和王芳三个人都拉进了群。

第24章　专家建议种莓茶

落沙湖村的大群，群名就叫清风落沙湖。到了群里之后，李相文发布了一条消息：大家注意了，扶贫队的刘书记，还有何军同志、王芳同志进了我们群里，大家欢迎。

顿时，群里面就出现了几朵欢迎的鲜花，还有人打字说热烈欢迎。群里的大部分人都还是很友好的，但是中间也冒出来了几个说话阴阳怪气的人。比如说三组的李文定，就打出了这样一句话：扶贫队到我们群里来了，是不是要先发几个红包啊？给我们先扶一下贫啊？三组的覃平安也发来消息说：扶贫队都来了这么长时间了，一分钱也没发，要干什么？到底是干什么啊？是不是把钱都贪了？这类难听的话，还有几个相似的。

刘镇洪看着这些话，脸上带着微笑，没有出声。李相文和覃祖浩看着刘镇洪脸上的微笑，心里直打鼓。

“刘书记，村里面就是这样，大家开玩笑开习惯了，你不要在意。”李相文小心翼翼地说了一句，不知道是宽慰还是心里面惶恐。

刘镇洪知道李相文这么说，这么对自己在意，主要还是因为自己这个县委组织部副部长的身份。在李相文眼里或者说在村支两委班子的眼里，自己这个扶贫队的队长、村支部的第一书记不仅仅是村里的第一书记，也不仅仅是一个扶贫队队长，更重要的是县里来的领导。

他们面对着镇领导的时候，都会小心翼翼的，更何况自己这个县里来的呢？这种小心翼翼，不是一时半会儿能改掉的，不是说自己让他们叫自己小刘就可以做得到的。这个需要时间。不仅仅需要时间，还需要自己勤勤恳恳地工作，需要自己用实际行动让他们知道，自己和他们是一样的，自己和他们是平等的。

想着这些，刘镇洪就笑了笑，说："这个我知道，村里的人都喜欢开玩笑，我也喜欢开玩笑。啊，大家就是要这样开玩笑嘛，有这样的玩笑，才能够拉近距离，才能够深入群众，才能够真实地了解他们的想法。你们说对不对？"

"对对对！""是的是的是的。"李相文和覃祖浩都点头称是。

刘镇洪就又说："那你们现在要注意了啊，我要发红包了，你们做好准备，准备抢红包啊！"

李相文马上说："啊，不用不用不用，刘书记你不用发红包，你不用在意他们这些话。"

覃祖浩也说："刘书记，你真的不用发红包，不用管，他们都是闹着玩的。"

刘镇洪说："没关系，新人进群发红包，这个是规矩，规矩我懂。"

覃祖浩说："要发我来发吧，我来发。"

刘镇洪摆摆手："不用你发，是我刚进群，又不是你刚进群。这个红包要我来发，我也算是融入咱们村里的大集体，怎么都要意思一下的。啊，红包发得不大，希望大家不要见怪。"

说完这个话，刘镇洪就在手机上操作起来，发了一个100块钱的红包，红包分为88个。村里的大群肯定不止88个人，但是在大群里发红包也不可能让每一个人都领到。能够有88个人领到，那都是大手笔了。红包一发，群里的气氛顿时就起来了，大家纷纷感谢。有感谢刘书记的，有感谢刘队长的，也有感谢刘部长的。

看到刘镇洪发了一个红包之后，人没有在这里，但是同样拿着手机的王芳跟何军两个，也一个人发了一个红包。这两个人都是发的66元的红包，同样也是分了88份，由88个人领红包。

这一连三个红包发完，群里的气氛格外热烈，对于扶贫队的三个人，都有了很大程度的认可。至少，在群里面说话的时候，已经基本上认可了，暂时没有人再阴阳怪气地说什么了，最多也就是有几个人在起哄的，叫他们再发一个，再发一个。其实吧，再发一个也无所谓，但是刘镇洪是不会再发的。再发一个的话，钱不多，这个味道就变了，红包不是这么发的。

升米恩斗米仇的事情，刘镇洪听说过不止一次。既然不准备再发红包了，那刘镇洪就要趁着大家的热情正高，打字说事了。

他直接在群里发了这么一段话：谢谢大家对我们的欢迎。我们是扶贫队的工作人员，同时，我们现在也是落沙湖村的村民，希望大家把我们三个人都当成自己人，有什么事情，可以在微信上跟我们说，也可以直接找到我们说。大家想加微信的，都可以加我们的微信，但是通过可能会慢一点，因为人比较多，我们只能一个一个地通过。到时候，我希望看到微信的时候，就能够想得到你们的人，能够一眼就认出来，我希望能够拉近我们的距离，再次希望大家不要把我们当外人，谢谢大家。

这个话一发出来，群里面气氛一下又热闹起来了。有人就说：那肯定不把你们当外人，你们到我们家里来，有饭有肉有酒，再穷不会饿着你们。还有人说：我们不把你们当外人，那你们也不能把我们当外人。群里的气氛很活跃，也有些人开始陆陆续续地加刘镇洪为好友。刘镇洪一个一个通过的时候，还要备注他们是哪个组的叫什么名字。就这样，微信上时间过得很快，一个小时不知不觉就过去了。

刘镇洪见没人再加他好友，才对李相文和覃祖浩说：“关于办产业的事情，我们还要进一步论证，但是时间也不能拖了，一定要弄好，争取下个星期把这个事情定下来。把产业的基础方案定下来。需要确定的东西，在年前一定要确定下来，年前要开始动员，要把这个地整好，最起码要把土地的使用权整合起来。不管是养殖，还是种植，都离不开地啊！”停顿了一下，刘镇洪又说：“不过呢，把地整合起来，这个工作，我估计没有那么容易。你们两位可能到时候要特别辛苦了，你们要帮我们一起来做这个劝说的工作，给村里的群众做思想工作，尽量说服他们，用樟木塆山上的地入股，成为股东。”

李相文和覃祖浩点头答应，都说没问题，一定把这个工作搞好。

时间过得很快，没等覃祖浩和李相文再次催刘镇洪去请专家，来分析搞什么产业，刘镇洪已经带着从省里请来的技术员，对樟木塆的土地进行了勘测。这一次的勘测，涉及土壤的pH值以及土壤结构，同时还请来了市里县里的气象专家和水文专家，对落沙湖村的气象气候、水利水文进行勘测取样。一连串的工作干下来，足足花了好几天时间，大家都累得不行。

又过了一个星期，各种勘测结果出来了。专家不仅仅给出了各种数据，并且给出了推荐的种植和养殖意见。按专家的说法，樟木塆那边山上既可以种植也可以养殖。如果养殖的话那就要种牧草，那片土地种牧草还是很合适的，平时注意养护就行了，但如果要种植牧草搞养殖产业的话，需要种植的面积就非常大，这个成本很高。然后搞养殖的话，除了牧草之外，还有牛和羊的引进，这个成本同样非常高。如果是搞种植的话，梨子、李子、猕猴桃都合适，油茶也可以，不过专家建议，如果要见效快，初期成本低一点，可以种莓茶。

对于专家推荐的莓茶，刘镇洪马上用手机上网查了一下。查过之后，他发现，莓茶也叫藤茶，目前从全国范围来讲，就张家界的莓茶产业发展得最好，最出名。这是一种带有很多功能的茶，而且，这不是茶树上长的茶叶，而是一种多年生草本植物。莓茶种下去之后，当年就可以采摘叶子和藤蔓，制作成莓茶。对于急切需要扶贫的地方来说，是非常合适的一种产业，投入小见效快，而且莓茶的生长也不太挑地方，山上田里都能种，还很好管理。不管是粗放种植，还是地膜种植法，都可以。并且，大规模的种植之后，当年采摘、制成茶叶，销售和储存都很方便。并且，如果种植莓茶的话，还可以到张家界的莓茶基地去取取经，可以搭张家界旅游行业的便车，借张家界旅游的光，去销售这个莓茶。因为张家界的莓茶产业很有规模了，而落沙湖村离张家界其实也不算远，也就三个小时左右的车程。都是武陵山区的，守望相助啊！

思来想去，刘镇洪觉得这事儿可以搞一搞。他把专家的这个建议，跟李相文和覃祖浩都说了说，然后要听听他们俩对这事的意见。

李相文就有些担忧："茶叶啊，茶叶这个销路怎么样啊？能不能销得出去啊？我们镇上有别的村也栽过茶叶，后来没销出去，现在那个茶园都干不下去了，山都荒了。"

第25章　实地考察

覃祖浩也有些担忧：“从全国市场来讲的话，茶叶的高端品牌就那么几个，别的茶都只能走量，而且走量还不好走。这个莓茶，是个什么牌子？没听说过啊！”

刘镇洪说：“不是茶树上的树叶子，是一种藤子，藤茶。不是木本植物，而是多年生草本植物，我看网上也有说是木本植物的。我没学过植物学，不太懂这个专业术语。”

覃祖浩又问：“那跟我们平时理解中的茶，有什么区别呢？不是茶树上的茶叶，而是草？藤子？这个能行得通吗？”

刘镇洪就拿出手机开始搜索，找出来自己搜的内容，说：“看看，这上面说了，莓茶原产地在张家界的次原始森林，它只生长在1500米以上的山崖之巅。当地山民都把此茶认为是神灵对土家人的恩赐，将其尊称为‘土家神茶’。这里是莓茶的作用，消炎杀菌，实验证明：莓茶对上呼吸道感染、口腔炎、牙龈炎、支气管炎总有效率为91.4%，尤其对治疗慢性咽炎的咽痛效果显著。而且还可以保护心脑、抑制便秘、改善睡眠、抵抗衰老，等等。看看，这个东西，很不错啊！我们这里和张家界地质差不多，大家都在武陵山区，而且专家说了，我们这里很适合莓茶生长！这个要是搞起来了，我们就跑到张家界去把莓茶卖给旅客！到时候，这个产业就做起来了！”

覃祖浩沉吟着：“这个东西如果做好了，应该会有很大的发展，是个大产业，但如果人们不接受呢？这个很难搞啊！我们这里离张家界景区直线距离不远，但是隔了很多山，绕来绕去，要三四个小时啊！”李相文有点蒙，想插嘴，却又不知道自己应该说些什么。

刘镇洪就说：“这样吧，咱们先不要急，先考察考察。我们可以去张家界的莓茶公司看一下情况，看看他们的销售情况怎么样，看看莓茶的受欢迎程度怎么样。这个也不用担心，我找县里帮忙，联系那边的政府部门，然后到他们企业去走一走看一看，顺便谈一下合作情况，看能不能……有没有合作的可能，如果他们能够来投资就最好了，如果他们不过来投资，我们这边产出了莓茶之后，也可以自己制作成茶，让他们帮忙销售。”这个是刘镇洪自己想出来的办法。但这个办法可不可行，刘镇洪心里也没底。因为要让别人帮忙销售产品，这可不是一个简单的事情啊！但现在，刘镇洪也不会把这种心虚表现出来。李相文和覃祖浩现在都对这个持怀疑态度，刘镇洪就一定要说得很有信心才行。

覃祖浩点点头：“这个也可以先看看，我们先过去看看。不过搞什么产业，最重要的都是销售问题，不管是种莓茶还是种猕猴桃，还是种别的，只要有销路，就都不怕。”

刘镇洪一拍手掌：“对，不管搞什么，都要有个销路问题。现在我们不是没什么钱吗，李子树桃子树这些，都要几年才能够挂果，养殖的话，成本就更大了。如果种这个莓茶的话，比养殖要简单一些，成本也要低一些。当然了，养殖这个产业我们也不要放弃，只要有机会也可以做，现在可以先去莓茶企业考察考察。”

刘镇洪把话说到这个份上，李相文和覃祖浩也不再反对了。毕竟他们想到这个成本，也是头痛啊！别说养殖了，就算是搞种植，几十万的启动资金，村里也没有的，镇上也没有这个钱。说到底，这个启动资金，还是要刘镇洪来搞定的，还是要扶贫队想办法的。不管是搞养殖还是种植，都要扶贫队给村里扶贫，村里才能够干得起来，扶贫队不给，你想得再好也没办法。说起来，他们需要刘镇洪给他们找资金，这个是最要紧的事情。

两个人被说服之后，村支两委再开了个会，在会上也统一了意见，并不是说确定现在就开始种莓茶，而是说先考察一下莓茶产业，看能不能做，如果能做就做，不能做就再看种别的或者是养羊养牛。反正是先考察，再考虑。村支两委的成员也没有多大意见，考察就考察呗，大家一起先去考察一下。统一了这个去考察的意见之后，刘镇洪马上就和县委组织部部长王川联系，要王川帮他协调这个事情。王川一口答应，并且当天就已经联系好了协调事宜。

第三天的时候，县委组织部部长王川亲自出马，带着落沙湖村村支两委的干部以及工作队的同志，一起前往张家界，去考察参观莓茶公司和基地。在张家界的一个莓茶基地，落沙湖村的人实地调研，看到生产的车间，看到了种植的基地。村支两委的人都被这个规模震撼了，再一看他们公司产品的销售额，顿时就跟打了鸡血似的，觉得这个东西，值得下大力气搞！

第二天，回到县里吃了餐饭，然后刘镇洪他们就往落沙湖赶。在回落沙湖的路上，刘镇洪在车里说："目前来讲，我们暂时没有钱去搞这个莓茶茶叶的加工。但我们可以先把莓茶栽种起来，等到采摘之后呢，可以把新鲜的莓茶叶和藤直接卖给他们公司，他们帮我们销售。这个我之前和他们老总谈了一下，他们老总表示可以考虑，但要看我们莓茶的品质，看种出来的品质。"

众人就在车里七嘴八舌地讨论了起来。

李相文说："这样的话，我们风险小一点儿。如果直接搞生产车间，那就需要很大的成本。第二个呢，如果我们自己制作成茶，我们不一定销得出去，而如果把茶叶卖给对方的公司，由对方公司来指导我们这个基地怎么种植，那这个就很好操作了。”

“是的是的，这么搞的话，保险一点儿。”

“如果他们公司愿意来我们这儿投资就更好了！”

“是啊，要是他们公司肯过来投资，那就更好了！”

“想得美！他们公司那么大的基地，怎么可能跑这么远到我们这儿另外搞个基地？人生地不熟的！”

“照我看啊，还是我们自己搞公司，自己当老板的好。要是别人来投资，那到时候，大钱都被别人赚走了，我们村里就只得个辛苦钱！”

众人你一言我一语，纷纷发表着自己的想法。

刘镇洪又说：“刚才在那边公司的时候大家也看了，他们也给我们算了一笔账。如果按照100亩种植面积来算，第一年我们摘下来的茶叶卖给他们，还是能够卖几十万的。那么第二年会更多，因为树长大了。第三年肯定也更多。我现在就想啊，我们第一年第二年的时候，茶叶卖给他们，那可能到第三年，我们就可以自己做这个加工，自己直接出成品的莓茶，自己打响品牌，这个都可以的，都是没问题的。”

“对对对，就是要自己搞！”

“他们能够搞那么大的公司，我们村里也可以搞嘛。”

“刘书记，有你带领我们搞，我们有信心！这个比栽果木要好，要容易搞，也要来钱。”

不少人当场就表示了支持。

覃祖浩也说：“这个莓茶确实不错，第一年就可以采摘了，不像种果树，第一年、第二年不可能看得到成果。就算是猕猴桃这种长得快的，也要三年。那么对于脱贫来讲的话，三年的时间，我们村支两委的人，可能等得起，但村里那么多老百姓，恐怕他们不愿意等啊！”

刘镇洪接过话说："其实也不是心里愿不愿意等，而是他们穷怕了，再加上现在时时都要钱用，所以我们还是要搞一个见效快的。莓茶这个东西，挑地方，一般的土质，还种不了，我们这里正好合适。种了之后，说实话，在全国、在全世界范围内，都是巨大的市场，除了张家界，就只有我们这里有，就算张家界占百分之九十的市场，那剩下的百分之十的市场，都能够让我们落沙村变成富裕村啊！这个是别的商品没有的优势！这东西，只有张家界，和我们这里能种！"

李相文也说："我看这个莓茶，还是可以搞一搞，怎么说也是我们土家族的神茶啊！只要有销路，搞一下还是可以的。但如果是养牛或者是养羊，也没问题。"李相文还是想搞养殖，他对于养殖，还是情有独钟的。

刘镇洪就笑了起来："养牛或者是养羊，这个都没问题，问题是需要成本，而且成本太大了。目前来讲，就是这个莓茶成本最小，但就这个最小的成本，我们一次性也拿不出来。莓茶苗子的钱也是一笔不小的支出，完了之后还要请技术员，还要各种技术指导，这个都是要钱的，如果不把这个学会的话，总是由他们公司派人来帮我们管理，那么我们到时候收购的价格就低了，而且我们永远都学不到技术，没有技术的话，就会被别人掐脖子。"说到这儿，刘镇洪顿了顿，才又继续说："至于养殖业，养牛或者养羊，我觉得可以由个别农户开始，愿意养的可以自己养，我们帮忙申请贷款，如果有成规模的，我们也可以到县里申请这个补助，有专门的养殖补助。养了之后销路怎么办？我们扶贫队也可以帮着去联系销路！"

第26章　定下来

在车里，其实也只是通个气，回到村里之后，村支两委的人员都各自回家了。

李相文和覃祖浩又找到了刘镇洪。李相文还是不想放弃搞养殖业，他开门见山地对刘镇洪说："刘书记，我们可不可以搞一半莓茶，再搞一半养殖？"

刘镇洪说："目前资金真的有限，没办法这么搞，我们现在要做的就是做出一个成熟产品，大家统一思想，把这个产业做起来。莓茶要是能够做起来的话，市场还是很大的。如果搞一半莓茶，搞一半养殖，那可能最后什么都搞不起来。"

李相文说："我是怕我们种了莓茶，到时候人家不帮我们销售，那我们就没销路了。这个东西不像牛肉羊肉，没有人帮我们销，我们可以自己销，就搬到镇上，都可以卖。送到县里市里的餐馆，便宜点儿总有人要。"

看得出来，李相文是认真思考过的，不像先前在车上的那些人那样一门心思只觉得能够赚大钱，他是考虑过会不会失败，失败了会怎么样的人。刘镇洪对于李相文这个表现，还是挺满意的。这说明李相文没有盲从，说明李相文是真心实意地为村里着想。当然，满意归满意，可刘镇洪还是要把道理讲清楚，让李相文从心里认可自己的想法，从心里支持自己的工作。李相文是支部书记，如果他不支持这个莓茶的工作，或者虽然支持了，但心里不乐意，那就是个隐患。

想了一下，刘镇洪就说："现在销售不像以前了，就算他们不帮我们卖，我们也有别的办法。第一个呢，我们可以自己跟各个景区里卖土特产的店联系，有游客过来买，卖了我们再结款；第二个呢，我们可以在网上销售，现在网上销售非常火，可以做微商，微商的这个产业非常大，销售量会很大的。"

李相文摇摇头，说："微商都是骗人的吧？"

覃祖浩也有点儿拿不准："微商这个，我总觉得有点不靠谱啊，不知道能不能行啊。"

刘镇洪就说："不要小看微商。虽然微商看起来啊，不像那些知名品牌那么厉害，但实际上，人家的销售额是实打实的，有那么多销售额在那里。当然，这个微商里面呢，不好的现象也存在，不过不要紧，只要产品有竞争力，我们把自己的这个落沙湖村的产品做好，有口碑，就没问题。"

王芳这时候插话说："微商很厉害的，我有个同学在做，现在人家一个月就有十几万的收入，她做的还是面膜，还有一个卖茶叶的收入也非常高。我觉得真正做起来之后，我们村里不给别的公司销售，自己制成茶都可以，就做一个落沙湖的品牌，搞网络销售，完全没问题的。"说到这儿，王芳就来了兴致，提高声音，继续展望未来："这个莓茶起来之后，我们村子里的人，每个人都可以去卖，在网上卖，做微商。到时候，不仅仅靠这个茶叶的产业赚钱，而且我们每个人还可以成为微商，可以在网络上赚钱。"

何军在一旁说："这个才是真正的大家都能享受到的红利。村里和村民一起做大做强，一起发财致富。"

眼见扶贫队的三个人都一门心思要搞莓茶，李相文就不再多争养殖了，想了想说："那可不可以找个公司过来合伙一起种这个莓茶，他们出钱，我们出地，一起合作分股份？"

刘镇洪就点点头："这个可以，我去争取一下，看能不能拉到投资，如果拉不到，那就自己搞，如果拉得到，到时候还要看投资之后的股份比例，这个有得谈啊。反正做两手准备吧，拉得进来就拉，拉不进来我们自己搞，先搞小范围的，搞个100亩什么的都可以。"

李相文和覃祖浩再没有什么意见了。事情就这么定下来了，先集中精力搞莓茶种植，以后再想办法搞别的。

见到大方向定了下来，王芳就说："现在既然事情定下来了，那么，不管能不能拉来投资，既然决定要搞这个项目，我们前期就要赶紧把这个地的使用权动起来啊，找农户签合同。哪些农户愿意用地的，可以用地入股，一亩地折算成多少投资金，我们把这个股份算下来就可以了。不愿意用地入股的，那就把地租下来，一年给他租金。村里的地，如果出租的话，一年现在是多少租金？"

这个问题，一下子把李相文和覃祖浩给问住了。两人对望了一眼，还是李相文说："村里家家户户都有地，没有人会租别人的地啊！有些人家里年轻人都出去了，没有劳动力，那离家远的地，就都荒了啊！"

覃祖浩也说："我们到樟木塆也看过了，那里都是栽的柑橘树，地里都没人种，都荒着。"

王芳就说："虽然是荒着的，但如果真的要搞个莓茶基地，别人也不可能白给你用，租金还是要给的。一百块钱一亩，或者两百、三百一亩？这个都可以再商量、再谈。我觉得最重要的是，不管怎么样，都要先做起来，做起来之后，只要这100亩莓茶基地见到效益，樟木塆还有那么多地，就算我们不统一搞，他们自己也可能会开始学着种起莓茶，那么整个村子就都盘活了。"

刘镇洪点点头："必须把地先搞定，我们年前都辛苦一点儿，把这个地搞定，至少要有100亩，有200亩就更好。我去化缘，嗯，争取在腊月二十四，过小年之前，把这个事情搞下来。然后，腊月二十四啊，我还要到李书记家里过小年，这个是我们之前说好的啊。到时候，看一下是我喝酒厉害，还是你喝酒厉害。”

李相文就笑着说：“行啊，随时欢迎！也不用到过小年的时候，今天晚上也可以，我家里酒肉什么都有啊，虽然我没有覃主任家里那么有钱，但酒肉还是供得起的，一餐饭吃不穷我。”工作谈定，几个人就轻松地开了几句玩笑。

次日，工作队三个人和李相文、覃祖浩，总共五个人，又到了樟木坳山上。五个人在山上走了几个小时，几乎把所有的种柑橘树的地都看了一遍，然后确定了一个大致的范围。

刘镇洪说：“其实我们整个樟木坳山上，都可以种莓茶，但这一片最合适，有毛路，至少小货车可以开得上来，方便运输，而且土层也比较厚。我们把这一片先种下来。”

李相文点点头：“这一片确实最合适了，要搞就要一炮打响，搞这一片，最合适。”

覃祖浩也说：“我也觉得这一片最合适。”

刘镇洪就说：“既然李书记和覃主任都觉得这一片合适，那就要麻烦你们两个，把这一片地的归属先列个单子，看看都是谁的地。列了单子之后呢，我们再一起去做工作，分别去做工作，能够做下来的工作，我们先做了，做不下来的，再一起想办法攻坚。你们看怎么样？”

李相文说：“可以。这一片大概也就二十多户不到三十户吧，应该难度不大。嗯，只要有人同意了，大部分应该都能同意，大家都是喜欢跟风的。然后呢，有一个可能比较难一点，这里……你看这一片，这是张华妹家里的，她家里估计有四五亩地，可能不是很好说话。”

“张华妹？”刘镇洪思索了一下，然后点点头，“哦哦，我想起来了，我想起来了，就是上次我们第一次到樟木垴山上来的时候，到这里跟我们说地有纠纷的那个吧？对了，跟她争地的那个人叫什么来着，回来了吗？”

李相文马上说：“叫李兴财，还没回来，不过也快了，大概要到腊月二十五六的样子才回来。”刘镇洪点点头：“行，回来了之后，就把这个事给了结了，两个人的地，也不要总是争个不停。既然这个张华妹的工作比较难做，那就放在最后，到时候我们一起去做她的工作。我们先把前面好做工作的人，把这些人的工作都做好。今天下山之后，马上就展开工作。现在先回村部吧，回去之后先列个表，我们五个人分一下，每个人先分几户，总共二十来户嘛，分到人也只有四五户，争取两天之内搞定吧。最好今天一天就搞定！”

李相文就说：“今天一天估计难度有点儿大。”

刘镇洪就问：“这一片地里，有我们三个人住的农户吗？李元清家里在这里有地吗？”

李相文点点头：“有有有，你们三个人住的家里在这里都有地。这三家应该是没问题的，你们三个人现在已经跟他们很熟了，多少会给你们面子。”

刘镇洪就说：“那这个就没什么问题了。嗯，赶紧下去吧，到村部去分一下，今天晚上一个人先至少搞定一家，最好能搞定两家，明天之内全部搞完。把那个张华妹放到最后，我们一起去给她做工作，只要前面的都同意了，她应该是能够讲得通的。”

五个人下了山，到村部之后，把山地登记的底子都看了一遍，然后确定了哪一家哪一户。

整理出来之后，李相文揉了揉脑袋，一阵头大。这里面，有几户是比较难缠的，不仅仅有张华妹，还有那个李永福。

第27章　出师不利

张华妹和李永福，是刘镇洪到落沙湖村之后，遇到的两个挺难缠的人，属于非常不好打交道的那种。李相文和覃祖浩还对刘镇洪说村里还有几个人，跟这两个人差不多一样难缠的。那几个人，他们也在刚才看中的那一片山里有地。这个事情很无奈啊！但再无奈，事情也还是要做，该谈的还是要谈。总不能因为对方难缠，就另外再挑一片地吧？谁知道另外再挑一片，会不会还是有难缠的人呢？

刘镇洪点了点头，说："不要紧，他们都放在后面谈，我们先把容易谈的谈好。现在分名单吧！"

名单很快拟定出来，分配完毕。那一百来亩地总共归二十六户使用，刘镇洪一个人领了六户，另外四个人，每人五户。李永福和张华妹这两户，都在刘镇洪手上。

首先要去的，并不是张华妹和李永福家里。刘镇洪先去了一个叫覃军的农户家里。覃军是村里的贫困户，建档立卡的，刘镇洪之前也到过他家里，和他算是打过交道的，虽然不是很熟，但是至少有一面之缘，便于沟通。

到了覃军家里之后，覃军对刘镇洪相当热情，给他倒了热水，然后问："刘书记，你今天过来又是需要我提供什么材料的吗？"

刘镇洪说："材料不需要你提供，你家里的情况，我们都已经登记好了。现在呢，是村里有一个打算，要跟你商量一下。"

覃军点点头，很开心地说："是不是扶贫款要下来了？"他对扶贫款，是非常感兴趣的。

刘镇洪说："扶贫款的事情不要急，我今天来呢，其实也就是商量这个扶贫的事情。我来的时候，相信你也听说过的吧？我们这一次是做产业扶贫，不是直接发扶贫款。我们的目的，是要把整个村的经济做上去，让全村的人都跟着一起脱贫致富。"

覃军就点头："嗯嗯。"

刘镇洪继续说："这次来到你家里呢，就想跟你商量一下，在樟木塅，你在那里有一块地，大概有五亩，对吧？"

覃军想了想，说："那估计四亩五亩是有的，不过整个樟木塅上面，我们家不止四五亩地啊，你说的是哪个位置？你是要地搞什么吗？"

刘镇洪说："我们工作队和村支两委商量了一下，也征求了专家的意见。然后呢，再结合村里具体的情况，制订了一个产业扶贫的方案。现在呢，就是要先在樟木塅那块地里面，搞个一百多亩地，成立一个股份公司，或者一个农业合作社，搞种植产业。"

听说是要让农户用地来入股，覃军就有点失望："不是给钱啊？"

刘镇洪说："等这个公司搞起来，产品做出来，这个就是你的钱，而且不是一次性的，是年年都会有的钱、年年都有的收入，是股东分红。"

覃军就问："那一年有多少收入啊？能够分多少红啊？"

刘镇洪说："这个目前没办法给你保证一年可以分多少，我们还要先做，做了之后看收成怎么样，看市场情况怎么样。有了收益才有分红啊！"

覃军就有点犹豫了："那这个没有收成呢，如果亏了呢？风险大不大啊？会不会有风险啊？要是亏了怎么办？"

刘镇洪耐心地解释说："这个嘛，不管做什么生意，风险都是有的。但我们会尽量把风险排除，会尽一切办法把公司做起来。就算真的亏了，那也不会要你出钱，只是没有分红，但你的地，你那几亩地在那里，地还是你自己的。"

"那你们成立一个公司，直接给我租金不行吗？"覃军又问，"我直接拿钱就行了，我不要操那么多心。当个股东我还怕亏呢，你能不能直接给我钱？"

刘镇洪劝着："你拿租金一年也拿不了多少钱，一年给你两百三百块钱一亩地，你那里就算五亩地，一年也只有一千五。这个一千五能干什么？"

覃军说："一千五不少了，够了，只要每年都有一千五我就很开心了，我不要入股，我就只要租金。"

刘镇洪没想到，上一次和覃军打交道的时候，覃军是非常好说话的，整个人笑脸盈盈的，对人非常和善，给他说什么他都点头称是，但是这一次，想让他入股，想让他当股东，想扶持他做产业，他却不干了。不想当老板，只想要一亩地三百块钱一年的租金！这让刘镇洪觉得很无力。为什么他只在乎这么一点儿小小的利益而放弃了入股呢？按道理来讲，入股之后，等几年公司做大了能够分红的话，一年分到手几万都有可能，但现在他竟然只要一千五百块就能满足了。为什么就这么短视呢？为什么就不知道看长远一点呢？

刘镇洪在心里叹了一口气，他是真想答应下来直接租地，但他知道，不能答应。一方面，如果用租地的搞法，租地成本对于村里来讲，也是一笔不小的支出，另一方面，到时候真要赚了钱，而这些村民只能拿地租的话，他们心里会不平衡的。这一不平衡，就会搞事情，到时候可能村里刚刚搞起来的莓茶产业，就会衰落下去了。对于人性，刘镇洪是有着深刻的认知的。

心里很郁闷，但刘镇洪在表面上，还不能把自己这个情绪表达出来，只能耐心地继续劝着："我刚刚说了，我们这次来，是搞产业扶贫，不是直接发钱，如果说你要拿租金，或者说全村的那一块地，大家都拿租金，那这个公司或者合作社就成立不起来。我们手上的款项付了租金之后，也就没有办法再去把这个地开垦出来，把这个地做成一个莓茶基地……我们拿到地之后，山上那些柑橘树光砍掉挖掉，都要一笔不小的工钱，然后还要整地，这都是大投入，都是要钱的！现在村里的预算是有限的，我们现在让你们用土地入股呢，一方面是因为可以节省资金，另一方面，也是更大的更重要的一方面，就是需要让你们成为股东，成为股东之后，对你们以后的利益有保证，如果不是股东，仅仅只是租一下地，拿点儿租金，那么以后，你们的利益损失会非常大。"

覃军就嘿嘿笑了一下，然后说："刘书记，我知道你是为我们好，但是我知道我自己没有那个能力啊，当不好股东，我也搞不好公司，我也做不好生意。我就只想把这个地租出去，拿一点儿租金，一年有一千五百块钱，都可以让我生活好很多了，我已经很开心了。我不想那么多，我这个人不贪心。"

你不是不贪心，你是只想把钱拿到手！刘镇洪又继续劝说，但是覃军油盐不进，不管怎么样，他就是不入股。想要用他的地，可以！但必须给租金！并且，这个地的租金，他只签三年，每年三百块钱一亩，但是三年之后，他要涨价！涨到什么样子？他说要等那个时候再看。

刘镇洪觉得，这个就很恼火了。如果是按这样的操作，三年之后他要涨价，还不知道涨成什么样子，那如果别人的土地都用这个办法来租，外面不管哪个公司都不可能敢过来投资的！因为只能签三年合同，谁也无法保证，三年投进去，能不能有收益，就算是有收益，也很有可能第四年第五年才是真正有大收益的时候。那个时候怎么办？村民到时候要天价的租金怎么办？从覃军家离开的时候，刘镇洪的信心受到了一些打击。他本来是完全充满了信心的，觉得这个劝说工作是没什么难度的，没想到，自己第一站的任务就没有完成。出师不利。像覃军这样的人都说服不了，那李永福、张华妹那样难缠的人，又要怎么去做他们的思想工作呢？

走在回李元清家的路上，刘镇洪越想越头痛，拿出手机，在微信上和另外两位队员何军、王芳联系。何军和王芳反馈过来的消息，也不乐观，跟他几乎一样，出师不利，无功而返。据何军与王芳所说，他们遇到的情况，跟刘镇洪遇到的差不多，农户可以接受租地，但是不能接受入股，租地可以看到实实在在的钱，心里能够踏实，而股份分红，农户们觉得太虚了，看不到钱，不踏实。而且农户们还觉得，就算开公司赚了钱，也只是村干部赚钱，跟普通村民没关系。

第28章　难啊

真要说起来，覃军的话，还是给刘镇洪带来了不小的打击，让刘镇洪认识到，现在的农村工作，跟他以前在乡镇干的时候，不一样了。群众的想法已经变了。群众对待从上面下来驻村的工作人员的态度，也变了。就拿落沙湖村来说，村里每个人都有自己不同的想法和诉求，并且对村支两委也会提出各种各样的要求。有了变化，就要适应这种变化。只有适应了这种变化，他刘镇洪才能够在落沙湖村更好地打开局面。如果只是想着自己以前也在乡镇干过，想着自己在农村工作方面，很有经验，那以后的工作，可能会有很大的难度和挑战。

想着这些，刘镇洪就打电话给王军和王芳两个人，要求他们俩和自己见一面，碰个头，聊一聊。在电话里，刘镇洪问明了他们两个人的位置，就约好了离三个人距离相对都比较短的一个地方集合。这一次，三个人只是一起商量一下，谈一谈感受，并不是开个小会，所以完全可以在外面，没有必要跑到李元清家里去商量。就在村道的一个拐角处，三个人碰了头。

一见面，刘镇洪就说："今天叫你们俩碰个头呢，我首先要做一个自我批评，要检讨。今天这个工作的情况，这个状况，是我之前没有预料到的，是我的失误。"

何军赶紧说："这不是很正常的吗？哪有一说就能够说通的？肯定要多说几次的，刘部长你不要这么自责。"

王芳也说："刘部长你这是干什么？你这都自我批评了，那我们是不是也要做个自我批评呀？"

"不用不用，你们不用做自我批评。"刘镇洪摆摆手，"今天这个事情，对于我们来讲，是一个深刻的教训啊。之前这段时间，我们在村里的感受就是村里穷归穷，但人还是很热情、很好说话的。现在想一想，之前好说话，是因为把我们当客人，但现在要谈正事，要谈到利益了，才是见真章啊！现在，对我们工作上的考验，才算是真正开始。我们都要记在心上，都要汲取这个教训，想一想，我们之前为什么会松懈，会觉得这个用地入股的方法，能够轻易地谈好？我们也要好好地想一下，这个工作接下来要怎么做？今天这个情况，都是我麻痹大意，掉以轻心了啊！"

何军接过话，说："刘部长你不要这样说，干工作肯定是有困难的，不是哪一个人的责任。我们三个人，到现在都还没有进展，今天没有进展，那就明天再谈嘛，多谈几次就是了。而且，虽然今天没有谈妥当，但我们也大致上了解了他们的需求，这也是一个进度啊！刘部长你不要对自己的要求太高了，你要求太高了之后，我们跟不上啊！你也要考虑考虑我们的能力啊！"

刘镇洪就知道，何军这是变着法子开导他呢。虽然刘镇洪觉得自己并不需要这样的开导，但何军有这份心，他也很感动。大家现在的工作，就是要相互配合、相互支持啊！

王芳也顺着何军的话说："其实我们遇到的情况，都差不多。他们现在具体的要求，就是要见到现钱。没有现钱的时候，他们觉得入股什么的都是虚的，他们就是要现钱。猛一看，我们是没有达到先前定下来的目的，但是，这么说吧，退一万步讲，我们现在也有了一个最低的底线！这个底线，我们还是能够做得到的！"刘镇洪就看着她，用眼神鼓励她继续说。

王芳就继续说道：“这个底线就是直接拿钱租他们的地，这个底线就是，他们是愿意出地的，并不是舍不得。只要有这个底线在，那我们还是能够把这个莓茶产业做起来的，在开春之后把莓茶栽起来的，大不了就是给他们一年的地租嘛。”刘镇洪点点头：“你继续说。”

王芳继续说道：“这个地租嘛，咱们也不用一次性给三年，而是一年一年地给。这个资金上的压力，就不那么大了。至于三年之后，是继续租，还是让他们自己管理都可以。殊途同归呀，总归是能够让他们致富就行了。”她这个思路，也算是一个思路，不能说不行，只是，考虑得不够全面。

刘镇洪就摇摇头，摆了摆手说：“如果说这个产业要搞，那只能是大家一起搞，不能各自为政啊！如果每家搞一片地，形不成规模，到时候很大的可能就是一个恶性的价格竞争，又会跟山上的柑橘树一样，卖不出去。就算卖出去了，价格也非常低，销售价还抵不过成本，又会搞成一个恶性循环。所以呢，我们还是要做成一个公司，这样才有竞争力。”

何军说：“希望能够从外面拉到一个公司过来投资，公司占一部分股份，然后村里占一部分的股份，村里的这些股份呢，分两个部分构成，一个就是村里可以村集体的名义占一部分，这个村里的股份投入，可以用扶贫资金来出，作为村集体的投入。另外一部分，就是村民自己用土地来入股，这样的话，就是一个良性的股份制公司。”

刘镇洪点了点头：“我就是这样想的。只是，村民的思想工作，很不好做啊！”

第29章　感动

三个人一起叹了口气。农村工作不好做，这时候三个人是有着相同的感受的。思想工作太难了！

王芳有气无力地说："还是需要有人先带头！"

何军说："对！如果没有人带头的话，大家都等着想要拿到现钱，这个现钱一年也就三百块钱一亩地，根本就没多少！如果实在不行的话，就另外划块地吧，尽量划到好说话的村民家里的地！"

"这样也可以。"刘镇洪听着这些话，点了点头说，"活人不能被尿憋死，实在不行，就再划块地。哈哈，还是要多商量啊！我们三个人聚在一起，商量了一下，不就主意出来了吗？实在不行啊，就按何军说的，我们就找一些好说话的人，愿意尝试的人，有胆量尝试的，想出头的人，先搞起来！"

何军和王芳连连点头。

刘镇洪又说："那我们现在就再分一下任务，今天晚上我们各自回到家之后，把各自住的那一户一定要搞定。不管用什么办法，这个一定要搞定，你们两个人有没有信心啊？"

王芳首先表态："我没有问题啊，我这边绝对没问题。"

刘镇洪点了点头，这个事情，他对王芳还是有信心的。毕竟，王芳住在覃香秀家里，和覃香秀沟通方便。覃香秀是个女人，还是一个二十八岁了还没出嫁的女人，时常被村里人拿来说事，村里没人能够理解覃香秀的处境。但是，王芳不一样，经常上网，也知道现在许多事业型的女人，三十多岁了还没谈恋爱呢。所以，从心理上来讲，覃香秀就感觉王芳能够认可她。这样一来，二人之间，就有很多共同语言，在这个基础上，感情也还是处得不错。

不说利益方面的问题，就算覃香秀单纯给王芳一个面子也会同意。不就是几亩地吗？不伤筋不动骨的，而且那几亩地如果不种的话，放在那里也是浪费，没什么收入。所以，王芳回答得很干脆，也很有信心。

何军也点了点头，说："我那里应该也没问题，都还是挺好说话的。"

听到这个话，刘镇洪心里稍安，这里就有两户了。自己回去之后，李元清那里应该是问题不大的。虽然李元清家里人多，但通过平时的观察，他感觉到李元清应该是没问题的，就算李元清心里不愿意，但也不会明说出来，至少会给他一个面子。不说别的，他们三个人的生活补助，是实实在在给了三户借住的贫困户的。这一住三年的话，对于那三家人来讲，也是一笔不错的收入了。比起那点儿地租，多出很多倍了。就冲这个，三家人也不会不给面子啊！

想到这里，刘镇洪又苦笑着摇了摇头："我们三个人，今天晚上这个工作应该是很好做，但我们也要明白，工作为什么好做？其实是他们爱面子，也是他们愿意给我们面子，并不是说他们是从心里面认可这个工作，认可我们这个种莓茶的方式。他们只是觉得面子上抹不过去，不想反驳我们。所以，我们还是要多想想办法，要让他们从心里认可我们这个工作。"

何军与王芳点头，脸上表情有点黯然。三个人碰头之后就分开了，各自回家。

刘镇洪到李元清家里的时候，家里正在做晚饭。打过招呼之后，刘镇洪就说有个事情要商量一下。

李元清说："什么事啊？刘书记你说。"

虽然刘镇洪不让村里的人叫他刘部长，要别人直接叫他的名字，但其实大家都还是没叫他的名字，而是叫他刘书记。毕竟，他现在是落沙湖村党支部的第一书记呢。开始他还提醒一下，后来见村里的人都那么坚持，他也就不多说了。别人要这么叫，那就这么叫吧。他也想明白了，叫刘书记，更能够让他时刻提醒自己，肩膀上的担子有多重。一定要带着全村群众，脱贫致富！

刘镇洪看着李元清，很坦诚地说："是这样，你也知道，我们工作队到村里面来是扶贫的。现在呢，咱们扶贫的项目啊，基本上已经确定了，就是搞莓茶产业，种莓茶。"

李元清点了点头："我知道，我听说了，是种茶叶，听说，好像那个茶叶还挺卖钱的啊？很有营养，是不是？"

刘镇洪又笑了："啊，你这个消息还很灵通啊，这个都知道了？"

李元清就拍着胸脯说："那肯定的，你这个第一书记、扶贫队长住在我家里，那我觉悟还是要高一点儿，这个，啊，对这个政策还是要多了解啊，还是要及时地知道最新的消息，要不然我不就是给你捡不起脸了吗？"

刘镇洪听到这个话，就很开心地笑了："哎呀，我要谢谢你啊！"说着，他又叹了口气："唉，全村就是你对我的工作，最支持啊。"

李元清说："那肯定的，刘书记，你想要什么支持啊？你尽管说！只要我能支持的，我都支持！"

刘镇洪愣了一下，他没想到自己肚子里的正事还没说出来，还没有把这个工作细节说清楚，李元清就做了这么一个表态。这实在是太感动了。跟覃军之前的说话一对比，刘镇洪心潮起伏，他想说点儿什么，但张了张嘴，却没说。这种时候，说什么感谢的话都很苍白。只能记在心里了。

李元清没注意刘镇洪心里怎么想，继续说道："刘书记，你们到村里来之后，我是亲眼看着你每天工作啊，亲眼看到你有多辛苦！说实话，我很感动。你这都是为了我们村的事情，这么累这么付出，都是为了让我们脱贫致富，都是为我们着想啊！你们工作队都这么全心全意地为我们着想了，那你们要干什么工作，我还能不支持吗？我不支持说得过去吗？我肯定是无条件地支持啊！我要是连这个都不支持，那我还算是个人吗？"

这个话，李元清说得很认真，真情流露。刘镇洪的工作，他是看在眼里的。

第30章　换个思路

“谢谢，谢谢你对我的支持，对我们工作的支持，也谢谢你从心里面认可我们工作队。”刘镇洪站了起来，发自内心地说出感谢的话。他预料到了李元清会支持他，但真没想到，李元清的支持会这么彻底。对于先前出师不利的刘镇洪来讲，李元清现在的支持，就是雪中送炭。不仅仅是对他工作的支持，更是让他坚定了信心。

这个时候，刘镇洪处于一种感动的情绪中，走了两步，然后看着李元清说：“元清叔，虽然你说无条件支持我，支持我的工作，但是啊，我还是要跟你说清楚，我们并不是一开始就把樟木垴的地都种上莓茶，而是要先做一个试点！”

李元清：“就是先搞一部分嘛。”

刘镇洪点点头：“对，先搞一部分，很小的一部分，大概有100多亩地吧。那100多亩地，总共有26户，你家也有地在其中，你家里的地我看了一下，在那里有大概4亩多接近5亩地的样子。”

李元清很豪爽：“没问题！我刚刚说了，无条件支持你！”

刘镇洪迟疑了一下，说：“这个地，是不给租金的，是拿这个地算入股，当股东！”

李元清就愣了一下，然后表情有些肉疼，但并没有迟疑多久，便咬咬牙："没事，没有租金就没有租金，你拿去种吧。只要你们把工作能干起来，我们能够富起来，我就没问题，说了无条件支持你，就是无条件支持你！"

刘镇洪看出了他的肉疼，也知道他说这个话主要是要面子，心里多少都会有些舍不得。但刘镇洪也知道，李元清也是打心里支持他的。知道这个就够了。

"你放心，怎么都不可能让你吃亏的。"刘镇洪又坐了下来，对着李元清语重心长地解释道，"这个地虽然没有租金，但是这个地是算你的股份的。到时候啊，公司的收益出来之后，是要给你按股份分红的，你就是公司的股东，以后比收点儿租金，钱多得多。"

李元清听到这个话就笑了，笑得很开心："这个都无所谓了啊，没什么关系的，地拿去种就是了。就几亩地嘛，反正我自己也没种东西，没什么关系的。"他还是很要面子，话里话外，都显示出自己的不在意。

刘镇洪又说："那你家里面要不要再开个会商量一下？"

李元清手一挥："家里我说了算，不用开会！"

虽然李元清说不用再开会，但刘镇洪还是在晚上找了个时间，给李元清家里的几个人都讲了一遍政策，然后分析了一下前景。李元清家里的人都表示没问题，主要是那几亩地放在那里，每年就收点橘子自己吃一下，也没卖钱，现在拿出去就是做人情。这一家子都很质朴，刘镇洪就很感慨。落沙湖村不仅仅有李永福那种不讲道理的人，也有覃军那种自私自利的人，还有李元清这种懂得感恩的人。

刘镇洪把李元清这里搞定了，何军和王芳回到自己住的地方之后，同样没费什么工夫就把这个事情搞定了。毕竟，就从住的这三家来讲，就算一分钱租金没有甚至不占股份，他们也会给工作队这个面子。山区的人就是如此，宁愿自己吃点亏也要给自己的朋友一些面子。不管他认不认可这个操作方式，只要认可了你这个人，那你的面子就一定要给。

次日，工作队三个人和李相文、覃祖浩分别出动，开始了今天的说服工作。每个人分到的任务是不一样的，去劝说不同的农户。一天的说服工作下来之后，五个人又在村部聚在了一起。

“说说效果吧。”刘镇洪看了看另外四个人，“有答应的吗？”

李相文摇摇头：“目前我负责的这五家，现在不好讲啊！有一家是坚决不同意，怎么都不干，既不要租金也不要股份。反正就是不同意。不过，我看得出来，他应该是嫌租金太少了。另外四家都表示要考虑考虑，没有一个痛快答应的。”

覃祖浩接过话：“我这边的情况也差不多，都说要考虑考虑，有两户说不入股只出租，要价比较高，开口就要1000块钱一亩，每年1000块。这个价已经是天价了，不可能啊，哪个出得起这么高的价？”

刘镇洪又把目光看向了何军跟王芳。何军苦笑一声：“我这里的情况差不多，都只说考虑考虑，没有一个人痛快答应，不管怎么说就是不松口。”王芳笑着说：“我这里谈下来一家，口头答应了，但他要别人答应了，他才答应，没什么主见，随大溜的那种。”

刘镇洪心里就有数了。这个事情，看来还是要找个别的突破口了。

刘镇洪想了想，说：“我们还是换个思路吧。这样，李书记、覃主任，明天我们一起到李永福家里去。先把李永福的工作做下来！李永福在村里有名气，如果他同意了，那别人一看，可能就都会动心了。大家都会想着，李永福这种有钱人，眼光不会差的，说不定就会跟风了。”

李相文就说：“李永福的工作可能很难做啊！”

覃祖浩也点了点头：“难度不会小。”

何军与王芳也有些担心。但刘镇洪还是坚持这个方案，于是五个人就又开了个小会。

散会的时候，李相文突然说：“大家看一下群里的消息，大群。”另外四个人都拿出手机看了一眼，打开了落沙湖村的大群。这一看，就看到群里有很多消息，很多人在说话，都在讨论莓茶的事情。还有人直接点了李相文和覃祖浩的名，也有人点了刘镇洪的名。大家所说的话，主要就是在问，莓茶产业既然是扶贫的产业，为什么那些地，没有把贫困户全部都算进去，而是把有钱的人都算进去了呢？他们所说的有钱的人，应该就是指的李永福还有覃祖浩。

之前划的那一片一百多亩地，其中就有李永福和覃祖浩的地。群里更有一些人还阴阳怪气地说，家里有人当官就是好，能够搞到好政策，就能够先享到福。

除了这些，还有的人就直接列出来了数字，说全村327户人，建档立卡户有53户，但是现在村里面准备搞的莓茶基地，只有100多亩，并且这100多亩里面，有26户人的地，可建档立卡户只有7户。这个数字一放出来，就有很多人阴阳怪气地说，说是扶贫，但是大部分都是富人的地，都不是贫困户的地，就是拿着扶贫的幌子，村干部贪国家的钱！

第31章　体会到失败的感觉

看到这些讨论，刘镇洪心里感觉到非常无力。划出那一片地之前，他们也不知道那片地到底是谁的，其实那一片是那个专家建议的位置，说是光照和土壤都非常适合莓茶生长。而且，那块地也只是第一期。等到这个第一期做起来之后，肯定会扩大规模。但现在村民们在群里这么一讨论，就变味了。今天到农户家跑了一天，费尽口舌，但人家都不愿意拿地入股搞莓茶基地。而群里这些人，还在阴阳怪气地说工作队和村里都把好处给了那些不愿意入股的人。这都是什么事!

刘镇洪有苦说不出。不过，这种事情，刘镇洪也能够理解。甚至，他还想得到，如果这时候突然说把先前那一片地换一个地方，叫群里这些口口声声不满意的村民来用地入股，他们肯定又会以为有什么陷阱，然后就会犹豫，进而不同意入股了。总是觉得别人得到的东西才是好的，人性就是如此！至于说一次性搞个几千亩上万亩地，不现实，也不可能！别说扶贫队找不到那么多资金，就算是到外面拉投资过来，规划个一万亩的莓茶基地，那第一期真正开工的，估计也只有一两百亩。没钱的企业，分期投入是手头紧；有钱的企业，分期投入是控制风险。反正不可能一次性就搞完。

李相文看了看刘镇洪，说：“刘书记，你不要在意，村里的人都没什么见识，有口无心。”

刘镇洪摆摆手，笑了笑：“没事。群众在群里有事说事，能够让我们看到工作上的不足，才能够让我们知道怎么把工作做得更好。这是好事。”说这个话的时候，刘镇洪还在群里发了一条消息：扶贫队肯定是过来扶贫的，贫困户都是要解决贫困问题的，但目前我们是先做一百多亩的试验基地，以后还会扩大，这一百多亩的试验基地，目前是专家划出来的，不是我们能决定的，如果大家还有想一起加入试验基地的也可以申请。

他的这个话一说，群里就更加热闹了。有人直接就问：那我们申请加入一亩地给我们补多少钱？

李相文回复：目前没有补钱的说法，申请加入的就是一亩地折算成股份，我们要成立一个公司，地都是折算股份成为公司的股东，盈利了之后股东就分红。

这个话一发出去，群里面吵得更加不可开交。很多人甚至说村里想骗地！也有人说国家的扶贫款都下来了，但是村干部想私底下分钱，所以用入股来骗人！这么一说，群里的话说得就越来越难听了，各种话都有。

李相文就对着刘镇洪苦笑：“刘书记……”

刘镇洪摆摆手，打断他的话：“放心吧，李书记，我没有那么脆弱，这点心理承受能力还是有的，大家的顾虑啊，我都还是能理解的。我给他们回个话解释一下吧。”

李相文说：“你先别急着解释，你让他们自己先讨论，你现在不能回话，一回话可能他们说得更难听了。”

刘镇洪说：“不行，我不能在这个时候逃避问题。遇到问题了，我们就要面对，就要解决这个问题，逃避是没有用的，矛盾只会越积越深啊！有矛盾，我们马上就要化解，就要沟通！在网上沟通不了，我一家一户去拜访。线下沟通和线上沟通，同步进行。我相信，没有沟通不了的问题，没有解决不了的问题，人心都是肉长的。只要我们待人以诚，我相信大家肯定会理解会支持我们的！”

“还是要马上解释啊，这个矛盾不能积压，本来现在就矛盾多，越积压会越大。”王芳也表示了支持。

李相文就说：“嗯，那也行，那就解释一下吧，但是……如果那些人又有难听的话说出来，那你们三位就多多包涵了，不要太在意。农民嘛，刀子嘴豆腐心啊，都是心直口快，有什么说什么，但其实人还是挺好的，大家为人都还不错，就是藏不住事啊，有个什么情绪马上就表达出来了。”

刘镇洪笑着说：“放心、放心啊，李书记，这一点儿你和覃主任都可以完全放心啊！我们三个人，是打定主意到落沙湖村来的，是下定了决心要把这个扶贫工作做好的，我们是真心实意要帮助这些贫困的家庭脱贫致富的。我们也做好了这个工作难做的准备，放心，我们不会因为他们说些什么话，就心里不痛快的。干工作嘛，有矛盾很正常啊，有分歧也很正常。沟通嘛，还是在于沟通，多沟通啊，多做思想工作。争争吵吵的很正常啊。放心！”

说完这个话，刘镇洪就拿起手机，精心编辑了一段话：大家好，我是驻村工作队的队长刘镇洪，大家可以叫我小刘，我来给大家解释一下现在的情况：这个地块是专家来划定的，是非常适合种植莓茶的。当然我们整个樟木垴山上其实都适合种莓茶，但我们的启动资金有限，能够做的也不多，所以我们先准备种个一百多亩。当然如果大家有需要，觉得自己也想第一批就加入，那我们可以继续加入，大家可以向村支两委申请，跟村支两委的人说也行，跟我们工作队的人说也行，说了之后把名字加上去，然后把这块查出来是哪一家的地，加上去就可以了。

这段话一发上去，刘镇洪没去看群里的议论，马上又编辑了一段话：所有村民一视同仁，方式都是一样，所有人的方式都是用地入股，大家一起成立一个公司，都当股东，到时候这个公司村里占一部分股份，大家用土地占有一部分股份。我们还要看外面招商引资的情况，看能不能引进一个公司来运作，莓茶做出来了才有销路，这个公司也占一定股份，当然这个引进来的公司还要出钱，就是前期的资金有一部分是由这个公司来出的，我们前期没那么多资金的。这一长段话发上去之后，刘镇洪就没有急着说话了，而是翻看着群里的聊天记录。

顺便，他也留意着大家对他这个话的反应。

大家看完他这两段话，又有各种各样的问题出来了。最主要的一个问题就是：什么时候能够分红，分红一年能够分到多少钱?

刘镇洪针对这个问题，又编辑了一段话发上去：莓茶和别的种植业不同，莓茶的效益，见效很快，明年一开春就种下去，5月就可以采第一批茶了，然后明年底就可以结算收益了，就可以看你有多少利润。如果心里觉得担心的，那可以等前面第一批的试点，看看第一批的收益怎么样，然后再决定加不加入第二批。但有个事情我要说在前面，第一批加入的，以土地入股的地，一亩地比第二批一亩地占股份肯定是要多一点儿的，这是对刚开始加入的第一批人员的一个鼓励，他们是承担了风险的。希望大家多支持我们的工作，我们落沙湖村一定会脱贫致富。

这个话一发到群里之后，群里更加热烈了，讨论声更大，有人已经开始骂人了，骂得非常难听，有人直接问候起了工作队和村干部的家人。刘镇洪看着这一幕，叹了口气。他以为自己这么用心地解释了，群里那些村民会理解的，却没料到，越解释，别人闹得越厉害。早知道这样，刚才还不如就听李相文的，不理会呢。看来，李相文对这一类事情，还是相当有经验的，自己刚才有点想当然了。

王芳看到群里那些人说的话，满脸不痛快，站了起来：“太过分了，他们怎么能骂人呢？我去跟他们说！”

刘镇洪伸手压了压：“坐下，不要急，不要冲动，不要说话，把手机放下。”

王芳怒气冲冲地说：“凭什么呀，凭什么他们骂你啊？你也是为他们好，是给他们发家致富的机会！为什么他们不愿意，还反过来骂你啊？我看不下去，我要跟他们说去！”

刘镇洪伸手就把王芳的手机拿了过来，说：“坐下，安静，冷静。”

王芳气呼呼地坐下，然后沉吟了一下：“现在怎么办？”

刘镇洪没说话。

李相文和覃祖浩两个人相互看了看，有些尴尬。群里那些人的话，说得实在是太过分了。那些人嘴上是舒服了，可他们俩，还要给那些人擦屁股啊！两个人相视一眼，不约而同地拿起手机，在群里发了一句话：大家安静一下，不要骂人，有事说事。这两句话完全没起到什么作用，群里的骂声依然高涨，都是骂工作队和村支两委的。

刘镇洪心里五味杂陈。自己在群里一番解释，不仅没有把事情解释清楚，没有稳定好群众的情绪，反而仿佛火上浇油，让群众的怒火更大了。他不想承认今天是失败的一天，但事实告诉他，他这一天，确实很失败。

……

回到住处，刘镇洪多少还是有几分沮丧，久久没有睡觉。他失眠了，睡不着。今天的事情对他打击真的有点大，比昨天的打击大多了。昨天只是一家一户的事情，但是今天是整体的村民对他有意见，是村里普遍的大多数对他产生了误解，对他不信任。更严重一点儿说，就是他前期的工作，到今天为止，已经处于一个失败的状态。

目前来讲，在扶贫工作上，他不是一个成功的扶贫工作队队长，他是一个失败者。不仅仅他一个人，整个工作队三个人都是失败者。

而他作为队长，他觉得这个失败，主要责任归于他。

他很难接受自己这么失败。人都是这样，没有办法从心里面认定自己是个失败者。人是很难否定自己的。人需要的是他人肯定自己，也是自己肯定自己。但是，人们通常会遇到别人的否定，让自己不得不痛苦地面对自己的失误，面对自己的短处，面对自己的劣势。这是一个自己不愿，却不得不动手揭开自己伤疤的过程。这是内心最痛苦的煎熬，是自己对自己的残酷。

当然，有些人不这么认为，只是觉得别人不理解我，都是别人的错。可刘镇洪不是那种不讲道理的人，也不是那种特别自我的人。他能够认识到自己的失败，能够认识到自己的过错，能够认识到自己能力上的不足。这种认识，可以让他更多地反省自己，能够让他不断地增强业务能力和心理素质，让他自身不停地更上一层楼。但在这个更上一层楼的过程中，他无疑是非常痛苦的。每一个剖析自己内心世界的人，都会经历这个痛苦的过程，只有这个痛苦的过程完成之后，才可以在痛苦之后绽放出快乐的微笑，才可以在失败之后寻觅到成功的路径。

……

次日一早，刘镇洪就给县委组织部部长打电话，希望部长可以在县里争取一下，看能不能多要一些扶贫资金。如果县里扶贫资金增加不了，那么可不可以向市里面争取一下，以及帮忙联系一下大企业，看能不能做一个招商引资。部长答应可以想办法到市里联系大企业，但是不能够保证人家就一定会答应招商引资，因为每个企业去做投资，都会根据自己企业本身的情况来做一个市场分析，来做一个投入产出比。企业的经营活动，还是要企业自己来拿主意。他能做的，只是帮忙推荐牵线搭桥，到最后能不能打动人家，就需要落沙湖村拿出自己的诚意、展现自己的优势。

刘镇洪对部长表示了感谢，挂断电话之后，又马上联系了当时在张家界参观的莓茶基地那个公司，跟他们负责人电话沟通了一下，问他们有没有投资的意向，能不能到落沙湖来投资一个莓茶基地。对方公司负责人说，目前公司没有基地扩产的计划，因为他们今年初的时候，刚刚投资扩产了一个很大的基地，现在没有资金再扩张了，目前的计划就是把现有的基地产能消化好。但如果落沙湖的莓茶基地有产出，只要质量达标，他们可以代为销售，就是可以走他们的销售渠道。也可以直接买下莓茶的原叶，然后由他们公司来制作，再做销售，就是打他们的牌子。

这个结果，刘镇洪也算是比较欣慰了。因为做农业产业化，最重要的就是销售问题。东西种出来之后，如果卖不出去，那就是亏本，只有卖出去之后，才谈得上产业，才谈得上脱贫致富。现在，销售渠道这个没有问题了之后，村里面的莓茶基地，只要种出来之后不愁销售，那就可以放开手脚干了。

挂断电话，刘镇洪与何军、王芳还有李相文、覃祖浩几个人联系了一下，约好了一起去李永福家里。今天五个人一起去，就要一举把李永福这里拿下。虽然李相文说李永福这个人很难搞，但刘镇洪还是觉得，这样的人，从平时相处来讲，确实是很难相处的，可这种人的商业嗅觉，往往都很灵敏。他们对于赚钱有自己的想法，而且胆子比较大，敢干肯干，愿意承担一定的风险。说不定，这个用地入股的办法，别的村民都担心，可李永福却觉得是机会，这个事情他一下就答应了呢？或者说经过做思想工作之后，他就觉得这是一个可以投的项目呢？当然，这个是最好的一种设想。很大的可能，李永福也许会比别人更难说服。人性很复杂，一切皆有可能。

覃祖浩开车，五个人一起前往李永福家里。果然，正如李相文之前所说的，一看李永福的房子就感觉他非常有钱，至少在村里是很有钱的那种。他家是一栋大房子，村里唯一一栋五层的楼，也是唯一一栋钢筋水泥框架结构的房子。在落沙湖这个贫困村，这个房子鹤立鸡群分外耀眼。

李相文看着这房子，语带感慨地说道："看到没，这个就是李永福的家，我们全村最高的房子，全部都是钢筋混凝土。这个房子修了有五年了，五年之前修这个房子的时候，他就花了五十几万，你可以想一下这个是什么概念，五十几万。"

"包括装修吗，还是光架子就要五十几万？"刘镇洪问，心里也有些震撼。五年前的五十几万，在市里都可以买到很好的房子了。

李相文说："包括装修，包括装修。要是光架子，不可能要那么多钱，五年前光架子没那么贵。"

刘镇洪就点点头："哦，五年前，五十几万包装修那也很厉害了。那他们家确实还是很有钱的。"这个数字别说五年前，就是现在，放到村里也是很有钱的，是全村百分之九十九的人可望而不可即的数字。

李相文和覃祖浩都点头感叹。

覃祖浩说："村里面的人很多都出去打工，年轻人基本上都出去了，打工得了点儿钱，回来就在家里建房子。有的人建房子，要建得比别人大比别人好；有些人是钱不够，没钱建，但到处借钱也要修一个好点儿的房子。所以，现在村里面，你看有些人家里房子还是有的，就是穷，欠了很多债，不知道哪一天才能够把建房子欠的债还完。还有些人，就是连房子都修不起，特别穷。也有些人是本来家里条件还过得去，房子什么的也有，收成也还可以，但是家里的人生一场大病，可能整个家里就搞下去了，就成贫困户了，欠一屁股债。唉……"

"不是有医保吗？"何军插了一句，"还可以买保险啊！医保报一部分，保险再报一部分，生病了自己几乎就不用出什么钱了啊！"

覃祖浩说："一场大病的话，光靠医保报销肯定是不够的，而且农村嘛，又没有买商业保险的意识，保险意识很差。我们村里，很少有人买商业保险。”

王芳就点点头：“对，我听覃香秀说过，她家里就是她奶奶生病，花了很多钱，一下子就成了贫困户。说起来，这个保险还是要买一点，咱们下次跟村里的人讲一下，看能不能大家都买点保险，也还有个保障嘛。”

李相文就说：“这个还是以后再说，慢慢来吧，先把大家的积极性调动起来。保险这个事吧，要让人家掏钱的，没那么容易。你现在也看到了，就算是不掏钱，光用他们平时没有用处的地，他们都不愿意，更何况让他从腰包里掏钱出来呢？这个难度太大了，没什么可能性。”

覃祖浩也摇了摇头，没说话。

第32章　完全不在一个频道

落沙湖是什么情况，李相文和覃祖浩清楚得很，想让这里的村民买商业保险，那真不是一般的难度了。也不是没有保险员过来推销保险，但基本上都是空手而回。

几个人说话之间，就到了李永福的门口。李永福这时候正在家里，家里大门也是开着的。

“永福伯！”刘镇洪叫了一声。

李永福出来看到他们，脸上露出很热情的微笑，并没有冷着脸。

“哎呀，这个……书记村主任一起过来了啊，工作队也到了，欢迎欢迎啊。进来坐，进来坐。”李永福边请他们往里走，边笑着说，“我们家里今天是有福了，全村当官的都来了。来来来，我给你们倒茶。”说是给刘镇洪他们倒茶，但李永福嘴里却在喊着老婆子。他老婆子赶紧倒茶。李永福的家里，现在就只住着他和他老婆两个人，儿子这时候没在家里，基本上都是住在城里，孙子也在城里。

李相文礼节性地问了两句他儿子的情况。李永福就摆摆手，状似很不满，实则很骄傲地说：“不知道他鬼搞什么！好像是到市里面去了，这段时间都不在家里。听说是有个什么工程吧，一天到晚就是瞎忙。”

李相文就说："还是他们赚钱啊，到市里面搞大工程了！"

"赚个什么钱哦，那也就混个嘴巴饱。"李永福说，"饿不死胀不坏，又不是那些大老板。别看他回来人模狗样的，实际上，都是借的钱！"

刘镇洪听了这个话，心里面就有点儿想笑。他看出来了，李永福看到五个人一起来，生怕要他捐款或者什么别的要出钱的事情，直接就叫起穷来了。

李相文当然也看出了李永福的担心，笑了笑，就直接点明了主题："今天我们到你这里来呢，是有个工作啊，想征求一下你的意见。"

"有工作你们村干部，当领导的直接做就行了，我一个小老百姓，能有什么意见？"李永福说话有点阴阳怪气，"再说了，跟领导提意见，那是能随便提的吗？我没那个胆子！"

刘镇洪是服了他了。不是蛮不讲理，就是阴阳怪气。跟这样的人聊天谈事，实在是很难受。

李相文压根儿就没在意他的阴阳怪气，依然笑着说："你是我们村里致富的模范啊，当然要听听你的意见。"

李永福就笑了起来："我不是什么模范啊，我也就只勉强饿不着肚子，致富谈不上啊，日子过得去。"

刘镇洪就说："你这个必须是致富了，你这个都不算致富的话，村里谁还能够算致富啊。我听人说，你现在都已经是村里的首富了。"

李永福连忙摆手："那不是，不是的，那都是乱说的，我是什么首富啊？我两个儿子到外面还能挣那点儿钱，但是他们也欠了一屁股债！"说着，李永福就伸手指向了覃祖浩，"你要说首富，我们村主任才是首富，全村的都知道他就是首富，从广东回来的大老板！"

覃祖浩就说："永福叔你这不能这么说我，我这个做晚辈的，在你面前就是晚辈，而且我也不是什么大老板，我现在也是欠一屁股债。你看到的，我那个砖厂现在也没有什么生意，工人的工资每个月还不能少，现在每天都要亏的，好多砖被人拖出去了之后，也收不回来账。你也知道，现在修房子的啊，钢筋、水泥、砖基本上都是赊账的，没有现金。”

李永福就赶紧点头说：“是啊，是啊，这个是个难题啊，都是赊账，我儿子他们的工程也是赊账啊！”

这个开头还算不错，聊得可以，至少大家都没有红脸，而且似乎也找到了一点点共同语言。

刘镇洪顺势就说：“永福伯，这一次呢，我们村支两委商量了一下，我们工作队呢，也商量了一下，再听取了专家的意见，想在我们村里搞个公司，大家一起合作，搞一个莓茶基地，种莓茶，然后卖莓茶，好脱贫致富，你觉得这个怎么样啊？李书记说你没有微信，没在微信群里，所以我们就专门到你家里来，听听你的意见。”

李永福还是那种阴阳怪气的说话方式：“这个我不知道怎么样，我又不是当官的。这个你们当官的自己做主就好了，跟我没什么关系啊，我一个小老百姓，我又做不了主。”

这种说话方式就是非常让人恼火的，一个不支持不反对让人无所适从。你如果以为他支持你，他就不干了；你如果以为他在反对，他又会说你误会他了，反正就拖在那里。刘镇洪对他这个态度，是有一定的心理准备的，所以并没有觉得生气，也不觉得这个有什么难堪的。

“既然是要脱贫致富，那你这个致富能手的意见，肯定是宝贵的。”刘镇洪先说了一句好听的，然后见李永福没接话，便又继续说道，“我们呢，也想听一下你的意见。这个事情，是关系到全村每一户家庭的，是大家的事。每家每户大家一起想办法，这样才能够众志成城啊，把咱们所有的力量拧成一股绳，才能够把事情干好嘛。”

李永福就说："嗯，那你这样讲的话，我这里就随便说说啊，那我要说的话，可能话就不好听啊……你们是要听真话呢，还是要听假话？"

李相文笑了笑，没说话，心想你李永福什么时候说话好听过了？平时难听的话，你还说少了吗？只不过，李相文这个话，也只能在心里念一念，不可能真的说出来让大家尴尬。

刘镇洪就说："那当然要听真话啊，有什么话就直接说，我们不搞虚假的，不搞假情假意的。"

李相文也说："那当然是听真话了。我们专门到这里来，就是对你的重视啊，就是希望能够听到你的意见，你们五个人一起来，就是希望你老人家给我们多指点指点。"

覃祖浩也说："对啊对啊，这个必须说真话，你看我们过来都听不到真话的话，那我们过来还有什么意义呢？没有真话，我们也没有一个依据啊，我们以后做事都不知道怎么做了，肯定是要听真话。"

李永福就咳嗽了两声，然后说："那既然你们要听真话，我就给你们说说真话啊。"

刘镇洪点点头："你说，我们听着。"

李永福就说："我觉得啊，这个莓茶也好，别的什么茶也好，没有名气的，就没有市场啊，也卖不出什么价格。茶这种东西吧，除了以前那些有名气的，现在是不可能出什么新的牌子了。什么龙井什么铁观音啊，都已经有了名气，打开了市场，新牌子起不来的。你们讲要种莓茶，能够搞出什么名堂呢？搞不出什么名堂的！而且，茶叶长起来也慢，卖不出去自己喝吗？哪个家里喝得了那么多？依我看啊，要搞，就搞见效快的，买点猪啊、牛啊、羊啊，搞养殖，做这个养殖产业，那才是我们村里应该做的，养几个月就可以出栏了，就可以卖钱了！这个才是真正的扶贫啊，这个才是脱贫致富啊。搞那些种树啊，摘茶叶有什么意义呢？搞上两年不就跟那个柑橘树一样吗？樟木垴山上的柑橘树，你们又不是没看到。”

他的想法和李相文之前的想法是一样的，要搞养殖，看得见摸得着，几个月直接就可以卖钱，卖不出钱也可以自己吃肉。不能说这个想法是错的，但这样搞的话，各家各户自己搞自己的，形不成规模，在市场上就没竞争力。而且，相对于莓茶这个比较新鲜的茶类品种来讲，牛肉羊肉太常见了，市场上同类产品太多，已经是一片红海，竞争太大。相对来讲，莓茶产业，还是一片蓝海。因为莓茶的生长挑地方，要合适的地方，才能够种植莓茶。所以，刘镇洪一听到专家分析这个，他就看到了莓茶的优势，决定种莓茶，做莓茶产业。

王芳比较急，听到李永福这么说，马上就插话了：“不是这样的，不是这样的。其实莓茶的前景非常好，有的是市场，这个跟别的茶不一样，是另一个品类了。莓茶还有很好的养生效果，现在很多人都注重养生，城里的人都注重养生，这个销路很好，市场很广。”

李永福摆摆手，老气横秋地说：“你不要跟我讲这些，这些都太远了，没有意义！我就说看得到的，你养一头猪，养几只羊，养个半年就可以卖掉，那就是钱，实打实的钱。这个才是实在的，才不是玩虚的。”

王芳还准备继续说话，刘镇洪摆了摆手，示意她不要说，然后对着李永福说：“永福伯，你的意见就是搞养殖，对不对？”

李永福点点头：“对！搞养殖啊，猪牛羊都可以，或者是搞一些别的特色养殖，也可以！就算卖不掉，也可以自己吃啊！吃不完，就拿到镇上去卖，到县里去卖，也不怕没人买！茶叶就不行了，茶叶你拿到镇上去卖，哪个买？你们讲是不是这个道理？现在城里人，不都是喜欢吃土鸡土猪吗？”

刘镇洪就笑着赞叹一声：“永福伯果然眼光长远，看问题很独到啊，分析问题也分析得很透彻。这个养殖行业确实不错，现在城里的人条件都好了，都有钱啊，讲究的就是绿色养殖啊、生态产品啊。需要的就是农村养出来的这些鸡鸭鹅牛羊猪啊，散养的这些东西价格卖得高了，别人又爱吃，这个思路确实非常好。”

李永福一听刘镇洪这个话，顿时就开心地笑了。他看向刘镇洪的目光，就已经带着欣赏了：“你这个扶贫队长，还是有水平的。”认可他所说的了，就是有水平的。

刘镇洪又问：“那如果搞养殖的话，是每家每户自己搞自己的呢，还是大家一起搞一个公司，搞一个农村合作社，一起养呢？”

李永福就说：“那要搞的话，能够大家一起搞也可以，但是这个估计搞不来，每个人都有自己不同的想法，一起搞搞不起来的。就算勉强搞了，卖出去的时候，每个人想法都不一样，到时候卖出去价格也不一样，买进来的成本价格也不一样，很难搞，还是每家每户自己搞自己的，更好操作，不会扯皮。你们扶贫队呢，就负责给我们村里面啊，每家每户买个几头猪或者买个几只羊，然后我们自己养大，养大之后，第二年这些羊再生小的，再慢慢繁殖嘛，我们也不要你们每年都给我们买，只要买第一次，我们就可以慢慢自己繁殖了。”

这个思路就很厉害了，一句话，只要工作队出钱，不要工作队插手。算盘打得真的是精得不能再精了。

刘镇洪就摇摇头：“这个嘛，没那么多钱啊。我问过了，现在就算一头小牛四五千。全村三百多户，每一户算五千块成本，那就是一百多万接近两百万啊。根本没有那么多钱！”

“那你这个一百多万都没有，你怎么扶贫啊？”李永福就一脸嫌弃地说道，“现在一百万不是什么大数字吧？”

刘镇洪就苦笑一声：“永福伯，我们村里是县里的扶贫对象，我们县又不是什么富裕县。县里的财政状况，可能大家还不知道吧，我告诉你们，我们县是真没钱，而且村里扶贫不仅仅是搞种植搞养殖，还有很多事情要做。有些地方没通路的，要修路啊，还准备给村里装一下自来水，这个还要选地方打水井，这些都要做，都要钱。还有啊，厕所厨房改造，这些东西都要钱。最主要的是还要修路，咱们樟木坳山上那条路啊，要多修几条分支的路，这样山上产的东西才能运得出去啊！原有的路，也要加宽加固……”

覃祖浩在一旁接过话：“路必须修，不然运不出去货，是真的很不好搞。最好能够从村里到镇上拉一条直路！”

“这个我保证不了。”刘镇洪说，“我只能说，我争取在三年之内，让水泥路通到每一个村民小组，只能做到这个样子。至于说把水泥路打到每一户的门前，这个光靠县里，三年之内难度大，还是要看我们村里的莓茶产业效益怎么样了。只要莓茶产业的效益好，我们就可以把这个水泥路修到每一家每一户的门前。这样一来，就真正实现我们出门回家，脚不沾泥。这个才是我们扶贫的初衷啊，让全村的人都过上好日子，都愿意待在村里。出去打工的，都愿意回来，建设美丽的乡村，不要再千里迢迢地跑到外面去打工了，要让我们在自己家门口，就能够把钱赚了，并且比在外面赚得还要多。”

李相文就说：“是的，我们还是要把年轻人都叫回来，在家门口就把钱赚了。跑到外地去赚钱，给别的地方做贡献，钱也不多，又没有归属感。我们现在在村里面自己搞自己的事业，把村子里搞得漂漂亮亮的，山清水秀又能赚钱，绿水青山就是金山银山啊。”

覃祖浩也说：“讲到这个，我是深有感触的，现在在外面打工不像以前了，我那个时候是出去得早，要不然，我也赚不到什么钱。现在出去打工，就纯粹只是挣一个苦力钱。一个月几千块钱，你还不能怎么消费？消费了之后就存不到钱。辛辛苦苦的一天上十个小时班，也就几千块钱到手，年底回来的时候，最多一年也就几万块钱，照样娶不到媳妇。等我们村里自己的产业办起来，我们自己人人都是股东，都是老板，那不比给别人打工强多了吗？”

李永福就说：“你这个说得轻松，说得轻巧，当老板那么好当的吗？村里的产业那么容易做起来吗？种几个莓茶就能够发财啊？要是能发财，别的村为什么不种啊？你以为就你聪明啊？”

话说到这儿，其实差不多已经谈崩了。好话歹话说了一箩筐，李永福不仅仅不认同，甚至还开始教育起他们几个人来了。刘镇洪一看这样说下去，估计会吵起来。不行！今天过来是要给李永福做思想工作的，而不是和李永福来辩论的。

“永福伯，这个事情呢，我要说两句。”刘镇洪笑着接过话，“我们要有信心，把这个事情做起来。我个人也很有信心！事情能不能成，在于人肯不肯干、会不会干，我觉得这是没有问题的。”

李永福就说：“刘书记，刘队长，我也不是针对你啊，我先说明不是针对你，但是我觉得这个事不靠谱！还不如买几头牛，买几只羊养一下。至少可以吃！”他这是对养殖业死心塌地了。

王芳忍不住就说：“话怎么能这么说呢？那除了吃的东西，别的东西都不要了吗？现在国家大力提倡的科技发展，那些科技的东西都不能吃，难道就没有用了吗？最大的产业还是那些搞科技的产业！还是要搞跟人民群众息息相关的那些有高净值的东西，这样才有高的利润。如果仅仅就是填饱肚子的东西，虽然是必需品，但是利润不高，村子里怎么能够发展得起来？”

何军也在一旁说：“是啊是啊，你看现在村里种田种地产出的东西，那么多年，为什么大家没有发财？还不就是因为东西多了，没利润。我们要做的话，就可以做一些有利润的东西。莓茶可以深加工，可以产生养生的效果，这样的东西，在市场上才能够打开局面。当然这个东西不能跟科技企业去比利润，但是我们这个成本，我们可以控制住啊，我们自己种地，自己劳动，不用给工人开工资啊，就是自己出把力气！这就是我们的竞争力！”

李永福还是摆手，油盐不进：“不行，我觉得这个不行，你们这个思路有问题！你看一下我们现在有几个人知道莓茶有什么效果啊？这个有几个人知道，你难道还要去电视上打广告吗？打广告别人也不一定相信你呢，你看现在很多人在电视上打广告的，为什么要打广告？卖不掉才打广告，对不对？”

几个人对视一眼，都发现这个李永福真是太难说服了。他有他自己的思路，他有他自己的一套逻辑。你怎么说怎么劝他，他都能够把你扯到他那个逻辑上去。这样完全就是鸡同鸭讲，不在一个频道，令他们五个人非常无奈。

第33章 峰回路转

覃祖浩见说服不了李永福，干脆就说：“永福叔，我们也不说那么多了，现在就谈一个事啊！你樟木垴山上，有几亩地，我们看上了，你愿不愿意拿出来入股？不愿意的话，你愿不愿意出租给村里，我们村里成立公司租你的地，每年给你租金，你干不干？”

李永福就问：“一亩地，一年给多少租金？”

覃祖浩说：“目前定的价，是一亩地，一年300块租金。”

李永福又问：“那如果用地入股呢，入股的话，一亩地算多少股份？”

覃祖浩就说：“每亩地算多少股份，目前还没有出具体的方案，我们要先看一下大家有没有这个意愿。有这个意愿的话，想入股，我们再核算，要按公司总股本来排比例。反正不可能让大家吃亏！”

王芳也插话：“这个股本里面，每一亩地折算成多少钱，然后再来计算出这个总的股本，还要看分别占股。第一批入股的人，肯定要算得多一点，第二批的算得少一点，但具体怎么算，还要再讨论。”

李永福说：“那你们什么方案都没有，你都拿不出一个方案来，我一亩地能够占多少股份也还不清楚，那我怎么跟你谈啊？你这个没办法谈啊！”

听到他这个话，工作队的三个人和李相文、覃祖浩相互之间目光就在交流了。他们看出来了，李永福的表情并不是那种敷衍的表情，而是在认真地说这个事情。这个发现，令他们有点意想不到。他们刚开始，已经觉得没有办法说服李永福了，但是，没想到直接抛出这个问题一说，李永福居然没有一口回绝，而是问他们一亩地能占多少股份。并且，还说没方案就没办法谈。这个是什么意思？难不成，这边有了一个详细的方案，李永福就愿意谈吗？这个真的就是有些出乎意料了。

当然，刘镇洪之前也设想过这个情况。他觉得，像李永福这种人，是极有可能愿意赌一把的。这种人有冒险意识。而且，这种人眼光也会比较长远，虽然平时有些斤斤计较，不讲道理，喜欢占便宜，但是这种人往往对于钱财，会有更大的欲望，希望自己能够得到更大的发展，不太会满足于目前的状况，哪怕他现在在村里已经算是很有钱了，但他还是不会满足。

现在看来，李永福还真的是不容易满足啊！哪怕先前一直说着要搞养殖，一直把莓茶说得一无是处，但真要问他想不想搞的时候，他也不愿意轻易放弃。很多自私自利的人，就生怕错过任何一个发财的机会。

覃祖浩在广东打工当过厂长，跟人打交道还是很有经验的，见到李永福这个反应，马上就趁热打铁地问："永福叔，如果我把这个方案详细做出来了之后，那你愿不愿意试着跟我们合作一下，搞一下这个事情？我们把这个事搞起来之后，那你就是我们村里的功臣啊！"

李永福说："功臣不功臣的，不要给我戴高帽子。你要是这个方案做得好，那我也可以支持一下，我也是希望我们村里好起来啊，大家都好起来，是不是？这个，我是落沙湖村的人，当然希望我们村里好起来，好起来之后，我走出去讲我是落沙湖的，我也有面子，对不对？但是你这个方案要做好，不要让我们老百姓吃亏。事情干起来之后，要让我们能够分得到钱，不能够像以前那个柑橘树一样，干了两年大家又各自分到自己家里去，钱没赚到，地也没办法种，什么都干不成，什么都没有，白搞了！”

覃祖浩说：“那必须的！要搞肯定就要搞好，合同要签好，不能搞得糊里糊涂的。村民的利益，那必须保证到位！”

李永福接过话：“这个是肯定的，我们老百姓的利益是第一位的，国家都是重视的！你不能到时候，你们村支两委全部把这个利益占去了，我们老百姓没利益了，那这个也搞不好！”

他这个担心，也是很多村民的担心。当然，他刚才一口一个老百姓，一口一个我们，实际上，他心里只想着，不能少了他的钱。反正他这种人，对于钱是看得很重的。

刘镇洪这时候已经感觉到了，这个李永福动心了。“永福伯，你这个还是觉悟高啊！”刘镇洪笑了起来，“我看啊，我们村要是多几个像您这样的人啊，那村子早就发展起来了。等到莓茶做起来之后，我们村以后啊，说不定就是全县有名的富裕村了，到时候，村里人走出去个个都是感觉脸上有光的。”

李永福就说：“我也希望我们村变成富裕村啊，我们走出去说到村里的时候，我也想让别人都羡慕我们，而不是像现在这样嫌弃我们。但是这个要搞呢，我还是要再重复一次，要搞就要搞好，要办公司什么的都可以，但是不能说村干部几个人说了算，村干部要接受我们的监督，公司也要接受我们的监督，不管是哪一笔账啊，支出什么的，我们都要监督，我们都要有监督的权利。”

李相文点点头：“这个是肯定的，村里任何一个村干部，任何一笔支出，所有村民，都有监督的权利！”

刘镇洪也点了点头：“永福伯，你看李书记也表态了，所有村民都可以监督，你还有什么别的建议或者意见？”

李永福就说：“别的也没什么了。哦，还有一个，我的地，是要入股的，你不要想用租金来糊弄我啊，一年几百块钱的租金，能干什么？什么都干不了！要给就给股份，股份还要给得多！当然，我也不是说公司的股份，全部给我们老百姓，但是你至少也让我们老百姓占大头，村里只能占小头。”说到这儿，李永福顿了顿，然后继续：“还有啊，到时候这个公司怎么运作，哪个人来当董事长，哪个人来当总经理，那也要我们股东举手表决，不能你们村干部几个人私底下一商量就拍板了，就随便任命哪个人当老总，这个肯定不行的。这个要搞，就是大家的公司，就像选你覃祖浩当村主任，也是全村的人选出来的，那村里的公司，董事长总经理，也要全体股东来选！”

公司还没成立呢，甚至双方都还没开始谈股份问题，李永福就开始要各种权利了。

他的性格，在这时候展现得淋漓尽致。生怕别人多拿了他一分钱，生怕成了股东之后，被别人给坑了。这样的人，很自私，但如果用在合适的地方，也可以起到一些作用。如果多一些这样的人，那对于将来公司监督方面，还是很有作用的。不管是谁当董事长、总经理，股东里面有几个这种一丝一毫都较真的人，那行事也会注意一些。

李相文点点头，说：“这个是肯定的，必须的，不可能说，我们村支两委几个人就能够决定，由哪个来管理这个莓茶公司啊，对不对？公司肯定是村里面集体的，是由集体来投票，公司有董事会，有股东大会嘛，我们要开股东大会来投票的，这个你尽管放心。”

刘镇洪也马上接过话说：“永福伯你放心，我们马上把这个方案的实施细则搞出来，到时候大家一起讨论。那你这里的地，我们就先给你预定下来啊，你就不搞租金啊，就是入股的形式对不对？”

李永福点头确认：“是的，绝对不搞租金的形式，我也不缺那几个钱。租金实在是太亏了，我不像那些眼皮子浅的人，我不像他们没有远见，那么点儿租金能干什么？你告诉我能干什么？”这个问题，当然是没必要回答的。

刘镇洪笑着说："谢谢你永福伯，你这是对我们工作的支持啊。我们感谢你啊，我代表工作队和村支两委感谢你。"

"你要是真感谢我，就把我的老房子推了，给我修个新房子。"李永福看着刘镇洪，很认真地说，"我那个老房子，现在已经很老了，完全可以给我修个新房子。"刘镇洪一脸震惊："你现在这个房子，不是新修的吗？不是才修几年吗？而且你这个房子五层楼高，全村最高的楼房。这个怎么还要重新修啊？"李永福说："这是我儿子的房子，不是我的房子，我说的是我自己那个老房子，那个老房子已经几十年了。就算不是危房，也差不多是危房了，可以推掉，重新再修一个。我也不要你给我修几层，你修个一层都可以。我就要一个新房子，这个能够满足我的要求吧？我现在支持了你们的工作，那你们也要支持支持我，我一个老人家也不容易。"

刘镇洪差点一口老血喷出来。你这还叫不容易？你都差不多已经是村里最富的人了，还有什么不容易？这是你儿子的房子，五层啊，还没有你住的房间吗？简直太贪心了！只不过，李永福刚刚支持了村里的工作，刘镇洪也不能把话说得多强硬。

摇了摇头，刘镇洪就耐心地说："永福伯，这个我跟你解释过了。建新房子呢，这个是有政策规定的：第一个需要是危房，达到危房的标准；第二个呢，要建档立卡户才行，不是建档立卡户的，建新房子都要自己出钱，我们可以帮忙办手续。而且现在也是有规定的啊，不能占用基本农田。另外呢，每家每户一个户口，那就只能修一栋房子，这个叫一户一宅。修了新房子的，那就拆老房子。"

李永福说："我可以拆老房子啊，我现在就可以拆。只要你们给我修新房子就可以了，我也不要在基本农田，我那个是老地基，是我在山上挖出来的地基，那个不占田不占地。你们是不是想说我儿子有钱？我儿子的钱是我儿子的，又不是我的。我现在没有任何收入的啊，难道没有任何收入来源，还不算贫困户吗？你们自己不给我建档立卡，这能怪我吗？你也可以给我认定一个贫困户啊！”

王芳听到这个话，直接就目瞪口呆了。这是什么人啊！儿子在城里搞工程，赚大钱，他居然还想认定为贫困户，还想要建档立卡。这是什么逻辑？

李相文说：“你这个不可能认定啊，你儿子这么有钱，就算给你认定个贫困户，你儿子都会找我们麻烦啊！他在外面搞大工程，最要的就是面子，你搞个贫困户，他以后在外面和别人谈工程，都会没面子啊！没面子了，谈工程都谈不好！”

刘镇洪今天真是见识了，什么叫不可理喻！什么叫无法沟通！这个李永福，真是令人叹为观止。这是极品啊！百年难得一见的极品！落沙湖村能够出这种极品，也真是让人哭笑不得。

他们没有和李永福在这个问题上再多做纠缠，而是告辞出去了。刚出门的时候，李永福又叫住了他们，让李相文把他拉到落沙湖的村民大群里去，还炫耀着说他儿子给他买了新手机，四千多块钱买的呢，可以上微信，还可以看抖音。

把李永福拉到了村里的大群之后，刘镇洪一行五人又回到了村部。一到村部，就开始讨论公司成立的具体方案，主要还是总股本怎么确定，一亩地折算成多少钱占多少股份。这个问题不解决好，后面的事情，就无法着手。

第34章　拿出方案

五个人里面，就只有覃祖浩是在广东当过厂长的，对于管理公司以及股份分配有一定的了解。所以，这个方案的主笔，就是覃祖浩了。另外四个人，只能在一旁时不时提一点儿意见。弄到中午，终于弄出来了一个方案框架，还只是一个初稿。

方案框架的初稿弄好之后，李相文就说："今天中午就到我家吃饭去吧，刘书记你也不要说等到过小年的时候了。现在大家工作都忙，我们以工作为主，饭就随便吃点儿，我已经早就安排好了，我们也不吃公家的，就吃我自己家里的饭，绝对不到公家账上报账，这个你完全可以放心。就是粗茶淡饭，简单的家常饭。"

刘镇洪想了想，点了点头，说："好，行。那今天中午就到你家里吃饭去。到你家里，咱们边吃边聊，把方案再稍微完善一下。"

覃祖浩就开着车，带着四个人，到了李相文的家里。李相文的老婆正在洗菜，五个人就在他家里坐下来聊天。

刘镇洪说："我在考虑，是不是买个新车？"

王芳说："刘部长，你那个车要卖了吗？"

"那个旧车不卖。"刘镇洪摇摇头，"那个旧车我买过来就是个二手车，两三万块钱买的，现在卖的话，估计也只能卖个几千块，没什么意义，修修补补的，还能用，我自己开着吧。买个新车呢，主要是给我老婆开，我自己开那个旧车。要不然的话，我在村里，没个车也不方便。我把旧车开过来之后，我老婆开新车，接送孩子什么的才方便。村里毕竟这么一个组一个组的，全是山路，弯七拐八的，光靠两条腿走来走去，也不是个事儿。总不能天天让覃主任给我们当司机吧？”

覃祖浩就说：“这个没问题，能够给你们当司机，那是我的荣幸啊！”

刘镇洪就摆摆手：“你也有你自己的事情要做，我还是要自己弄个车才行。”

何军在旁插了一嘴：“刘部长，你真的可以买个新车，现在新车也不贵，买个国产的十几万，甚至几万块钱的都有，而且性能也过得去。不过还是看你需求吧，你要买个二三十万的也可以。”

刘镇洪说：“二三十万的我肯定买不起，没那么多钱。就买个几万块钱的国产车用着吧。”

何军说：“你和你老婆工资加起来，不至于买个二三十万的车都买不起吧？”刘镇洪说：“我们买了房子啊！而且，我老婆想到以后小孩的读书问题，希望给孩子教育投入大一点儿，所以呢，她想去省城买房子，现在首付款都还不够。”

“这个难度很大呀。”王芳很有兴趣地谈论了起来，“省城买房子，那还是要不少钱的，但是可以按揭了，光首付的话，其实也不算多，就是以后每个月还按揭压力大。唉，其实我也想到省城去买个房子。”

刘镇洪就笑着问：“你这是想到省城去找个男朋友吗？就住在我们这里，不舒服吗？”

王芳说：“我才不想找男朋友呢，现在完全没心思找男朋友，一门心思干工作它不香吗？”

刘镇洪就说："找了男朋友又不影响你干工作。"

王芳说："现在的男人太难伺候了，我是真不想找。我觉得吧，找男朋友谈恋爱伤感情，谈恋爱伤钱，谈恋爱伤精力，谈恋爱伤身体，谈恋爱完全就是给自己找罪受啊，一个人多舒服多自在呀。"

何军看了看王芳，欲言又止。

刘镇洪就说："不管怎么样，还是要谈个恋爱，还是要找个男朋友，结婚成家的嘛。你现在年纪还小，等几年，就会明白，成家立业的重要性，成家了，才好立业。"

王芳就说："现在不一样了，跟以前时代不一同了，立业不一定要成家。我现在就可以干自己的事业，找个男朋友之后，只会耽搁我的事业，浪费我的时间。我就这么说吧，找个比我好的男朋友，他条件比我好，赚钱比我多，那可能我就要时不时地想着要顾及他的工作，要将就他的时间，那我就要牺牲我自己的时间和事业；反过来，如果找个比我差的，那我肯定没这个必要嘛，我为什么要找个比我差的呢？对不对？那如果找个和我旗鼓相当的，那我们两个人都是各自顾自己，没有办法去顾对方，每个人都是享受自己，那我找这个男朋友的意义是什么呢？有什么用呢？我还不如自己一个人单身！"

她这道理，一套一套的，逻辑上，居然还能够自圆其说。也就是最近在村里待着，和刘镇洪之间已经相处得很熟了，她才这么说。如果没有驻村，如果还是在部里上班，王芳是绝对不可能这么对刘镇洪说话的。不得不说，这种驻村相处的工作方式，确实容易拉近人与人之间的距离。

刘镇洪就说："你们年轻人现在都这么考虑问题的吗？"

"对呀，就是这么考虑问题的啊。"王芳说，"怎么了，这么考虑问题有什么不对吗？"

刘镇洪说："你这个思路就有问题，当然不对了。"

王芳看着刘镇洪："怎么不对了？我觉得没有问题啊，我就是这么思考的呀。比如说，如果我现在找个男朋友，那他要跟我约会或者吃饭看电影什么的，而我现在又天天在村里面，我总不能扔下村里的工作，跑到城里去跟他约会吧，对不对？”

刘镇洪就笑了起来：“你是不是在村里待着有些不耐烦了呀？”

王芳马上说：“我这个不是对工作有意见啊，我只是做这么一个比喻，就是打一个比方，举个例子。我还是很喜欢这个工作的，我对落沙湖村也非常喜欢。我现在就觉得啊，咱们工作队，还有村支两委，咱们这些人相处起来，就特别愉快。我超级喜欢在这里工作，我甚至可以一个月不回家，绝对没问题。”

刘镇洪就哈哈大笑：“那也不用一个月不回家，咱们工作规定就是一个月在村里住二十天，正常休息时间，还是可以回城的。王芳，我跟你讲啊，别看你现在不想找男朋友，但等你真的找到男朋友之后，你就天天想回家了！”

王芳马上说：“哎，不对呀，刘部长，为什么突然就说到我找男朋友的事情了呢？刚刚不是在说买车吗？”

说着，王芳又突然露出一脸恍然大悟的表情：“说到买车，其实我也想买个车，我驾照已经拿到了，但是一直没买车。”

何军就说：“那你怎么不买车？考了驾照还不买车，那不是浪费吗？”

王芳说：“我一直不太敢开，虽然有驾照，但我还是有点儿怕。我告诉你们，我就是网上说的那种女司机，一紧张就油门当刹车。要不，我现在在村里面多练练？覃主任，还有刘部长，你们以后多教我开开车，然后我觉得能开了之后，我就自己也买个车去，到时候也方便一点，我们工作的时候，用车也方便些。”说这个话的时候，王芳眼中带着几分渴望，也有些不好意思。毕竟，很多人都不喜欢教别人练车。想一想自己学车的时候，教练都差点儿被气死，就瞬间不想教别人练车了。因为不想让自己像教练一样气得面红耳赤的。

何军叹息一声："唉，你们都有驾照，都可以买车，我想买个车，但是我还没驾照。"

李相文说："考啊，现在报个名，考试也很快，我听他们说，两个月就能够考出来。"

覃祖浩也说："考一个吧，开车只要认真学一段时间，没什么难度的。"

何军说："还是等段时间吧，现在村里工作这么忙，我也没时间去学，报了名纯粹就是浪费钱。我问过驾校，好像报名之后，要两年之内考，不然就要重新交钱。"说着，他又笑了起来："现在我没驾照，也不买车，到时候，就蹭刘部长和王芳的车。"

王芳说："我可是女司机啊，你确定要蹭我的车吗？"

何军说："女司机怕什么啊？你在落沙湖这个村道上，只要练一个星期，我包你开车比那些老司机都厉害。"

李相文也笑着说："这个确实是的，在我们村里能够开车的，到了外面闭着眼睛都可以开！"

闭着眼睛开，那是玩笑话。但也可以想象得到，落沙村的那些村道，开车有多难了。

覃祖浩也笑着说："练车这个没问题的，开车就是要练。先找宽一点儿的地方练，然后再练村道。你可以先拿我的车练手，我们坐在车上给你指挥。只要熟悉几次就没问题了，你已经考到了驾照，那个把星期就能够练出来。"

王芳眼中就满是跃跃欲试的神情，笑着说："那就这么说定了，覃主任你要教我开车啊！"

覃祖浩很痛快地点头："包在我身上，完全没问题，绝对一个星期叫你成为老司机。"王芳顿时开心得不行："谢谢覃主任，那我以后就是你徒弟啦。对了，刘部长，你是要买个轿车，还是买一个SUV啊？"

不等刘镇洪答话，她又继续说：“还是买SUV吧。村里有水泥路的地方，轿车还可以开，但是你看，村里好多路都是土路，路上这一个坑那一个坑的，轿车可能底盘太低了，不太好通过啊！”

刘镇洪点点头：“对，我还是想买个SUV，底盘高一点，也宽敞一点。下乡什么的，比轿车方便，然后到樟木垴那儿，也才上得去。你们也看过樟木垴上面那个运货的土路，轿车是完全上不去的！”

何军就笑了起来：“刘部长，你刚刚不是说买了新车，要给你老婆用的吗？你自己不是要开那个旧车的吗？你那个旧车，就是个轿车啊！”

王芳就说：“看来刘部长这是打定主意，先用这个借口买个车，然后让你老婆开几天，之后就说村里面路不好走，轿车不好开，然后把那个新车换回来，自己开！刘部长，你这个套路，真的是太深了！不行，我要找嫂子打小报告去！”

刘镇洪哈哈大笑：“我这点儿小心思，都被你们看穿了啊！唉，现在的人都精了，不好哄啊！”

众人就都笑了起来。这种欢笑声，这种生活中的日常对话、日常聊天，把上午烦闷的工作开解了不少。似乎就连公司成立方案的那些烦琐细则，都一下子变得轻松了不少。

随后，大家又开始聊一些七七八八的事情了，或是新闻，或者聊聊房价啊，聊聊生活啊。时间很快过去，李相文的老婆很快就把中午饭做好了，摆到了桌子上，叫大家吃饭。李相文还提了一瓶酒出来。

刘镇洪一见这个架势，马上就说：“李书记，吃饭归吃饭，我们一定要坚守一个原则，中午不喝酒！好不好？”

不等李相文回答，刘镇洪又说：“我说了腊月二十四，过小年那一天，我一定到你家里喝酒，陪你好好喝一顿。我说话算话，绝不食言！”

王芳也说：“中午就不喝酒了吧，我们下午还有很多工作要干呢，公司成立的那些方案，还是要清醒状态下才好做。”

覃祖浩也说：“中午还是不喝了吧，下午事情一大堆，还要到别的农户家里去谈呢，满嘴酒气的也不太好。”

见他们都这么说，李相文想了想，点点头说：“行，那今天中午就不喝了。我看一下家里还有什么，我记得好像还有几瓶饮料的，我找一下。”

“不用了，不用了，不用找饮料什么的，都不需要。”刘镇洪说，“吃吃饭喝喝茶就可以了。饮料是冷的，茶是热的，现在冬天，就喝点儿热茶，对身体好。”

李相文迟疑了一下，然后用力点头：“行，那就听你们的。喝茶就喝莓茶吧，就喝那个，从张家界带回来的莓茶，上次在张家界喝过了，带回来之后，我还没开始喝呢。”

李相文的老婆就用电水壶烧了开水，然后给每个人泡了一杯莓茶，这才坐下来和大家一起吃午饭。蔬菜、腊肉、鸡蛋，都是李相文自己家里的，真真实实的一顿家常饭，吃起来格外的香。刘镇洪吃得赞不绝口，说自己种的菜就是好吃，和外面买的就是不一样，又说柴火灶炒出来的菜，怎么都比城里的好吃。

李相文就说：“今天搞得匆匆忙忙，来不及杀鸡，还有鸭子也没杀。我们过小年的时候啊，腊月二十四那一天，大家都到我家里来，我杀两个鸭子！都是我家里自己喂的鸭子，我亲自掌勺给你们炒，我告诉你们三位啊，不要看今天中午这餐饭，是我老婆做的，实际上，我们家里做菜最好吃的，那就是我！我虽然没有厨师证，但是实际上的水平，不会比那些星级酒店的厨师差！”说到这儿，李相文就一脸骄傲地提高了音量：“这个你们可以问覃主任啊，问全村的人都可以。”

“你少说几句，没喝酒也吹牛。”李相文的老婆就说了他一句，又对刘镇洪说，“刘书记你不要听他乱讲，他菜是炒得好吃，但跟专业的厨师比，还是有差距的。”

覃祖浩说："这个我可以帮李书记证明，李书记真的是我们村出了名的大厨。除了没有厨师证，李书记和别的厨师没区别，他不仅仅炒菜好吃，就连那个摆盘，都是星级酒店的标准，而且他还会雕花。"

李相文矜持地笑了笑："说起这个雕花啊，我手艺就一般了，因为我没专门学过，都是自学的。萝卜和胡萝卜都可以雕，勉强看得过去了，但雕出来的东西不是很好看。但是我做的鸭肉，那做出来是绝对的好，这个味道你们在外面吃不到。腊月二十四过小年，你们一定要过来啊！"

"那我一定要过来吃，一定要过来。"刘镇洪很认真地表态，"到时候我们工作队三个人都过来，你们俩没问题吧？有时间过来吧？"何军和王芳马上点头说没问题。

说说笑笑之间，一顿饭很快吃完，吃完了之后，又在李相文家里稍稍坐了一会儿。十几分钟之后，五个人又把初步的方案过了一遍，然后才一起再次来到了李永福家里，把这个方案给李永福看。

李永福拿着方案看了一遍，然后问："你们这个大概就是一亩地可以折算为四万块钱左右对不对？具体的，到底是四万多，还是接近四万，这个目前还没定？"

覃祖浩就解释说："因为是一个初步的方案，精确不到那个地步，所以大概就是按一亩地四万块钱左右入股，上下可能会有些浮动，但浮动不大。另外，有些地好些，有些地差些，所以还是要有点儿浮动。另外呢，总股本的话，目前算大约一千万的样子，但这也只是一个初步的预算。"

李永福皱了皱眉头："那么这个一百亩地，就是四百万，一千亩地就是四千万？按这个算的话，第一期工程搞一百亩地，那你们要拿出多少钱呢？老百姓出了地，用地换股份，村里没有地，那就要拿现钱出来算股份，村里准备拿出来多少钱？又准备占多少股份呢？"

第35章　自来水

覃祖浩就说："这个方案，不是村里拿出多少钱来。这个方案是对外报价，是我们拿出去招商引资去的，是在有别的大老板过来投资的情况下，以四万块钱一亩，帮你们争取利益的。如果说没有招到商，招商引资没成功的话，我们村里自己来做，那这个就不能折算成四万一亩了，那可能就会低一些。"

李相文在一旁补充："我们村里出一部分钱，大家呢，就是村民，不要出钱，只要出地，以樟木塅山上的地入股，到时候一亩地达不到四万，但也不会低于三万。具体多少，到时候再另外算，我们尽量还是要先按这个方案去招商引资，你觉得这个可不可以？"

工作队的三个人都看着李永福，等着他的回答。

李永福想了想，说："一亩地算四万块钱，这个价也还可以，可以，这个算你们还是有良心的，没有歪搞啊，没有坑我们老百姓，这个我觉得可以。"顿了顿，李永福又说："如果招商引资，招不到的话，村里自己出钱，我觉得一亩地折算成3万块钱，我都能接受。"

刘镇洪几人相互看了看，没想到，这时候的李永福，居然这么好说话了。一点儿都没讨价还价，直接就说可以接受。跟上午的时候相比，仿佛换了个人似的。很奇怪啊！是不是他暗地里给他儿子打了电话，他儿子给了他一个心理价位，低于三万？刘镇洪在心里这么疑惑了一下。

李永福没在意别人怎么想，他继续说道："这个事情吧，我跟你们说个实话，做生意嘛，我需要丑话说在前面。"

刘镇洪表态："永福伯，有话你直接说，有什么问题，我们再讨论，这个还只是一个初步的方案。"

李永福说："那我就直接说了，这个地呢，你们要是说一万啊或者两万块钱一亩地，那我是怎么都不会答应的！最低三万，这个是最低价！以后你们不要又往下压价啊！"

"行，最低三万，绝对不往下再压价！"刘镇洪直接拍板，"我们明天就去招商引资去，就去找老板谈！永福伯，这个事情，我们就这么说定了啊！"

"就这么说定了。"李永福很肯定地说，"这个也是为村里谋福利嘛，我也是村里的人，也算是为村里贡献我自己的一分力量啊！"

李相文撇了撇嘴，没说话。像李永福这样的人，他见得多了。嘴里说着自己是做贡献，自己一切都是为了别人着想的，但实际上每一分每一厘都算得清清楚楚，随时随地都在想着要占别人的便宜。

覃祖浩在一旁嘴角扯了扯，然后脸上就露出个微笑。他怕自己不微笑的话，就会笑出声。

好在，李永福为人虽然很小气，又喜欢占别人便宜，但能够痛痛快快地答应下来，也算是一个惊喜了。当然，李永福能够痛快地答应，也是因为他看到了这个里面的利益，觉得这个莓茶产业有搞头。说起来，拿地入股折算成三万块钱，按三百块一亩地来租，可以租一百年！这个价，真的不少了。这个事情，最好的方案，肯定是在外面拉到投资商。到时候，投资商占一部分股份，甚至是控股都可以，毕竟人家真金白银投了钱的。如果没有投资商的话，村里要筹钱，也是不容易的。扶贫款真的不多！按三万块钱一亩地的价来看，第一期就算一百亩，村里就算占的股份很少，那投进来的也是很大一笔钱了。刘镇洪透露过，如果招商引资不成功，他就准备去找些企业化缘。覃祖浩就有些担心，担心扶贫队到处去找企业化缘，恐怕也找不到多少资金。那些企业的钱，也不是大风刮来的，哪有那么容易让你去化缘？覃祖浩心中没底，还有一个原因就是，刘镇洪一直没有透露扶贫款的具体数字。当然了，这种担心，覃祖浩只是放在心里，不会在脸上表露出来。

从李永福家里出来，到了车上之后，李相文就说："刘书记，现在，我们暂时就不要跟别家去谈了，我们先把这个消息放出去，就是说李永福已经同意了。"

覃祖浩也说："对对对，先放个消息出去，就说李永福同意了用地入股，搞这个莓茶基地，搞这个莓茶公司。把这个消息先放出去，让他们先反应一下，然后我们再去谈，这个就更好谈一点儿了。"

刘镇洪点点头："可以，既然下午不用谈了，那我们就商量一下这个自来水的问题，看一下怎么搞？"说着，刘镇洪的目光就在李相文和覃祖浩脸上扫来扫去："你们两位，对村里的情况很熟悉。先选一到三处位置，不，先就直接选三处位置吧。就是三个泉水比较多的地方，不能在河边，必须是在山上的、泉水多的位置！"

李相文说："刘书记，真的要给我们搞自来水啊？"

刘镇洪说："当然是真的搞啊！不过，不可能是像城里那样搞各种过滤机器的自来水厂，就是在山上找一个泉水多的地方，然后做好封闭措施，把水接到大家的家里。其实就是接的泉水，只不过在家里一打开水龙头就有水了，不用再用水桶去挑水了。"

覃祖浩边开车边问："这个不用交钱吧？"

刘镇洪说："不用。这个是扶贫项目，免费的！"

覃祖浩就开心地说："这个好，这个好。天天挑水吃，真的不是个事，还是要接自来水！之前你说过自来水，我还以为要等到明年后年呢，没想到，现在第一个项目，就是接自来水啊！”

“用水问题是首要问题！那肯定是要第一个解决的！”刘镇洪说，“有个情况，你们要注意一下。这个自来水，就是在泉水多的地方，打水井。所以，需要在山上，地势要高，然后呢，水质要好，还有一个就是水量要大。村里这些山，山上有泉水吧？”

“有有有。”李相文马上回答，“老话讲得好，山有好高，水有好高。再高的山上，都会有泉水的，这个不要担心！”

覃祖浩也说：“我们村里山上有泉水的地方，多的不敢讲，二三十个泉眼，还是找得出来的！”

第36章　回县里想办法

高山有好水，这个话，刘镇洪也是听过的。像落沙村这种山区村落，山上植被覆盖率特别高，怎么可能没有泉眼？三十个泉眼，肯定都说少了！

刘镇洪点点头："也不用三十个，但至少三个还是需要的。这个自来水也是个难题啊，村里各个组之间，最远的我看隔了好几座山吧？拉水管也是个问题！你们觉得，三个水井够不够？"

李相文说："三个水井只要水多，应该差不多吧？不够就再加一到两个吧！就目前的情况来看，适合做大水井的地方，还是有好几个的。覃主任那边，他们家老房子那边有一个水井，原先就是水井，好多人一起用的那个水井，水一直就没干过。而且那个位置还比较高，水量也大，算是在半山腰上，不是在山沟里面。"

覃祖浩点点头说："哦，你说的是沙湾那个水井？那个可以，那个水井还不错，水也好喝。还有一个，就是黑湾那边，我记得也有一股水很好，那个水井一直也没干过。"

李相文说："是的，黑湾那边是有个好水井，那边以前是个水库，在山脚下。"说着，李相文就看向刘镇洪，解释道："那股水很大，就在岩猪山的山脚下，虽然是山脚，位置还是很高的。岩猪山就是我们村里最高的那座山，平时看得到。海拔有一千米左右吧！”

“水库？”刘镇洪迟疑了一下，“水库的水，直接饮用不合适吧？”

“是以前有个水库，现在那个水库都已经被泥沙填平了，已经没有水库了，但是泉水还有，很大一股泉水。”李相文解释着，“那地方以前住的人也不少，但现在都搬出来了，没人住了，搞个大水井，接自来水，绝对没问题！”

岩猪山那座山，刘镇洪是知道的，但由于里面没有住人，所以刘镇洪也没有到那里面去走访。真实的情况是个什么样子，刘镇洪并不清楚。不过，既然李相文和覃祖浩都说那个地方泉水好，适合搞个大水井，那就先把那地方列进来，算是一个打水井的预备地。

“有两个地方了，还差一个。”刘镇洪想了想说，“我们先定下来三个，然后到地方看一看，还要请技术员过来测一测水质，再最终决定。”

李相文说：“还有一个呢，就紫木湾吧。紫木湾那个地方也可以弄一个，这三个，目前来讲，不管是水量还是地势上，都是最好的。水质嘛，反正我们平时喝起来，那个水质感觉是没问题的。不过没有检测过。”

刘镇洪点点头：“那行，我们今天下午，就把这三个地方先走一遍，实地看一看。这个是事关老百姓的切身利益啊，一定要解决好，我们也不要偷懒。吃的喝的，是头等大事。要说这个扶贫工作，发家致富，增加群众收入是一方面；把每家每户的这个用水问题解决好，把每家每户的这个厨房厕所改造好，这个也是一个方面嘛。不过呢，改厨改厕，这个事情需要很多钱，投入很大，一时半会儿的，资金上还是有困难。那我们就先把这个水井、这个自来水的问题搞好，这个也要钱，但是这个钱，投入会小一些。三个水井的预算，加上主管道，十万块钱搞不搞得好？”

李相文说："加上水管啊、人工啊，三个大水井的话，十万块钱应该差不多。就算不够的话，应该也相差不大。"

覃祖浩就试探着问了一句："刘书记，这个也是扶贫款里的项目吗？"

刘镇洪说："扶贫款是有的，我为什么到现在一直没有说具体有多少？其实是不想让大家都想着这个事情，等到莓茶基地一敲定，和村里群众的入股协议一签，公司执照一办下来，你们就知道了。这次搞自来水，我想先去化缘，找些企业化缘。如果能够化缘把这个自来水的事情搞好，那就不需要动用扶贫款。如果化不到缘，我们就用这个扶贫的资金来搞，反正你们放心，这个自来水的问题，一定会尽快解决。"覃祖浩就不好再问了。刘镇洪又说："我尽量还是争取化缘吧，大不了多找几家公司，要是不出钱，让他们提供物资也可以。水管、水泥、钢筋，这些物资让人提供之后，应该成本就不会很大。施工的工钱，应该是不算多了的。另外，也可以申请专项资金。反正办法还是有不少的，就是要费点儿力气和时间去跑、去要。"

"刘书记，你们工作到了村里，以后我们村里的日子，就好过了。"覃祖浩颇为感慨地说，"如果真的能够把这个自来水搞好，那就太幸福了。现在村里的用水，实在是很困难，我家里用水都不方便，而且各家各户住得又不集中，东一幢房子西一幢房子的，到时候往各家各户接分支水管的时候，估计这个水管数量得要不少。唉，要是能够集中居住，那这个成本就要少很多了。"其实覃祖浩还想说，打水井的工程不小，而从水井里，把水管引出来之后，要沿途挖埋水管的沟，这个人工也要很多。不过，转念一想，如果请工人施工钱太多的话，可以动员村民自己动手。这毕竟是为了大家的利益，而且是免费的，只要村民们出点儿工，应该是可以动员起来的。

李相文叹了口气："我们这里山多，集中建房子的话，没有一个合适的地点。就现在这个情况，大家东一块西一块建房子，都是半挖山半打堡坎，哪有合适的地方集中建房？”

覃祖浩说：“所以说我们村里穷啊！”

李相文说：“正因为穷，我们才能够迎来刘书记和工作队……刘书记，除了改厨改厕之外，还有村里的几个主要路口，可不可以给我们装几个路灯啊？特别是人稍微多一些的几个路口，还有一些住户不是隔得特别远的几个组，都装点信路灯，晚上走路也方便。”

覃祖浩说：“对对对，刘书记，这个路灯，我们村里也是急需的。也不要牵电线，就装那种太阳能的路灯，我看别的村，那些搞得好的村里，他们的路灯还是很漂亮的，而且有了路灯，感觉路上的环境都好很多。”

刘镇洪对于这个问题，还真的不是很了解。因为城里的路灯，并不是太阳能的灯。这种工作，他以前也没接触过，在县里他现在是做的组织工作，而他在乡镇的时候，乡镇还没流行装路灯。“太阳能灯，好不好用？”刘镇洪没有不懂装懂，而是不懂就问，“用的时间长不长？会不会装上去没多久，就坏了？”

覃祖浩说：“不会不会，我看别的村里太阳能路灯还是很经用的，有些用了几年都没坏。这个路灯不要电，是用的太阳能板，设定好时间，每天傍晚的时候开始亮灯，第二天早上灯就自动熄了。只要装上去，管都不用管。”

刘镇洪就颇为心动了：“行吧，我看看能不能找个企业赞助一下。”

王芳就笑了起来：“刘部长，你现在不管是干什么，都想找个企业赞助一下。”

刘镇洪很无奈地说道：“我也没办法呀，我们资金有限，村里也穷，那就只能拉赞助了，能够拉到一点儿是一点儿嘛，钱还是要节约点儿用，好钢用在刀刃上。我们这个扶贫款，最终的目的、最主要的目的，还是要把这个莓茶基地搞起来，而且扶贫款也太少了。这个莓茶基地啊，都还要招商引资想办法呢。”

李相文就说：“等莓茶搞起来之后，村里有了钱，其实养殖方面的事情，也可以搞一搞啊。”李相文对于搞养殖，还是没有放弃。一有机会，他就想搞养殖。虽然不像李永福那么激烈，但也算是比较执着了。他家里养了鸡和鸭，而且做菜水平还高，对于搞养殖心有牵挂，倒也正常。

“这个是可以的。”刘镇洪笑着说，“等我们的莓茶起来之后，有了收入，手里头活络了，一方面可以扩大莓茶的种植面积，另一方面，也可以搞些养殖啊，或者别的来钱的路子什么的，几条腿走路嘛。”

王芳就接过话：“现在大部分的人还不知道同不同意用土地入股。其实我觉得吧，这个事情，如果有人实在不愿意入股，也可以直接租他们的地。不一定非要全部都入股吧？”

何军也说：“对啊，有那种怎么都不肯入股的，那也只能给租金了。总不能因为他们拖着不肯入股，就真的又另外选一块地方吧？就算是另外选一块地方，又怎么保证选的那一块地里，所有的户主，都会答应入股？”

他们两个人提的这个问题，确实是个问题。因为农村的工作，就是这么复杂和琐碎，有些人，无论你怎么给他做思想工作，他就是不肯听。真要遇到那种人了，难道一直不停地做工作吗？做不通工作，难道几年都不要干事了？刘镇洪理解他们两个人的心情，耐心地解释道：“不是你们想的那么简单的。我这么跟你们说吧，假如我们今年租了他的地，等到明年莓茶的收益出来，他看到收益比他的租金高，不干了，不肯租了，要入股，到时候就是扯不清的皮！就会有矛盾！而如果要让他入股的话，那对之前入股的人来讲，又会不公平，那些人肯定也不愿意！到时候，可能一个小事情，就会搞出很大的矛盾！”

王芳说：“都是签了合同的，按合同办事啊！”

刘镇洪苦笑一声，摇摇头："签了合同又怎么样？签合同不是万能的！"

李相文补充道："这个村里的情况啊，和城里不一样。就算签了合同，他看到别人都入股了赚钱了，而他没赚钱，那到时候就不会认这个合同，就是要闹。再说了，大家村里都是乡里乡亲的，也不可能死咬着合同不放。打个比方，我们姓李的，这一大家子，往上一直数，都是一个祖宗，说来说去，都是沾亲带故的，这种情况下，合同又有多大的约束力呢？所以要搞的话，从头就要搞好，不要这几个人入股，那几个人租地，搞不好的，要搞就要全部入股。"

王芳听得有些蒙，似乎是懂了，又仿佛没怎么听懂。她只是觉得，签了合同都不算，这有点儿没道理。

覃祖浩在一旁说："对对对，一定要从头就开始搞好。如果不从头就搞好的话啊，到时候会很麻烦。如果拿租金的人想入股，按多少钱算？股份怎么分？前面的股东，估计会打起来！你们在村里也了解了一些情况了，多少也知道了，有些人为了十来公里远的一点点儿山地，都会争得打架，更何况是公司股份？"

何军点点头："也是。农村工作就是这么复杂，不是说靠着一纸合同，就能够搞得清的。"

王芳就想到了第一次去樟木垴山上的时候，张华妹跑上来，要覃祖浩给她做主，不就是为了争那一点点儿地吗？想到这个，王芳也是很无奈，叹了口气："这么麻烦啊……唉，这些人情方面真是难搞。大家签了合同，按合同办事不就好了吗？不愿意冒险的人，就老老实实拿租金就行了，没一点儿契约精神啊！"

刘镇洪说："要是有你说的那么容易，那我们也不用这么辛苦去每家每户做工作了，直接给每家每户签个合同，多少钱一年，立马就可以开工了。但那样搞的话，到头来，会比现在更麻烦啊！哎呀，一步步来吧，先把这个水井的事、自来水的事搞定。自来水这个选点确定了之后，再一步步地做拿地入股的这个工作。对了，李书记，李永福要拿地入股的事情，你放风出去了吗？”问这个话的时候，刘镇洪还拿着手机看了看，没看到群里有什么相关的消息。

“准备说呢，再等一下。”李相文说，“我还在考虑，还没想好要怎么说。我看是在群里面说一声呢，还是打电话通过别人的嘴来私底下传这个消息。”

刘镇洪就说：“这个事情，你自己决定吧，你对村里的情况比较了解，你来看是怎么放这个风比较好，我对村里的情况没有你了解得多，就不外行指挥内行了。”

李相文说：“好的，好的，我来搞定这个事。要不，就私底下吧，先让这个消息，这两天发酵一下。等这两天发酵过后，咱们再一家一家地去谈。”

刘镇洪点点头：“行，那这两天就先发酵，我看是今天晚上，还是明天一早，到县里面去一趟。可能要两天才会回来，村里有什么事情，随时给我打电话。我这次到县里面去，可能还要到市里面去跑一跑，看能不能找些人化化缘，要点儿钱要点儿物资。”

李相文说：“辛苦刘书记了，都快过年了，还要你到处去跑、到处去化缘，这个是很难为情的、很没面子的事情啊！”

刘镇洪就说：“面子有什么用？只要能够化缘成功，搞回来资金和物资，我天天去丢面子都没问题。我这次去啊，争取把自来水和路灯的事情，在年前解决好，要不然的话，过完年开春之后，也不太方便。你说一开年，就跑到别人公司里去要钱，别人心里也不痛快啊！另外一个，现在快过年了，很多公司可能都把该收的账收回来了，账户里还有余钱，而且年底嘛，股东分红员工发奖金啥的，反正要出钱的，给我们这里花费一点儿，也容易接受些。”

李相文感叹一声：“真是辛苦刘书记了，为了我们村里的工作，太费心了。”

刘镇洪说："我现在也是村里的一分子，李书记你不要这样说。为村里的工作出力，是我应该做的。"

一路讨论着，到了黑湾的路尽头。覃祖浩停好车，五个人下了车，又走了一段小路。果然看到有一道堤坝。走上堤坝，发现上面已经是一片平平的草地，如果不是先前看到了堤坝，完全看不出来这里原来是一个小水库。从草地沿着山谷往上走了一段，果然发现有一处大泉眼，泉眼出来的水格外清澈，在山谷里形成了一个目测两米深、三米宽、五米多长的天然的小水潭。

"这个就是以前的水井？"刘镇洪指着水潭问。

"不是的。"李相文摇摇头，"水井在下面，开车开过了。水井要是放在这个上面，那挑水喝的时候，就特别不方便了。如果搞自来水，当然用这个泉眼里的最好了。"刘镇洪就点了点头。

"这个水是可以直接喝的。"覃祖浩在一旁说道，"不过现在是冬天，喝冷水太冷了。夏天的话，这个水直接喝，特别好喝。"虽然覃祖浩这么说了，但刘镇洪一点儿都不想直接喝。不管这个水是不是特别好喝，他都不想喝生水。要喝，也要烧开了喝。

"这地方不错。"刘镇洪往上来的路上看了看，"这里是在山脚下，但是实际上的位置，比起村部，估计要高出上百米了。接自来水，水压是完全够的。"

李相文点头："对对对，这里水压肯定没问题。"

刘镇洪点点头："那这里就先确定一个位置。走，我们再看看另外两个位置去。"

五个人往下走，回到车上，又去看了另外两处泉眼。三个泉眼看完，天已经快黑了。看来，今天晚上，刘镇洪是回不了县城了，只能等到明天再回去。

次日一早，刘镇洪就到镇上，搭了镇上到县里的第一趟中巴车，一到县城，便打了个车直奔县委而去。

第37章　不喝不行

到了县委组织部，刘镇洪连自己的办公室都没回，第一时间就找到部长，汇报了工作队在村里的情况。部长对刘镇洪和工作队的付出表示了肯定，并且鼓励他们再接再厉，早点把扶贫工作打开局面，让落沙村早日脱贫致富。刘镇洪对部长的肯定表示了感谢，然后就说起了现在面临的困难，希望能够找县里的企业，最好是找市里面的企业，去村里投资。当然了，如果能够让市里把落沙湖村作为招商引资的重点去推，由市里帮着村里招商引资，那就更好了。

部长笑着说："市里的重点项目，基本上都是在市区或者郊区，不可能放到落沙湖村去，那里交通太不方便了。"刘镇洪就说："所以我才来找部长你啊。就算没有企业愿意去投资，帮我们村里搞三个大水井，装点水管，给村里的群众解决一下喝水问题，还有就是路灯的问题，看能不能哪个企业赞助一下？"

"这个我来帮你联系吧。"部长点点头，"尽量到市里面找企业，县里也没什么大企业，估计不好搞到赞助。市里面的，你先去找找看，要不到赞助了再找我，我想想办法，修几个水井，应该是问题不大的。"部长这个表态，力度还是很大的。

刘镇洪赶紧道谢："谢谢部长，谢谢部长。这个真是太感谢了，我代表村里的乡亲们感谢你。”

部长说：“你不用感谢我，你们三个同志，从县里到落沙湖村里面去，代表的是我们组织部，部里肯定要对你们大力支持。能支持的都支持，有什么需要，就给我打电话。我看一下，年前，就过年前吧，抽个时间，我也到村里去看一看，走一走。”这是部长要去驻村点调研了。刘镇洪很开心。部长去调研过后，部里怎么都会有一定的支持。这个支持，是在预算之外的。不管支持的是资金还是别的，对于村里来讲，都是好事啊！

刘镇洪喜笑颜开，马上说：“那就太好了，真的是太好了。部长，我代表全村的人欢迎你啊，你把时间先定下来，定下来了通知一下我。”

部长：“时间一定就告诉你，你们在那边好好地做，要把工作做好。我这边呢，今年去一次，明年呢，尽量抽几次时间，过去几次，看一下能不能给你们加把劲。要是有合适的企业，我也给你拉一拉。能够拉到投资就投资，不能够投资的，捐一点儿物资什么，也不错啊，也可以的。”刘镇洪就一个劲地点头。

部长想了想，又问：“你们村里面，现在这个，这个留守儿童，多不多？”刘镇洪说：“留守儿童啊，很多，非常多。现在啊，村里面的年轻人基本上都出去打工了，剩下的，基本上就是老人和小孩。说到留守儿童吧，其实我们也发现了一个问题，就是这个，这个……很多留守儿童的教育问题啊，比较突出。”

部长就问：“具体哪方面的问题呢？”刘镇洪说：“最主要的问题，就是孩子放学之后，回到家里，爷爷奶奶没有办法给他们讲作业。还有一个，就是上学去和放学回来的安全问题。因为村里没有村小，以前有个村小，现在改成村部了。村小已经撤销了，现在的情况是，村里的孩子读书，都是到镇上去读，不管是小学还是初中，都是到镇上读。但是呢，村里到镇上路比较远，二十几公里。大部分都是走路走过去的，还有一些是坐三轮车过去的，非常危险。”部长点了点头，一脸沉思。刘镇洪继续说：“目前呢，村里没有校车。如果村里面有个校车的话，那孩子们上学放学，都会轻松许多，也安全许多。因为不管是走路，还是坐三轮车，都太危险了，稍微出个什么意外，情况就不堪设想。村里有些贫困户，就是因为家里的人病了，或者意外受伤了，从原来过得去的家庭，变成了贫困户。”

部长沉吟了一下：“校车这个事儿吧……再想办法吧。至于孩子们回家之后讲作业，这个事情也很难啊！没什么好办法啊！他们连村小都没有，就算是到教育局，去申请一个志愿者老师过去支教，都办不到啊，没村小就没指标啊！这个再想想别的办法吧，看看有什么好的办法，目前我还想不到什么，你们也开动一下脑筋。呃，教育局那边我问一下，你自己也可以去问一下，看他们能不能有什么好办法。毕竟他们是管这个的嘛，是专业人士！”说着，部长还伸手在头上摸了摸。但再怎么摸，这个事情，一时之间，确实是没有什么好办法。

刘镇洪就叹了口气：“短期的办法是有的，到教育局或者到县里面几个小学，找几个老师过去，到村里讲两天课，但这个不长久，没有一个持续性。孩子的学习，如果说没有一个持续性的话，效果就会非常差。”

“嗯，孩子的教育问题是要重视。”部长点点头，“如果孩子没有从小就养成会读书的习惯，如果在小学学习成绩就跟不上，那初中高中就很难了。学习成绩一差，就不想学习，不学习，以后就没竞争力，没竞争力，以后的生活……唉……”部长的话没有说得多直白，但刘镇洪知道这个话里的意思。

“就是这样的，所以我们才想把这个问题给解决一下。”刘镇洪也叹息了一声，“短期的解决问题，都起不到多大的作用。除非，有一个专门的人，给他们在放学之后讲作业，像暑假和寒假，再给他们开个班讲一讲课。”

部长就说："这个就很困难了，从哪儿来这么一个专门的人啊？除非你们工作队三个人，谁抽出时间来给他们辅导作业，你们长驻在村里，倒是可以天天辅导，但有了这个事情，你们的工作量就太大了。而且啊，你们辅导得了吗？听说现在小学的作业难度都非常高啊，初中的作业很多都看不懂啊！"

"我们三个人啊？"刘镇洪就苦笑了一声。

部长说："你跟何军两个人估计是没办法辅导了，就看小王，王芳同志有没有这个可能性？能不能辅导？能辅导的话，她就一天抽点儿时间辅导一下，然后她的工作呢，你跟何军同志两个人就稍微分担一点，怎么样？有没有难度？在村里面，你们的工作强度大不大？身体方面，是不是受得住？这个辅导，我只是一个建议，你们要根据你们的具体情况，来看适合不适合。"

刘镇洪点点头："我们身体方面，倒是扛得住。我回村里之后，跟王芳同志商量一下吧，看看她是个什么想法。如果她能够辅导的话，就先每天抽一个小时给孩子们讲一讲不会做的题。但是呢，这个也只是一个暂时的替代方案，只能是短期的，时间长了也不行，还是要想别的办法。"

部长又说："除了这个留守儿童，课后学习上的困难之外，别的方面的困难还有没有？不要跟我说钱不够啊，要说具体的困难。钱不够我也没办法，我也不是管钱的，部里的情况你也清楚。"刘镇洪就笑了起来："部里的情况我知道，部里也没钱，部里也穷。钱我就不说了，就把具体的困难给您汇报一下吧。"部长点点头："你说。"刘镇洪就说："目前除了饮水、路灯、留守儿童，还有刚刚给您汇报了的，我们要搞的这个莓茶基地之外，另外还有一项工作，也就是最困难的一个工作，那就是从镇上到村里的路，那个盘山公路上山下山、弯来弯去，实在是太难走了。开个小轿车倒是没问题，但是拉货的车就没办法了，实在是太弯了，稍微大一点儿的货车，就转不了弯，过不去。部长，你看县里可不可以把这个路，列入县里面的道路规划，修一条从镇上到村里的路？”

“啧……”部长的表情就有点儿为难了。刘镇洪也知道部长很为难。说是不要钱，但是修路比要钱更让人头疼啊！要钱可能要不了多少，可是修路的话，随随便便一修，那花钱就像流水啊！

刘镇洪心里有些不好意思，但嘴上却没闲着：“部长，我们要求也不高，不说修多好的路，就是把中间翻的几个山头一段，拉直了，直接从河上过，在河上修两座桥。本来要拉直的话，还要打两个隧道，但这个工程太大了……”

部长两眼盯着他：“架桥的工程就不大了？”

刘镇洪嘿嘿一笑：“部长，我们是真的没办法。只要中间架两座桥，那就可以少走很多路，基本上可以把接近两个小时的路缩短到半个小时。而且没了那些大弯子和上下坡，货车也可以进村了。这样的话，村里面产出什么东西，往外面拉的时候，后八轮的货车都进得去。要不然的话，现在就是先用小三轮转小货车，再用小货车到镇上去，转大货车。这个中间环节这么多，一个是运费贵了，一个是损耗多。这样子，搞什么产业都搞不起来啊！”部长揉了揉脑袋，说：“行吧，我想想办法。这个事情，我要跟书记汇报一下，然后看能不能上常委会上讨论一下。这个路呢，不可能从镇上直接只修一条路，修到你们村里去，不合适啊。看能不能两个镇之间拉一条路，经过你们村，只有这样规划，才能够报得上去。要是能够进入市里面的规划，那修路就容易了。要是市里面不搞的话，我们县里面的情况，就算是立了项，但什么时候能够开工，这个谁也不知道啊！”刘镇洪马上说：“部长，就算没列入市里的规划，县里你也得给我们搞好啊，这个真是没办法了，我现在只能求到您头上来了。现在村里的情况真的是不容易，要扶贫，找别的也找不上，只能找部里了。”

部长：“我尽量看看，能不能纳入规划，你们先撑一下吧，艰苦一点儿。”

“谢谢部长。”

刘镇洪从县委出来，直接就去了县教育局，在县教育局磨蹭了半天，想把留守儿童的课后学习这个问题解决一下。但是，县教育局的人说，目前没有办法，局里能解决的问题，就是要求各乡镇的小学和初中，必须保证义务教育阶段，所有学龄儿童的学位，不能让任何一个孩子上不了学。刘镇洪又说能不能派个支教的老师过去。教育局又说，全县的村小都撤销了，不可能因为哪一个村需要就派一个老师过去，而且一个老师也不够，一年级到六年级，每个年级的课程不同，再加上初中的课程，一个老师根本忙不过来。真要是派人过去的话，工资怎么算？编制怎么办？都没办法！

刘镇洪知道，这个事情，确实很难办，他也理解教育局的难处。所以，他也没强求，只是说如果有人愿意做志愿者，可以帮他留意着，也不需要正式教课程，只要平时辅导一下留守儿童就行了，村里开不起工资，只能适当地给一点儿补贴。县教育局的负责同志很痛快地答应下来了。这个事情，一时半会儿的也解决不了，而且这是刘镇洪自己一个人做的，还没有和两位队员以及村支两委商量。但是他相信，对于这件事情，两位队员和村支两委的成员们，都会没有意见的。因为，这都是为了村里的未来，为了孩子们的未来。

从县教育局出来之后，刘镇洪马上给自己的同学朱双福打电话，约朱双福吃晚饭。朱双福在县里面开了一个超市，是县里最大的超市。另外，朱双福还在县里开了一个中等规模的酒店，在县里面也算是有头有脸、有名有姓的企业家了。

接到刘镇洪的电话，朱双福很爽快地说道：“不要你请吃饭，我请你。晚上到哪里吃？你点地方，我来安排！要不，就到我酒店吃？还是你有什么新鲜地方？”

刘镇洪说：“我今天就给你说个明白话，晚上请你吃饭，我是有求于你的。希望能够得到你的帮助，所以啊，还是我请你吃饭吧！我也就只能请你吃个便饭，不像你大老板那么有钱，请不起高档地方，咱们随便喝点儿吃点儿，行不行？”

朱双福说：“听部长的，部长怎么指示我怎么听！你说地点，我准时到！”

刘镇洪就说：“那行，就下午五点半吧。地点等一下告诉你。正好五点半，你应该也下班了，我现在还有点儿事，大约也要五点才会搞完。”

朱双福说：“好，五点半见。”

挂断电话之后，刘镇洪就开始按自己心中构思的，去拜访了县里面的几个企业家，给他们讲了自己在落沙湖村扶贫的情况，希望他们能够对落沙湖村支援一下。不管是物资也好捐款也罢，都可以，如果能够去投资就更好。这些企业家都没有明确地拒绝，但也没有说去捐款多少，只是摆了自己公司的困难，然后又说会考虑的，再强调了一下年底了工作比较忙，等有时间的时候，到落沙湖村里面去看一下。有一个企业家表态，可以支援一些书籍，搞个村级图书馆什么的，然后还可以支援一些相应的物资。刘镇洪非常感谢，约了时间，争取年前能够让这个企业家过去看一看。

一通拜访下来，刘镇洪连午饭都没吃，就到了下午五点了。有企业家留他吃饭，但他谢绝了，说今天晚上约了别人，要去求人化缘，实在是没有时间吃饭，等下次自己一定做东请客。马不停蹄到了吃饭的地方，坐进了包厢里面之后，刘镇洪才把店名和包厢房号告诉朱双福。

朱双福过来的时候，还带了一男一女两个人。

一见面，朱双福就大笑着说：“我来介绍啊，这个是县委组织部的刘镇洪，刘部长。这两位，一位是建材市场的黄清，黄总。”说着，朱双福指了一下身边的男人。然后，他又指了一下身边的女人，说："这是我们市青旅的老总，李秀萍，李总，搞旅游的，刘部长你要是想去外地旅游，可以找她。另外，李总还在外地，跟别人合伙，投资搞了一个景区。正好晚上要跟我一起吃饭，我们就一起过来了。"

刘镇洪马上站起来，跟两个人热情地握手："欢迎欢迎，非常欢迎啊。能够见到两位老板，那是我的荣幸。我们一定要加个微信啊，要常联系。黄总、李总，请坐，请坐。"黄清没急着坐下，笑着说："能够认识刘部长，我也是非常荣幸啊。今天大家都不要抢啊，今天这一顿我安排。"

刘镇洪说："那不行那不行。今天我安排，以后你们要怎么安排都可以，但今天一定要让我安排，你们三个大老板，就不要和我抢了好不好？""好，行。今天就听你安排。"朱双福笑着说，"坐吧坐吧，把菜搞上来啊，酒也搞上来。我车里还有酒，我去取酒，今天我们好好好喝一下。"

李秀萍就说："朱总，你上次不是喝得胃出血了吗？现在还能喝啊？"朱双福说："你看你们两位老总，跟我是这么多年关系，刘部长是领导，又是我同学。这种关系，我不喝行吗？别说我只是胃出血，我就算割了半个胃，也得陪你们喝，也要把你们陪好啊！"

刘镇洪摇摇头："我真是服了你了，就不能不喝吗？"朱双福说："不喝酒怎么行，酒必须喝！"

刘镇洪就说："喝归喝，反正今天酒要慢慢喝，不能喝太急了，还是身体第一、健康第一啊！我最近到乡里是深有感触，到村里面搞扶贫，天天走山路，就感觉真是要有一个好身体，不然一天走路都能够走得抬不动腿！爬山都能够爬得腿软！"

朱双福笑着说："你这是要爬什么山啊？"

第38章　自来水和山泉水

“就是爬山啊！农村里的山，还能有什么山？”刘镇洪说，“我现在是在搞扶贫，我们县里要扶贫的地方，不都是在深山老林里面吗？”

李秀苹说：“刘部长你这么大的领导，也要亲自去扶贫吗？”

刘镇洪说：“是我们部里的对口帮扶村，建档立卡户比较多。所以，部里直接派了一个扶贫工作队，我是部里的班子成员，所以由我当队长，带队去村里长驻帮扶。”

朱双福问：“长驻啊，是要住到村里吗？”

“一个月至少要在村里住二十天。”刘镇洪说，“不过，如果在二十天之外，村里有事情，打个电话，我们工作队三个人，也是要随时回村去的。”

朱双福就说：“那这个还是辛苦，我等一下要好好敬你几杯酒。你们先聊着，我先去车里取酒！”说着，朱双福就出了包厢，去取酒了。

刘镇洪就和黄清、李秀萍聊着天。因为是刚刚才认识，所以也不可能聊什么私事，只能聊一聊县里的环境啊市里的情况啊等大家都可以随便聊的事情。

朱双福很快提着酒回来。刘镇洪就很无奈。他是真的不想喝酒，但朱双福硬要喝，他也只能喝了。今天他不仅仅要找朱双福化缘，还想在黄清和李秀萍两个人手里也化点缘。为了村里的发展，刘镇洪感觉现在就特别豁得出去面子。

朱双福开始开酒，刘镇洪就叫服务员开始上菜。上菜的时候，朱双福就问刘镇洪："你去扶贫，是到哪儿去扶啊？"

刘镇洪就说："落沙湖村，听说过没有？"

朱双福说："知道，知道。落沙湖嘛，福江桥那边对吧？那地方我去过。太远了，绕山路，不停地绕，绕来绕去，开车都要转晕。"

黄清点点头，接过了话说："我知道，落沙湖我也去过，还到那边去钓过鱼。送货也送过。我们搞建材的，各个乡镇都跑遍了。落沙湖那边，水好，河里有一段位置，河面很宽。钓鱼的时候，还看到那边河里，有野生的白鹤！"

"对对对。"刘镇洪点头。看来，这个黄清，是真的去过落沙湖，不然的话，说不到这么详细。

黄清就感慨了一句："那是个好地方啊，就是太穷了，路太难走了。我感觉，他们那个村，应该算是他们全镇，不说全镇最穷吧，也是倒数前三的。反正那个地方，我是去了一次，不想去第二次啊！如果把路搞好了，那地方其实还可以搞搞旅游业的，发展一下钓鱼之类的休闲旅游，很有搞头！"

刘镇洪点点头："嗯，地方确实是个好地方，路也确实不好走。"

这时候，李秀萍就插话问道："是不是那个地方，还有一段，就是水很深的一段河道两边，都是悬崖峭壁？悬崖峭壁上面，还有很多的山洞？好像落沙湖村的名字，就是因为那一段河得的吧？"

刘镇洪点点头："对对对，就是那里，李总也去过？"

李秀萍点点头："如果说的就是那个地方，我是去过一次的。之前是有人带我们过去，想到那里去搞个景点开发起来，搞旅游，我们还爬到洞里去看过。所以，我对那个地方，印象有点儿深刻。我当时还问了这地方为什么叫落沙湖，有人给我解释说，那一片看着像湖，其实是河面，然后河面上又有一些位置有小沙滩和湿地，所以叫落沙湖。”

刘镇洪之前是真没想到，他们三个人居然都知道落沙湖村这个地方，而且，他们三个人都去过。

“哎哟，缘分啊，缘分！”刘镇洪赶紧端起酒，“来来来，我先敬三位老总一杯，没想到大家都去过落沙湖，而我现在又长驻落沙湖。这就是缘分啊！”朱双福、黄清和李秀萍赶紧端起酒杯。四个人酒杯一碰，第一杯酒，居然都是一口干。

坐下之后，黄清说：“刘部长，落沙湖那个地方，要搞扶贫，我觉得做旅游是最好的方向。只要把路修好一点，就凭那里的原始风貌，就能够吸引许多人。”

刘镇洪说：“对！落沙湖的风景确实很好，搞旅游是有先天条件的。就你说的那一段河面，非常宽，可以搞水上乐园什么的，然后两边的悬崖峭壁上还有溶洞。就算不开发溶洞，在河面上拍照，两边也是非常有意境的。如果开发起来，其实真的可以作为一个好景点去开发。”

说到这儿，刘镇洪就转头看向李秀萍：“李总，你是搞旅游的，又有旅行社，又搞景区开发，要不你去落沙湖投资，把落沙湖的景区开发一下？”

李秀萍说：“那里风景确实还不错，如果有钱的话，也确实是可以开发成一个景点的。但是呢，在那里开发的话，这个开发成本非常高。”说着，李秀萍就开始掰起手指算：“我们可以算一下，最大的一个成本，就是景区的规划建造成本，因为溶洞开发非常不容易，第一个是溶洞内部的游道设计施工，这个难度非常大，所以成本就高；

第二个是溶洞开发的灯光设计和布置，难度也非常大，所以同样很费钱。但这两个费钱的，又不能不花。没有一个好的游道，那在溶洞的行走环境就不好，而且容易有安全隐患。如果没有好的灯光布局，人家进了洞，看到的东西，就不漂亮，不吸引人。溶洞景观和地表天然景观最大的区别，就是灯光对于景点的美观度，至少有百分之五十的影响！”

黄清在一旁点点头：“这个确实，我们平时出去旅游，到溶洞里的话，看到很多景点，都是要有灯光衬托的。溶洞里面的灯光，就像一个好的摄影师，可以把美观度提高很多。是不是这个道理？”

李秀萍说：“差不多就是这个道理。所以呢，要做这个溶洞开发，投入太大了，我没那么大的实力。再一个呢，就是落沙湖那边的溶洞，入口很多，但所有的入口，全部都在山壁上，既不在山顶，也不在山脚，这个可以说是一个特色，但同时，也会增加开发的成本。不说洞内要花多少钱，就单单从山顶，或者从山脚，把进洞的排队通道修起来，都是大价钱。黄总你是搞建材的，现在不算精细的，你粗略打一个预算，计算从山顶或者山脚建一个排队通道到山壁上的入口，要多少钱？”

众人就都看向黄清。

黄清沉吟了一下：“就算是一个中等标准的排队通道，那地方不好施工，而且山还挺高。估计五百万往上，甚至八百万往上吧！”

李秀萍两手一摊：“看，这还只是一个入口外面的排队通道，就要这么多钱。这个没有大资本是做不了的，我们这种小身板，撑不住。”

刘镇洪听到这个话，也是头疼不已。唉，处处都要钱，干什么都要钱啊！本来想搞开发，开发搞起来，村里就会受益，就会有钱，可是想要搞开发，却又要先有钱。这就成了一个死循环了。

想了想，刘镇洪问：“李总，那据你来估算的话，如果说，我们村里面要搞那一片溶洞和湖面的开发，总共大概要多少钱？”

李秀萍沉吟了一下，然后说：“如果只是开发湖面，搞点儿水上玩乐的，不要多少钱。但如果加上溶洞，如果你们要搞得稍微好一点儿，就是比较精品一点儿的话，我看看啊，你们那里那几个洞，我们其实都钻进去看了一下的，洞还是挺大的，而且几个洞里面，也是可以通过改造进行连通的。初步开发出来的话，做好一点儿，不低于三个亿吧。如果要做得特别好，估计要八到十个亿。”

听到这个数字，刘镇洪直摇头：“那这个没办法，真的没办法。我还以为几十万百来万，还可以想想办法凑一下。”

李秀萍就笑了：“几十万、百来万，还能等到你们去开发呀？有的是人去开发！然后一个呢，除了你们那个地方本身开发起来难度大之外，还有一个，就是你们那里只有那一个景点，离别的知名景区路程太远了。如果可以从你们村，修一条高速公路，逢山钻洞遇水架桥，直接连通到张家界景区，那你们就很有开发价值了。”

刘镇洪就摇头：“那这个造价比开发这个溶洞造价更高，我们这种山区，不是隧道就是桥梁，一百公里的高速公路，造价不会低于一百五十亿。这个是不可能的，想都不敢往那个方向去想。村里高速公路……县里不可能出规划，市里也不会支持，更不可能把规划申请递到交通厅去！”

李秀萍就说：“所以说，你们那里搞旅游很困难，有先天条件，但是没有后天条件。”

“唉……”刘镇洪长叹一声，摇摇头没说话了。

几个人就又开始喝酒。朱双福和刘镇洪都不是县里的人，都是市区的人。现在一个在县里做生意，一个在县里当公务员，平时来往比较多，所以酒桌上气氛还是不错的。主要还是因为朱双福会搞氛围，而黄清与李秀萍也是生意人，会说话，再加上刘镇洪没有任何架子，所以喝着喝着，话题就越聊越开，多少有点儿相见恨晚的意思。至少，表面上是那样。

酒过三巡，刘镇洪又继续向李秀萍请教：“李总，你觉得，我们那个村里面，真的就搞不起来了吗？”

李秀萍说：“反正目前是很难搞起来。这个不是我打击你啊，从市场的角度来讲，你那个地方，第一，不是没有可取代的地方，因为溶洞这个东西，说实话，全世界都非常多，咱们国内也非常多，只要是喀斯特地貌，哪里都有溶洞，这个东西它不稀奇，而且溶洞的景致，也是大同小异。当然了，如果这个溶洞跟有名的大景区在一起的话，那这个溶洞的客流量和生意肯定是非常好的，回本也不成问题。这个投入呢，虽然我刚才说要那么多钱，但钱并不是一次性投入的，都是边投入边开放，然后一步步回款赚钱，一步步加大投入，赚了钱再一步步循环投入。但你这里就有一个问题，你开发一点点儿，没人过来看啊！专门跑过来看一次这个洞，花几个小时的车程，没人愿意啊！你不是在大的景区边上，一脚油门就到了，你这个隔得太远了啊！”

刘镇洪就点点头：“我还想先凑点儿钱，小规模地开发一下呢。看来，这个路子行不通啊！”

李秀萍摇头：“肯定行不通。我记得，我们当时是从市里面出发，然后到县里，到了县里之后，然后去落沙湖村。我想一下啊，当时开车花了差不多……有三个多小时？四个小时还是三个多小时，忘记了。差不多要三四个小时吧。”

刘镇洪就点点头：“三个小时是要的。”

李秀萍说：“你想啊，从县里到村里都要三个小时，那再从别的出名的景区到县里，还要时间。哪个旅行社敢推这样的线路？你那里想要搞景区，交通问题一定要解决！”

刘镇洪说：“对，交通问题是个大问题啊！”

黄清就插了一嘴：“不说搞个高速公路吧，就把从镇上到村里的路，修直一点儿，你们那里都好很多。现在从县里到镇上的路，已经很好走了。如果镇上到村里的路好好搞一下，不说外地游客，至少县里的、市区的，做一做宣传，还是会有不少人愿意周末过去玩的。钓鱼啊、烧烤啊、野炊啊、拍照啊，你们那儿不是有野生白鹤吗？有些人就是喜欢拍这些鸟啊什么的！赚不了什么大钱，但至少可以给村里的农民，多一点儿收入，卖点儿自己种的菜啊、鸡啊、蛋啊什么的，也挺不错的。”

李秀萍就说：“黄总这个还不错，如果你把那个村里到镇上的路修好了之后，外地的游客很难讲，但是我们市里面、县里面一些有钱的人，他想去乡里玩一下，也不在乎开两个小时三个小时的车，只要这个地方值得玩，有意思，可以和朋友一起，或者带着孩子玩一玩。你们那里适合搞这种。什么烧烤啊，农家乐啊，不做景点来搞，就做一个周末休闲的场所，周末家人朋友度假的一个场所来做，这个还是容易搞起来的。”

朱双福也来了兴致，说：“我还记得，你们落沙湖村，那个地方好像泉水还挺多的？我们去那里的时候，还喝了那里的泉水，味道还不错，非常好，比矿泉水还好喝。我觉得吧，你们村里还可以搞一个山泉水厂。山泉水知道吧？十八洞村，你知道十八洞村吧？我去过那里，他们那里搞了一个猕猴桃项目，还有就是水，十八洞的水。我觉得你在落沙湖也可以借鉴一下，搞一个水厂，做瓶装水和桶装水，前期可以光做桶装水，简单些。”

“十八洞村我知道，我也去过，确实搞得很不错。”刘镇洪点点头，“目前我们村里也有个搞产业的想法，不过不是种水果，是种莓茶，准备搞一搞莓茶产业。不过你说的这个桶装水，好像也可以试试，落沙湖的泉水确实多，昨天我和村里的人还一起去看了三股大泉水。”

刘镇洪觉得，这种聊天，很不错，可以开拓自己的思维。昨天自己看了泉水，却也只是想着给村民家里接自来水，怎么就没想到搞山泉水厂呢？

回头好好了解一下，山泉水厂的投入大不大。

“莓茶我知道。”李秀萍说，“这个东西要是弄好了，还是很不错的。价格也还可以，而且基本上不愁销路，我觉得可以试一下这个东西，它的保健功效、养生功效都非常好，真要是做大了，不仅可以销往全国各地，还可以做出口，销往全球。只要做起来，这个东西市场会很大！刘部长你这个思路不错啊！我觉得你们落沙湖村脱贫致富有希望了。嗯，你们县里面把你派过去搞扶贫，让你当扶贫队长，真是人尽其才了。”

“李总，你这夸得我都不好意思了。”刘镇洪连连摆手，“我还是要多向你们请教啊，对了，刚刚说的这个，搞一个山泉水厂，这个想法倒是不错，我觉得可以试一下。来来来，我们先加个微信啊，先加个好友，到时候，还要经常向你们请教呢。”说完，刘镇洪拿起手机，和黄清、李秀萍分别加了好友，然后才继续说事：“你们有懂山泉水的吗？怎么搞，怎么销售？”

黄清就说：“搞山泉水的话，其实也很简单，投入也不大，基本上是个老板都能搞，小老板也可以搞。”

刘镇洪赶紧问：“怎么搞？”

黄清说：“主要还是要有一个好的泉眼，就是泉水的水量要大，这个东西只要水量大，水质过得去，净化一下差不多就可以了。我有几个朋友做过山泉水厂，到时候我联系一下吧，看他们愿不愿意过去搞，你们那里主要还是交通问题，水产出来之后，运出去的话，这个运费成本也不得了。”

李秀萍就说：“其实也无所谓了，如果是搞山泉水的话，运费多一点儿也不要紧，薄利多销嘛。可以就在附近的乡镇卖，现在乡镇用桶装水的也不少，然后呢，到县里面卖一下，刘部长动用一下你的资源，给县里各个单位说一说，让各个单位办公室里的饮水机上，都上你们村里的桶装水。又不要搞到多大的规模，就是给村里面多一份收入，这个是真的可以搞一搞。”

朱双福也在一旁点头：“要这么说的话，确实是可以搞。这个跟大老板投资不一样，大老板投资是要大回报的，但你这个搞水厂，一方面可以给村里解决几个就业问题，一方面也可以给村里增加点收入。多的不讲，一年赚个二三十万，大老板看不起，可对你们村里来讲，就是一笔大收入啊！”

这几个人说的话，刘镇洪听到心里去了。看来，不仅仅是自来水，村里还可以搞一搞山泉水厂。县里各个单位，只要有三分之一的用落山湖的山泉水，那对村里来讲，也是一个不错的收入。菜一道一道上来，酒一杯一杯下肚。聊到兴头处，刘镇洪就向他们发出邀请，邀请他们到村里去看一看走一走。如果他们愿意，那就和村里一起联合，做山泉水厂。如果他们不愿意，也请他们到村里看一看，帮忙再出点主意。毕竟，现在出主意，和在实地看了之后出主意，也还是有区别的。李秀萍和黄清都答应了下来，说明年一开年，就找个时间去看一下。

朱双福就说：“你什么时候回村里去？”

“明天吧，明天回村里去，今天晚上我还要回一趟市里。”刘镇洪说，“下村这么久，还没回过家，我想回去看看老婆孩子，我女儿打电话的时候，总是问我什么时候回家。”

朱双福就说：“那明天，我跟你一起去村里看看。你今天晚上就回市里吗？要不等一等，明天早上再回去啊！”

刘镇洪说：“我回市区，也不仅仅只是回家看看老婆孩子，我还想明天一早，就到市里面去拜访几个人，看能不能拉点投资什么的。然后，我还要买台车，要不然在村里没个车，也不方便。”

朱双福点点头：“你的车现在是你老婆开着的？”

刘镇洪说："对，她开着，接送孩子方便些。我买台新车给她开吧，我就开旧车下乡。"

朱双福说："那就不用买了，我刚好有台车空着，卖了又划不来，开又没人开，你拿去开着吧，也算是物尽其用。"

刘镇洪说："那不行。虽然我们是同学，但我毕竟有公职在身，不能开你的车，这个到时候怕讲不清楚。我还是自己买一台吧，方便一点儿。"

朱双福也不强求："行吧，那就随你，你想买就买吧。今天晚上别回去了，明天我直接送你去市里，直接陪你买车去。买了车之后，我们再一起下乡，我陪你到落沙湖村里去。"

刘镇洪说："不行不行，我今天晚上就要去市里，晚上要看孩子。要不然，明天孩子要上幼儿园，我老婆明天也要上班。今天晚上还是要回去一下。"

朱双福说："那我等一下送你回去。"

刘镇洪说："不用送，今天大家都喝了酒，就不要开车了。开车不喝酒，喝酒不开车。我等一下叫个顺风车，二十五块钱就直接送到市里了，还可以送到我们小区，方便得很。"

朱双福说："哎呀，叫什么车啊！我给你安排，我叫司机送你，没事！"

刘镇洪拒绝了："真不用，你明天早上到市里来，或者你在县里等我，我明天买完车，直接到县里了就给你打电话，然后一起去村里。"

李秀萍就看向黄清："黄总，要不我们明天一起，到落沙湖村里去看？"

黄清还没回答，刘镇洪就赶紧接过了话："欢迎欢迎，干脆我们明天一起去吧！"

黄清想了想："行，那我们明天就一起去。"

李秀萍说："对嘛，一起去。看看那边，要是真的适合搞个山泉水厂的话，我们几个人合伙，投资搞一个嘛，也为扶贫工作出一份力。跟别人一起搞，我也不放心，但咱们几个老朋友，人品都没问题，可以合伙搞搞项目。"

黄清说："这个可以，明天去看看，真要合适的话，就投一个。"

朱双福说："可以，就这么定了，明天一起过去。"

第39章　通情达理的老婆

刘镇洪非常开心，没想到今天一顿饭，居然有这么大的收获。这个事情，还是令人很开心的。至于说他们三个人看了之后，会不会投资搞山泉水厂，刘镇洪没有太多的担心。他对于落沙湖村的山泉水，还是很有信心的。对于泉水的提纯、检测的指标、矿物质的含量，这些东西，刘镇洪都不懂。但是，既然这几个人有想法，那他们肯定会做相关的检测，到时候，带着他们多检测几个地方，自己给村里搞自来水，就不用另外再请检测员了，又节约了一笔支出。另外，搞山泉水厂的时候，除了他们三个人当股东之外，村里也可以用地入股。到时候，除了给村里创造就业岗位之外，还可以给村里多一个收入途径。

酒足饭饱之后，再一次约定了明天一起去落沙湖村，四个人便结束了这顿晚饭。从酒楼出来，朱双福要给刘镇洪安排车，刘镇洪拒绝了，直接联系了一个顺风车。顺风车到了市区之后，直接把刘镇洪送到了小区门口。下了车，刘镇洪拖着疲惫的身子走回自己家的那一幢，上电梯，打开门，发现妻子和女儿都还没睡。

“爸爸，爸爸。”正在听妈妈讲故事的女儿一看到爸爸，顿时就从沙发上跳了下来，飞奔向门口。

“宝贝！”刘镇洪一把抄起女儿，抱起来。

“有没有想爸爸呀？”刘镇洪问。

“想！”女儿脆声回答了一个字，然后在刘镇洪脸上猛然亲了一口。

这一瞬间，刘镇洪感觉自己整个人都要化了。所有的疲惫，所有的劳累，在这一瞬间，都化作轻烟而去。刘镇洪觉得，自己现在浑身都充满了力量，可以一直抱着女儿不松手。

“怎么突然回来了？也不提前打个电话！”妻子金凤兰站了起来，“吃饭没？晚饭吃完了，没剩下，冰箱里还有点儿水饺，我给你下一碗吧。”

“不用，吃过了，在县里和朱双福一起吃过了。”刘镇洪笑着说，“朱双福还叫我明天早上再回来，我想我们家宝贝了，就连夜回来了。最近宝贝听不听话？”

金凤兰还没回答，女儿就脆声说话了：“宝贝最听话了，老师还给我发了大红花，还有小红星！”

“真棒！宝贝最棒了！”刘镇洪表扬了女儿一句，然后又在她额头上亲了一下，这才放下她，“宝贝先跟妈妈玩一会儿，爸爸洗个澡，洗得干干净净再抱我的乖宝贝。”

“好！”女儿开开心心地回应了一声，又叮嘱道，“爸爸那你要洗快一点儿，不然宝贝要睡觉了。”

刘镇洪本来还想批评一下她，今天晚上睡得有些迟了。但是，毕竟这么多天没看到女儿，批评的话就怎么也说不出口了。

“好，爸爸很快就洗好！”刘镇洪回应着，然后飞快地取了换洗衣服，到卫生间去洗澡了。一个澡洗完，又刷了牙，刘镇洪精神了许多，也清爽了许多。虽说不至于把酒意完全洗掉，但至少轻松了不少，并且嘴里的酒味也淡了许多。他是真不想让嘴里的酒味熏着女儿。

一看到刘镇洪出来，女儿就又冲下沙发，要他抱。刘镇洪乐呵呵地抱着女儿，坐到了沙发上。

金凤兰取出电吹风，帮着刘镇洪把头发吹干，边吹边抱怨："又喝酒了？"刘镇洪说："本来不想喝，但是朱双福介绍了两个老板认识，明天要去村里看看，看能不能投点资，所以就喝了点儿。放心，没喝多少，你看我都没醉。""我才懒得管你。"金凤兰没好气地说，"身体是你自己的，你喝不喝酒，跟我没关系。"刘镇洪说："那不行，你不管我谁管我？管，必须得管！"

"哼，就是嘴巴会说。"金凤兰翻了个白眼，"哪次管你，你听了的？管了又不听，我还不如不管，免得被你气死。"刘镇洪说："气谁也不能气我老婆啊！你放心，我在村里这段时间，是滴酒未沾。今天晚上是没办法，要求着别人明天去村里呢。唉，村里的条件，实在是太艰苦了，我是扶贫队的队长，还是要早点让村里脱贫啊！"

金凤兰没说话，见刘镇洪的头发吹干了，便收起电吹风，卷起来放好。刘镇洪见她不说话，便哄着女儿睡觉。可能是时间不早了，又可能是在刘镇洪怀里好睡，没哄几分钟，女儿便睡着了。

又过了几分钟，等到女儿彻底睡着之后，刘镇洪才把女儿放到了床上，回到客厅之后，便对金凤兰说："老婆，跟你商量个事。"

"什么事？"金凤兰回到沙发上坐下。

刘镇洪说："我想买个车。"

"家里不是有车吗？"金凤兰说，"现在去省城买房子的首付都还没存够，你又要买车。"

"不是，我就买个国产的，几万块钱的。"刘镇洪说，"不是我自己开，是买给你开的。要不然的话，现在我们家那台二手车，时不时地坏一下，你开着也不方便是不是？"

金凤兰迟疑了一下，摇摇头："没事，坏了修一下就行了，又不是经常坏。真的没必要再买个车，我们两个人的工资都不高，没必要享受那些。多存点儿钱，把孩子送到省里去读书，孩子以后发展好了，不比什么都好？我们现在苦点儿累点儿没什么，只要孩子读了好学校，以后对她的影响，是一辈子的！”

这个理由，让人无法反驳。刘镇洪就沉吟了一下，然后才说：“这个，给你买个新车，然后那台旧车，我想开到乡下去。”

金凤兰就没好气地说：“原来是自己想开车，还一口一个为我着想。刘镇洪，你真的是虚伪！”刘镇洪叹息一声：“我这也是没办法。”“哼！”金凤兰冷哼一声。

刘镇洪没在意她的冷哼，继续说道：“我是真的没办法，落沙湖那地方，全是山。每个村民小组之间，隔的都是山。不管是走村里土公路，还是翻山越岭走小路，反正走访农户真的是太费体力了。光凭两条腿的话，一天走不了几家，又没效率又累人。我刚开始两天，脚底板都走起泡了。”金凤兰没说话，也没冷哼了。

刘镇洪看了看她的脸色，才又继续：“我在村里要待三年啊，就这么靠两条腿走三年，我怕等我回城的时候，膝盖都会出毛病。”

金凤兰说话了：“你要买车你自己找钱去，反正我这里的钱不准动，我要留着给孩子在省城买房的！”

刘镇洪心中一喜，知道老婆心里松动了。要是心里不松动，她肯定会继续反对买车，而不会说叫刘镇洪自己找钱去。

刘镇洪就放低了姿态，说：“我的钱都是你管着的啊，我去哪儿找钱？再说了，我怎么说也是个领导干部，怎么能够随便找钱？你这是想让我犯错误吗？”

金凤兰：“就一个正科级……”

“别拿正科级不当干部啊！”刘镇洪笑了起来，然后又正色地说道，“其实吧，今天晚上吃饭的时候，朱双福说他有台车放在家里没有开，叫我不用买车，可以直接开他那台车。但是你想啊，我有公职在身的，不能开他的车。虽然我和他之间没什么，可有些事情，容易解释不清。我为什么要自己买个便宜的车，而不开他那台高级的车？老婆，你想想！”

“我懒得跟你说。”金凤兰扔下一句话，走到卧室，陪女儿睡觉了。

“唉……”刘镇洪叹了口气。本来以为金凤兰心里松动了，没想到，说服工作还是不容易做啊！刘镇洪觉得，要说服金凤兰，可能比在村里说服那些村民更加困难。看来，明天买车的计划，要泡汤了。当然了，这样的情况，他也是有一定的心理准备的。以前要办什么事情的时候，跟现在也差不多，第一次说服，很困难，但只要自己有充足的理由，多说服几次，老婆还是会答应的，还是通情达理的。只是一时之间，没有想通透而已。好事多磨嘛。

次日一早，刘镇洪送女儿去幼儿园，金凤兰自行去上班。送完了女儿，刘镇洪就去找自己要拜访的人，但只有一个人在市内，别的都在外地出差。他拜访的是一位企业家，想请企业家去村里看一看，企业家满口答应，但现在没时间，要到过完正月十五之后。这个理由堂堂正正，刘镇洪也不可能催他，双方约定，正月十五之后，再约个确定的时间。刘镇洪知道，企业家这是推脱之辞，可他也没办法，只能当成是没听出对方推脱的意思，决定正月十五之后，再过来约一次。为了工作，只能这么厚着脸皮了。

上午11点，刘镇洪正准备给朱双福打电话的时候，金凤兰打来了电话：“你想买什么车，想好了吗？”

刘镇洪马上说：“我买什么车都无所谓，主要是你开，要看你喜欢什么车。”

金凤兰说：“我就开这个旧车就行了，新车你开吧，乡里路不好走，给你买个SUV，可不可以？”

听到这个话，刘镇洪心里感动不已。老婆不仅仅通情达理，还特别心疼他。昨天晚上还以为要再做好几次思想工作呢，没想到，今天她就主动打电话说这个事情了。娶妻如此，夫复何求啊！

“SUV可以，以后开着出去玩，也方便。”刘镇洪先是肯定了这个思路，然后又强调了一遍，“村里基本上都是通了路的，虽然有很多还没有打水泥路，但是轿车通过是没问题的。村里的路跑新车，伤车，我还是开旧车吧，新车你开。”

金凤兰说：“我开旧车就行了，开熟了，换个新车不好操作。”

刘镇洪说：“新车才买回来，当然要给我们宝贝女儿用啊，总不能买了新车，还让我们宝贝女儿坐旧车吧？好了，老婆，听我的！”

金凤兰这才答应：“那行吧，你看着办吧。你过来取卡吧，还是我直接往你卡上转钱？我给你转十万吧，买车不准超过十万啊！”

刘镇洪说：“中午我来接你，我们中午一起去看车！”

金凤兰：“你自己去看吧，我懒得跑。”

刘镇洪说：“那不行，车买回来是你开的，必须你满意才行。就这么说定了，我中午过来接你！”

金凤兰这才答应：“那行吧。”

挂断电话，刘镇洪一个人站在那儿傻笑了几秒钟，然后才给朱双福打电话：“起床了没？”

“都快到市区了，正准备给你打电话呢。”朱双福笑呵呵地说，“想好买什么车了没？汽车城那边，我有几个熟人，可以帮你讲讲价。”

“长城或者长安吧。”刘镇洪说，“SUV的，八万块钱左右的。这两个牌子你有熟人没？”

金凤兰说了不准超过十万，刘镇洪觉得，八万块钱左右的，也差不多了。

“有，这两个4S店的老板都认识。”朱双福说，“其实你要买车，随便找点儿关系也能够找到，不过你的身份不适合找关系要折扣，我帮你讲价吧。八万块钱左右的SUV有几款，都还可以。其实真要舒服点，长城和长安都有十几万的车，坐起来还是有点儿区别的。”

刘镇洪说：“你先过来接我吧，然后我们一起去我老婆上班那里，叫她一起去看车。”

朱双福很痛快地答应了：“行，告诉我位置，马上过来接你。”

刘镇洪告诉了他位置，挂断电话后，心里暖暖的。他和朱双福是多年的交情，而这个交情，是在读书的时候就结下了的。两个人没有什么利益关系，相处得格外轻松，就像两兄弟一样。这种没有利益关联的相处，也让二人关系越来越紧密，倒也是很少见的了。

朱双福接到刘镇洪的时候，已经是11点47分了，马上就赶往金凤兰的单位。到地方的时候，金凤兰已经下班，正准备吃午饭。刘镇洪叫她不要吃了，到外面去吃，朱双福过来了，还叫她不用开车，直接坐朱双福的车去汽车城。金凤兰赶紧出来，上了朱双福的车。

朱双福说要请客吃午饭，金凤兰不答应：“朱总，你好不容易过来一趟，怎么可能还让你请客？中午我请吧！”在外面，金凤兰还是相当给刘镇洪面子的，坚决不让刘镇洪在兄弟朋友面前丢脸。

朱双福说：“我和老刘这么多年的感情，说起来我要叫你弟妹，今天就听我的，我请你们两口子，祝贺你们买新车！”

“那不行，我们买新车，应该是我们请客。”金凤兰说，“再说了，为了我们买新车，你还专门从县里跑过来。我们怎么说也要请你吃个饭，不然你这个当哥哥的，背后还不得说我这个做弟妹的不会做人？”

朱双福边开车边说：“弟妹，你这个说得我都没办法反驳了。老刘，你真是娶了个好老婆啊！不要怪我不够兄弟，以后要是你们之间意见有分歧，我无条件支持弟妹！”

刘镇洪赶紧说："那必须的，通常在家里意见有分歧的时候，我也无条件支持她！"

金凤兰就笑了起来："走吧，先吃饭去。中午时间不多，我下午还要上班呢。"

朱双福说："直接到汽车城那边去吃吧。弟妹，我和老刘之间的感情你也知道，吃饭随便吃都可以，边看车边喊个盒饭，吃个米粉都没问题。重要的是把车选好，这个才是重点。"

金凤兰说："那怎么行？我请你吃个饭，居然吃盒饭吃米粉，这不行！"

"弟妹，听我的！"朱双福说，"咱们先买车，车买好了，根据时间来。如果时间不紧，那就吃饭，时间紧，我们就随便吃个米粉。"

金凤兰还是反对，但是方向盘在朱双福手里，硬是没听金凤兰的话，直接就奔向了汽车城。

在汽车城，倒也没有多看别的店，只到长城和长安的4S店看了看。

最终，金凤兰看中了一款红色的哈弗H2，紧致型的SUV，外观看着挺漂亮，各种配置也过得去，价格也不贵，在金凤兰的预算之中。老板和朱双福关系还不错，在报价的基础上，减了八千块，当场提车，并且代办保险和上车牌。不过上车牌至少要明天了。这个事情，刘镇洪倒也不急。

买了车之后，看着已经快到下午上班时间了。朱双福谢绝了4S店老板的饭，催着金凤兰去吃米粉。金凤兰感觉格外不好意思，但朱双福已经朝着4S汽车城旁的一家米粉店而去。金凤兰没办法，只能跟着去了。这一顿午饭，就以一人一碗米粉解决了，搞得金凤兰一个劲地自责。

吃完米粉，提了车，刘镇洪让金凤兰开着这个新车回单位，金凤兰不开，要让刘镇洪开车送她回单位。朱双福看着这两个人，只感觉满嘴巴都是狗粮，比米粉还饱。最终，还是刘镇洪开着新买的车，把金凤兰送到了单位，然后又要了旧车的钥匙，开着旧车，和朱双福一前一后，往县里而去。

到了县里，会合了等在县里的黄清和李秀萍之后，本来是准备马上就回村里的。可是算算时间，这时候前往村里，到了村里之后，天也差不多黑了。不可能大晚上的在村里看各种环境吧？也根本没办法去泉眼处查看。所以，又在县城里留了一夜。次日一早，四个人四台车，向着落沙湖村进发。

出发之前，刘镇洪就给李相文打了电话，说有三个老板来村里看一看，叫李相文准备午饭。

既然李相文自己说自己厨艺了得，那刘镇洪也就当真了，还专门叮嘱，今天中午的饭，要李相文亲自下厨。

四台车到村部的时候，刘镇洪发现，何军、王芳、李相文、覃祖浩以及村支两委的其余成员，都在村部，等着见投资商。甚至，包村副镇长郭毅也在。这个阵势，真是够大了。既是对投资商的重视，也是相当给刘镇洪面子。毕竟，投资商是刘镇洪拉过来的。四个人下车，刘镇洪就为双方做了一番介绍。

介绍完毕之后，刘镇洪就说：“朱总、黄总和李总想看看我们这儿的山泉水怎么样，如果合适的话，可能会投资搞个山泉水厂。我们现在就先去看看泉水，看了泉水之后呢，就到李书记家里吃饭。现在看泉水去，李书记就不用一起去了，覃主任带我们去就行了。李书记，你今天的任务最重要，一定要让几位老总吃好喝好，一定要把你的拿手绝活都拿出来。这餐饭，就作为村里的接待支出，不能吃你私人的！”

第40章　给王芳记首功

这个事情不是私事，而是为了村里的招商引资。所以，刘镇洪觉得，不能够让李相文私人出钱招待，而是要走村里的招待费支出。如果每来一次人，都要让李相文私人出钱出物招待，那李相文那点家底，怕是很快就会成为贫困户了。

李相文心里怎么想的，不清楚，但嘴上却说得很大气：“这个不用报销，我自己今天请大家吃饭就可以了。”

刘镇洪说：“这个不用你请，这个是村里的接待支出，一笔是一笔啊，公是公私是私，我们这个要分清楚。”

李相文说：“一两餐饭不是问题，我还是供得起的。”

刘镇洪说：“不是供不供得起的问题，这个是原则问题。公私分明。那个小王，王芳，你也留下来，协助李书记把餐弄好。”

王芳马上点头：“好，刘部长你就放心吧。”

刘镇洪这才对覃祖浩说：“覃主任，咱们就去看看，先把昨天看过的三个泉眼，带着三位老板看一遍。然后就回来吃午饭，吃完了午饭，再挑几个泉眼看一看。你开一台车，我开一台车，两台车吧。车多了，怕到里面不好掉头。”

覃祖浩点点头：“好，那我们时间赶紧一点儿。”

刘镇洪车里坐了黄清、李秀萍、朱双福和何军，覃祖浩的车上则坐了郭毅和几个村支两委的成员。一行人把昨天看的三个泉眼，都看了一遍，详细了解了一下水量，得知在这三处大泉水附近，还有不少泉眼，只是没这么大，朱双福等人就不时点头，又问了问山是村里的还是村民的之类的问题。对于这些问题，基本上都是覃祖浩和几个村支两委的人来回答。刘镇洪对于这种问题，当然是不怎么了解的。这些问题了解清楚之后，朱双福等人也没有急着表态。不管是投资还是不投资，他们都不会在这个时候表态的。

三个泉眼看完，来到李相文家里的时候，已经是下午2点了。李相文杀了鸭子，狠狠地展现了一把他的厨艺。在李相文家里一顿饭吃完，已经到了下午4点多，这还是黄清、朱双福、李秀萍三个人都开了车，都不肯喝酒的情况下。要不然的话，估计一顿饭得吃到6点多去。

饭吃完之后，朱双福等人要回县里去，没有当场表达出要投资的意愿来。哪怕李相文等人几次相问，朱双福他们都没松口。倒是晚上刘镇洪快睡的时候，接到了朱双福的电话，说等过年之后，正月间，他们会带着技术员过来，先测一测水质，然后再决定搞不搞山泉水厂。

刘镇洪问："你们对这里的山泉水还是有意向对吧？"

"意向是有，但说实话，真要是搞山泉水厂的话，有的是地方可以搞。为什么一定要到落沙湖村呢？"朱双福很认真地说，"如果要到落沙湖来搞的话，那除了水好之外，还要有别的东西，能够吸引我们投资，在别的地方没有的东西。或者说可以帮我们铺开销路，或者说可以帮我们打出名气，或者是用工费用比别的地方要便宜，或者是承包泉山附近的山地，比别的地方要合算。当然不仅仅是讲的这一些，只要是有别的地方没有的优势，那就可以吸引投资。"

这个话说得很实在。刘镇洪也能够理解，大家交情归交情，可是做生意，并不能完全讲交情。一个企业，或者说一个投资商，投资之后，可能会成功，也可能会失败，但在投资之前，他一定要能够看得到成功的希望，看得到未来会有赚钱的希望，他才会选择去投资。如果说从一开始就是百分之百会亏的生意，别人为什么要投资呢？落沙湖的优势是什么？落沙湖能够给投资商带来什么？

“明白了。”刘镇洪说，“我会好好考虑这个问题，地租和用工，不会比别的地方贵。至于说销路方面的问题，我和县里联系一下，应该是能够解决一部分销路问题的。至于别的，再慢慢谈，等你们先把水质检测之后再谈吧。”

“搞个水厂的投资，我们三个人合伙的话，每个人的资金压力并不大。”朱双福有什么说什么，“但是我们投资之后，会不会遇到一些和村里人打交道的难题，这个其实是有一个很大的顾虑的。如果说用地的话，按道理来讲，直接租地最便宜，但我们觉得，从长远来考虑，还是和村里一起搞，让村里占一定比例的股份，这个会比较长远，但村里占了股份的话，我们就不给地租了。”

朱双福和刘镇洪的关系很铁，所以说话很直接。有什么想法，不用拐弯抹角。刘镇洪回话，也是很直接：“这个我还要和村里商量，看看村里是什么意见。”

“嗯嗯，反正不急，过年之前不可能决定投资的。”朱双福说，“现在都想着过年呢，过完之后，才会有所动作。你这段赶时间，也和村里商量商量，看看还有没有更吸引人的一些别的优势。”

刘镇洪说：“好，我知道了，这段时间我好好了解一下，然后好好规划一下。对了，你说，如果你们来投资的话，不要你们的地租，可不可以你们水厂帮我们村里搞几个大水井，解决一下村民自来水的问题？”

朱双福说：“你要说这个的话，如果水厂有了效益之后，利润还可以，那也不是不行。但刚开始投资的时候，或者是还没投资，你就说要让人帮你们挖大水井，接水管解决村民的用水问题，我跟你讲个实话，你这个真的是提都不要提！投资都还没落地呢，你就开始提出这个条件，会把投资商吓跑的。你在我面前说说没事，千万不要在他们两个人面前提起来啊！你要扶贫，最主要还是让农民从心里意识到，自己应该脱贫，自己可以脱贫。”

挂断电话之后，刘镇洪开始反思，反思自己之前的想法，是不是过于想当然了。之前总想着，让企业来赞助，这里赞助一下就搞好了，那里赞助一下也搞好了，可却没深思过，企业为什么来赞助？赞助得了一时，还能够赞助得了一世？说到底，还是要让农民自己能够脱贫。自力更生，路才走得长。

看来，自己先前想的，在过年之前，把村民的自来水搞定，估计要食言了。依靠企业赞助或者捐款来搞定这个事情，可行性不太高；在县里申请专项资金搞这个事情，光走申请审批程序，也不可能在过年之前批下来，更何况，能不能审批成功，还要打个问号呢。县里的财政状况，刘镇洪不完全了解，但也多少知道点儿基本情况，就算是审批了，什么时候能够把款拨下来，也充满了很多未知数啊！计划不如变化。看来，这个挖大水井，给村民搞自来水的时间，需要调整一下了。最好还是正月间再启动吧。如果到了正月间，还没有拉到赞助，也没有问县里要到钱，那就从扶贫款里出——扶贫项目里，也有给村民解决用水难这一点。

只不过，要自己否定自己的计划，真的是一件特别令人沮丧的事情。可干工作就是这样，谁也不可能每一个计划都十全十美，发现了问题和错漏，就要及时改正，要不然知错不改，就会越错越多。

次日一早，刘镇洪就召集李相文、覃祖浩、何军以及王芳前往村部，讨论事情。人到齐之后，刘镇洪先是说了自己昨天晚上的反省，把自来水的事情定到了正月间再启动，然后也说了朱双福说的那些话，要找准村里的优势，要让村里吸引投资商。当然，朱双福所说的那些情况，村里可不可以同意，村里同意之后，对于村里长远的发展是不是有益，这个也展开了讨论。

这两个事情说了之后，刘镇洪就问：“李书记，李永福以地入股的风吹出去了吗？群众是个什么反应？”

李相文苦笑一声：“风是吹出去了，但群众的反应，不乐观。”

刘镇洪就看着他：“说说，什么情况？”

李相文说：“真正动心的，只有几户，大部分还是不动心，甚至还有人说李永福太蠢了。恐怕这个事情，光靠做思想工作，很难做啊！”

覃祖浩也说：“现在的情况，村民普遍意见比较大，而且普遍没有长远的眼光，只注意眼前的利益。想要让他们舍弃马上就能够到手的地租，去拿地入股博一个有风险的未来，没几个有这种胆略和眼光。”

李相文说：“主要是现在村里形成了这个舆论环境了，大家都有一种普遍的共识，村里一起搞事，搞不起来，还不如拿地租，至少能够得一点儿是一点儿。在这个环境里，我们就算一户一户地做工作，也做不起来的。”

覃祖浩点点头：“对，大家都有一个从众的心理。光一个李永福，带动作用不明显。如果能够有十几户同时认同这个拿地入股的方式，那别的观望的人，就会很快扭转风向了。”

刘镇洪点了点头：“看来这两天，你们也是做了很多工作的。那面对这个情况，大家都有什么好办法？都说说，畅所欲言。三个臭皮匠，抵个诸葛亮嘛。”

众人沉默，一时半会儿的，都没什么好办法。也对，如果有好办法的话，还用现在在这儿头疼？早就把好办法用起来了啊！

刘镇洪敲了敲桌子，说：“开动脑筋想一想！”

李相文说：“好像没什么好办法。”

覃祖浩摇摇头：“暂时我也只想到一个一个做思想工作，但这个没什么效果。”

何军摇摇头，没说话。

“小王，王芳同志。”刘镇洪看向王芳，“女同志心思细腻些，你好好想想，看有没有什么别的办法？”

“我啊……”王芳一脸蒙，目光没焦距，试探着说，“要不，动员村支两委的成员，还有全村的党员，都站出来支持？今天晚上，或者明天早上，召开村支两委扩大会议，把这个事情直接定下来？”她这个话一说出来，另外四个人都是一愣。

“党员干部的带头作用……”刘镇洪点了点头，然后脸上就露出了笑意，“这是党员干部的带头作用啊，我怎么就没想到？啊，同志们，小王这个提议好啊！党员干部是干什么的？就是在这种关键时刻，起到带头作用的啊！”

李相文也笑了起来：“这个可以！我们村里的党员干部，应该是有这个觉悟的！”

覃祖浩也说：“这个我看可以，今天下午就召开村支两委扩大会议吧，全体党员、村委会委员、各村民小组组长，一起参加！”

李相文说：“还是先开党员会吧。党员会上先统一思想，然后再开村委扩大会。如果直接开村支两委扩大会，再加上小组长，人太多了，怕到时候思想不好统一。一步步来吧。”

何军说：“对，一步步来，先开党员会统一思想。李书记，你这边先跟支委委员都通个气，党员会上争取用最快的时间统一思想！”

李相文马上点头：“好，我马上给支委委员一个个打电话，落实这个事情。”

刘镇洪就看向王芳：“哎呀，这个事情一直是个拦路虎，今天看来是要解决掉了。办法总比困难多呀！小王，王芳同志，今天这个事情，要给你记首功啊！你一个点子，解决了我们一个大问题啊！果然还是年轻人点子多，有想法。”

王芳脸都红了："没有没有，刘部长你不要这样说。"

"不要谦虚，是你的功劳就是你的功劳。"刘镇洪笑呵呵地说，"只要这个工作一搞定，我们马上就用村里的名义，和村民先签合同，然后就开始组织人手，把地里柑橘树砍了，尽快整地，同时注册公司。对了，大家讨论下，是注册成公司，还是注册成农业合作社？"

第41章　党员不仅要起带头作用，还要帮助群众

覃祖浩说："这个吧，其实农业合作社和公司，还是有区别的，这个确实还是要讨论一下。"

李相文就问："那这两个的区别在哪里呢？"

覃祖浩解释道："主要的区别，就在于优惠政策上。农业合作社呢，顾名思义，就是面向农村和农民的，那就会有一些惠农相关的优惠政策。而注册成为公司的话，可能就享受不到这样的政策。但是呢，这并不是说注册一个农业合作社，就一定比注册成公司要好。"说到这儿，见几个人都在认真听，覃祖浩就又继续说道："目前来讲的话，搞一个合作社也可以，毕竟优惠政策是马上就可以享受得到的。可是从长远来看的话，我觉得，如果说我们要跟外面合作，要打出自己的品牌的话，那么，用公司来和别人合作，肯定是比农业合作社，要便于开展工作的，特别是销售方面的工作。这个，弄成一个公司，讲出去的话，可能有些人觉得比较好听些。然后呢，那些合作伙伴觉得我们是公司化的经营模式，那么对我们也可能更看重一些。这个都是我个人的一点见解，不一定正确啊！"

李相文就说："这方面的问题，我还不太清楚，我没搞过公司，也没搞过合作社。这个问题你们看着办吧，我就不发表意见了。"

刘镇洪说："我的意见是，从长远出发吧，那就还是用公司吧。不过，咱们股东这么多，几十个股东，到明年可能还会增加，变成几百个股东，成立一个公司可不可以？公司能够允许有这么多股东吗？"

覃祖浩说："股东虽然多了点，但这个成立公司是没问题的。其实，我们也可以先成立一个合作社，村民先一起成立合作社，然后呢，用这个合作社作为一个股东，还有村里，以及，如果招商引资引到了的话，加入这个投资商，这样也可以形成几个股东的方式成立公司。这样的方式，对于公司的管理和股权设置，就会方便一些。"

刘镇洪问："村民作为股东先成立合作社，合作社再作为股东，入股莓茶公司，对吧？"

"对。"覃祖浩点点头，"现在有不少公司，都是几个人先成立一个投资公司或者合伙企业，然后几个合伙企业再入股一个公司，这个公司再去操作具体的业务。"

刘镇洪点点头："我大致上明白了，这样也可以。你们觉得呢？"

王芳说："我对这方面一点儿都不了解，反正你们看着办吧。我就包做事。你们把方案定下来，要我做什么，就告诉我，我给你们跑腿就行了。"

何军说："我们这里，好像就只有覃主任一个人搞过工厂，办过企业，只有覃主任对这个方面比较了解，我们都是门外汉。就按覃主任说的办吧，覃主任看怎么方便就怎么搞，怎么合适怎么搞，我没什么意见。"

刘镇洪说："那行，这个事情，覃主任你就辛苦一下。就按你自己的方法来，你觉得怎么合适，怎么对长远有利，就怎么搞。需要有什么调整的时候，也以你的意见为主来调整。我们这个莓茶产业，还是要做长远。优惠是好事，但也不能为了优惠，就不做长远的考虑。”

覃祖浩就说：“那行，那我们就等跟农户谈完，签了合同之后，先去注册一个农业合作社，然后呢，再注册一个公司。用这个农业合作社作为其中的一个股东，如果没有投资商的话，就由村委会和合作社一起，成立一个公司，等有了投资商，只要投资商投钱，然后在公司里变更股份占比就行了。这样搞的话，以后操作也方便，不然的话，如果几十个几百个股东，等到有投资商想投资的时候，光谈股份比例，都是一件麻烦事。并且，这样做的话，前期还可以用农业合作社来享受一些优惠的政策。”在这方面，覃祖浩还是想得非常周到的。当然，这个周到，也是因为他有这方面的专业知识和经验。另外几个人，都没有搞过企业，在这种股权设计和注册流程上，给不了什么具有建设性的意见和建议。

刘镇洪既然选择了相信覃祖浩，也就不再多想什么了，直接点头说：“行，那这个问题就这么决定了。下面呢，我们还是要赶紧把这个莓茶的前期准备工作马上搞好。现在，李书记，你这边先跟党员通知一下，召开一个党员大会，咱们先把这个思想统一一下。”

李相文说：“好，我尽量今天下午吧，如果今天下午不行，就今天晚上。目前呢，所有在家的党员，这时候都在家里，也没怎么出去。在外面的党员呢，就算是明天、后天也赶不回来。所以啊，择日不如撞日，就今天下午或者晚上吧，尽量下午，因为晚上，一方面呢是不方便，天黑了嘛，另外一个呢，就是晚上也很冷，让别人大晚上的跑到村部来开会，也不太好。”

刘镇洪点点头：“行。”“那我现在去打电话。”

说完，李相文就走到一旁，开始打电话。

打完电话回来，李相文就说：“目前支委的几个人，我已经都通知到了，支委的同志觉悟都很高，都同意我们的意见，他们都表态说可以带头。另外，党员大会，我也在党员群里说了，并且，我们支委成员分工了一下，几个人分别通知，下午3点开党员大会，在家里的党员，不说百分之百都会过来开会，百分之九十的人数，应该是没问题的。”

工作进展到这一步，刘镇洪算是稍微松了一口气。虽然还没有把莓茶的前期准备工作完全做好，但这个时候，已经看到了胜利的曙光。未来的希望就在眼前！这让刘镇洪特别振奋，之前没有操作起来的自来水项目所带来的沮丧，也跟着一扫而光。算是有得有失吧，或者说有失有得。干工作就是这样，不可能一帆风顺，但往往会有峰回路转的时候。山重水复疑无路，柳暗花明又一村。

下午3点的时候，落沙湖村党支部党员大会按时召开。除了在外地不能回来的同志请了假，所有在家的党员全部参加。李相文先前说不一定会全部到，但应该会有百分之九十的人到，可现在的实际情况是在家的党员百分之百都过来参加会议了。刘镇洪心里还是很开心的，这说明落沙湖村的党员，觉悟相当高、组织纪律性也相当强。有这样的党支部，有这样的党员，还有什么困难是克服不了的呢？对于未来，刘镇洪充满了信心。只要村里有这些党员，刘镇洪就不怕任何困难。

李相文主持会议。刘镇洪在会上着重讲了莓茶产业对于村里脱贫致富的重要意义，以及用土地入股和租地的方式，对于村民以后的影响和区别。他把这个理念，把这个道理讲得非常清楚非常明白，也讲得非常细致非常深入。

在刘镇洪讲完了这个区别之后，李相文就说：“目前村里面有很多群众，对这个方案不太理解，在认识上有误区。这个就需要我们的党员，起一个带头作用，做出一个表率。这也是今天紧急召开这个党员会的原因之一。我们党支部还是希望啊，第一批入股莓茶公司的村民呢，有地的党员可以率先带头参加这个项目，用土地入股。如果说没在这个第一批里面的党员，也可以主动申请，也可以纳入第一批入股的范围。哪怕在座的党员之中，你们在樟木墒山上的地，没有和之前我们划出来的那一片第一期基地连成片，那也没问题。我们可以单独把他的地开出来，虽然费一点儿工，但是可以起到更好的带头作用。”

李相文这个话一说完，支委成员就全部表态，说同意这个方案，自己在樟木墒山上的地，可以拿来入股。其余的党员中，有几个同志有一定的疑惑，但是在提出疑惑之后，李相文和刘镇洪一对一地进行了更细致的讲解，把每一个疑问都解释清楚。

最终，所有的党员都同意了，统一了思想，理解并认可了这个用土地入股的方案。有些党员，本来自己的地，并没有在第一期划出来的这个范围之内，但是他们主动申请，想要把离第一期用地比较远的位置的土地，拿出来，加入第一批入股的名单。

这个结果，让刘镇洪特别开心。果然，还是要党员干部发挥带头作用，党员的觉悟果然高！在所有的党员都同意之后，老党员李永定发言了。他说：“我们都是共产党员，我们在起这个带头作用入股的同时，是不是还应该做出更多的表率？我是个老家伙，我就倚老卖老，在这儿讲几句。我觉得啊，我们还应该和支部一起，给别的不理解的群众去做工作，让不理解的群众也能够理解。这个是关系到整个村子的发展大计的事情，不是支委的几个委员他们的个人得益，也不仅仅是他们几个人的责任，而是我们所有在座的党员的责任。我们入党的时候是怎么说的？啊？我觉得，我们有义务，也有责任，协助支部把这个工作做好。我们党员要有这个觉悟！现在政策好，有工作队到我们村里来扶贫，有工作队来给我们做这个工作，给我们投入这个资金，给我们想办法找技术，我们自己出的，只有那几亩地，别的任何风险都没有，为什么还不满意呢？为什么还不做呢？”

李永定这个话一说出来，刘镇洪就率先鼓掌了。他记着这个老同志。第一次来村里开会的时候，在大会上，当时很多人质疑他，甚至有人当场发难。就是这个老同志李永定，当时帮着控制住了场面。要不然的话，当时不知道还会搞成什么样子。所以，他对这个老同志的印象很深刻。没想到，今天，又是这个老同志，说出这么一番发人深省的话，这么一番有觉悟的话。家有一老，如有一宝。这个话在平常的家庭中适用，在党支部里面也很适用。老党员的觉悟，值得后辈学习。

刘镇洪心中感慨，嘴上说道："刚刚这个老同志，老党员，李永定同志，正式介绍是李永定同志，但作为村里人，我要喊他永定伯！永定伯这个话，讲得非常好。我们党员不仅仅是顾及自身，我们不仅仅要起到带头作用，起到表率作用，我们还要努力帮助群众。从思想上、从行动上都要帮助群众。帮助群众认识到这个莓茶产业，拿土地入股的重要性以及今后的发展前途。我们不能够让群众因为一点儿眼前的利益，而损失了未来极大的收入，这个对于群众来讲，是极不公平的。"

李相文也说："是的，刘书记讲的就是这个道理。现在一亩地如果给个租金三百块钱，那么作为村里来讲的话，村里是愿意的。因为以后赚了钱，村里得的是大头，村民得的是小头。可是村里不能这么干啊，不能和村民这么离心离德，我们还是要为村民着想，要把未来这个大的收入，留给村民。这个也是刘书记一直在强调的，扶贫要扶到村民自己有持续的收入，有持续的发展。这样扶贫之后，村民才不会再返贫。所以啊，这个事情，要辛苦大家，散会之后，尽量给自己的亲朋好友说一说，尽量把这个事情给他们做一下工作，让我们村里这个莓茶产业，这个莓茶基地，可以尽快地搞起来，也让我们的村民，可以尽快地看到钱、拿到钱，尽快脱贫致富！"

刘镇洪接过话："刚刚李书记说要尽快，我希望还是真的要尽快。因为一开春，过完年一开春，马上就要把这个莓茶苗子栽到地里去了。其实现在就可以栽了，但我们地还没有搞好，所以，最迟也是正月十五之前，要保证把莓茶苗子全部栽种成功，然后马上就会发芽。等到5月的时候，我们就可以采摘第一批的莓茶了。”

李相文说：“我们过完年，阳历现在叫今年，阴历叫明年。啊，明年就要有收入了啊！所以，这个事情，大家还是要赶紧动起来。今天开这个会的目的啊，就是希望大家能够在做表率的同时，也多给亲朋好友做一做工作，让大家都来支持，时间不等人啊！辛苦大家了！”

党员会议开过之后，第二天又开了村支两委扩大会议。这一次，不是全体党员参加，而是党支部的全体支委和村委会全体委员以及各村民小组的组长参加。在这个会议里，照样把昨天党员大会上的事情讲了一遍，然后也讲了全体党员的决定。其实都不用讲，昨天全体党员同意之后，一回家，就已经在积极地动员，在做工作，甚至在群里面已经有了各种支持土地入股的声音。同样，在群里还有党员在详细地讲解土地入股有什么好处。所以，到今天开村支两委扩大会议的时候，各小组长以及村委会成员们的心里，已经有了准备。

在这样的情况下，开这个会，大家统一思想就非常容易了。只用了跟昨天党员大会差不多的时间之后，村支两委扩大会议就结束了，也形成了统一的决议，各小组长表态支持用土地入股的方案。

散会之后，工作队三个人和李相文、覃祖浩留了下来。五个人现在是经常一起讨论，已经形成了习惯。

刘镇洪对李相文说：“李书记，你在群里发一个通知。就说明天想参加第一批入股的村民，直接到村部来签合同。最迟时间是明天下午四点半。如果明天不来的，过期不候，想要再入股，那就只能等到明年的第二批了。并且，要说清楚，第一批入股的，肯定是要比第二批的，在股份上有一些优势。”

李相文就问：“直接发通知吗？不用再去每一家每一户做工作了吗？”

刘镇洪说："不用继续做工作了，直接发通知。"见几个人都望向自己，刘镇洪就解释道："因为这个工作啊，我们已经做了，但是没有取得什么效果。如果我们继续一家一家去做工作，他们可能会觉得前面有坑，觉得我们想坑他们，这样反而更加不容易取得进展。而现在，经过党员大会和村支两委扩大会议，我们已经有那么大的支持率了。这个时候再去做工作显得我们很着急，会让他们产生我们求着他们这样一种心理，这不利于我们的工作。所以，这个时候我们就要干脆一点儿，要显得这个机会很难得，这样的话，他们反而可能还主动过来想要签合同。"

这个道理很浅显，是生活中经常会见到的道理。李相文和覃祖浩都点了点头，虽然他们没有学过心理学，但是这种情况，平时也还是很常见的。所以，李相文没再犹豫什么了，很直接地就在群里发布了通知。

第42章　超出想象的好

通知发出去之后，刘镇洪又说：“李书记、覃主任、何军、王芳，现在我们还是要注意一下。”

四个人就都看向刘镇洪。

刘镇洪的目光在他们脸上分别扫过，很严肃地说：“现在通知发出去了之后，可能有群众会问各种各样的问题。对于这些问题，我们可以耐心地解释，但是不要有那种去求着他们的语气，要不然，我们酝酿出来的这个氛围就会没有了，到时候，群众可能就又会觉得我们想骗他们。现在啊，咱们只能讲一些方式方法了。反正一切以大局为重！要显得我们这个项目是很有前途的，是不求人的，他们要不要加入，我们不去求他们了，要让他们自己斟酌。这样的话，可能给他们有一点儿压力，有了压力，他们说不定就会怕自己错过一个赚钱的好机会，然后，说不定他们明天就会跑过来找我们签合同了。”

李相文说：“好的，我明白。这个我知道，这个我清楚啊！刘书记你放心，我和覃主任还没那么蠢。”

覃祖浩也说：“刘书记你放心，这个没问题的，就看明天能够过来多少人了。”

刘镇洪说：“目前的话，村支两委以及各个小组长都是支持的，但是他们很大一部分人的地，并没有在第一批咱们划的那个地块里面。所以，咱们划的那个里面，会有多少人过来，这个还真说不好。我觉得吧，二十户应该是没问题的。”

李相文就说：“我觉得有可能会达到三十户。虽然有很多人没有在我们第一次划的那个地块里面，但是他们可能也想第一批进入。村里的人，大部分都没什么主见，喜欢跟风，只要有十个人说支持，那别的人里面，就一定会有一部分人跟风的。”

覃祖浩说：“对对对，一定会有这个样子的。我估计也应该会有三十户左右。对，三十户应该没问题的，就是其中有些地，可能在我们划的地块边上，有些地又可能隔得很远。但是这个都没关系，只要是明天来签合同的，我们都收！第一批都给他把苗子栽过去，哪怕他只有一亩地！哪怕他的地隔得再远！千金买马骨啊！”

刘镇洪就说：“覃主任，全村的村民选你当村主任，看来还是非常正确的！千金买马骨这样的事情，我以前在乡镇工作的时候，在别的村里是没有遇到过的。今天，我是第一次从村干部的嘴里，听到千金买马骨这样的话。不愧是在广东当过厂长的，有想法也有魄力啊！”

覃祖浩就说：“那没有，那没有。这个主要还是刘书记你把台子都搭好了，然后李书记也是为我们这个工作呕心沥血，你们两位书记把前期的路子都给跑通了，我也不能掉链子啊！”

一夜过去，刘镇洪吃了个早饭，就直奔村部而去。到了村部之后不到半个小时的时间，王芳、何军、覃祖浩和李相文就先后到来。五个人坐下来，开始聊天，聊未来的规划，也聊些生活趣事，反正今天的主要工作，就是等着要签合同的村民过来。

大概10点钟的样子，开始陆续有村民过来了，第一个过来的是个党员。在他后面，又来了几个人，也是党员。他们一来之后，打了招呼，便直接找李相文要签合同。李相文把早就准备好的合同给了他们看。合同很简单，只有两页纸。上面写了签约的注意事项，以及合作社的成立、议事办法。是的，这个合同，是成立合作社的合同。用合作社，也可以运作莓茶产业。当然，之后还是要成立莓茶相关的公司。这个合同，是用村委会的名义签下来的，签下来之后，再成立合作社。

签完合同之后，覃祖浩就说："大家先不要急着走啊，咱们等人多一点儿的时候，还要讨论一下，就是入股之后，我们要成立一个合作社，所有的第一批入股的人，都是这个合作社的股东，然后再用这个合作社入股莓茶公司啊，这样的话，才方便以后我们的莓茶产销，以及这个优惠政策的享受。"他不得不详细地说一些这方面的情况。因为有些人签合同，连合同内容都不看。为什么不看？用他们自己的话说，反正看了也看不懂，别人都能够签字，他们也能签！这是山区农村工作的常态。所以，在签合同的时候要讲一遍，签完合同之后，还要讲一遍。

不一会儿，又开始有一批人过来了，随后，陆陆续续又有人过来。一天搞下来之后，几个人发现，结果出乎意料的好，总共有四十二户农户愿意用土地入股，来做第一批的股东。只不过，除了第一次划定的那一片之外，别的入股的土地，位置上比较分散，连在一起的只有五户，别的都是东一块西一块，而且每一户的土地都不多，只有两亩三亩。这个样子的情况，只能说大家都还是带着试探性的玩法。之前划的那一片，第一期莓茶基地的位置里，总共应该是二十六户，但只有二十二户过来签合同，还有四户没有过来。但这个结果，算是很喜人的一个结果了。五个人都很开心，那四户不肯来的，就算了吧。

一天签合同，讲解政策，解释原因，五个人都累得够呛。等合同签完之后，五个人又到李相文家里吃饭。

吃饭的时候，李相文就感慨道："今天真是出乎我的意料啊，虽然第一批那块地二十六户，还有四户没有过来，但是别的地方多出这么多人，我是真的没想到。”他连说几个没想到，然后不停地摇头：“总共四十二户啊，这个就是超出我的预料了。啧啧，四十二户啊！”

刘镇洪就说：“多出了二十几户，也比我们之前计划的，多出了几十亩地，对我们来讲，这个成本是增加了啊，并且，地还比较分散，管理上也会比较费劲。”

叹息了一声，刘镇洪又说：“但是，这都没关系，这都不算什么麻烦事！只要我们辛苦一点儿，把第一批的基地搞起来，等到起来之后，这个效益做起来以后啊，那些分散着的地方，就是一个个的点，到时候，以点带面，整个樟木埪山上的莓茶，都会发展起来的！所以啊，今天这个事情，是个好事！”

覃祖浩说：“是的，今天这个事情是个好事。在工作队的带领下，我们整个村子都会发展起来。我相信，只要我们这一次做好了，明年出了成绩，后面的人都会主动要求，来跟我们一起做！”

刘镇洪点点头：“对，只要出了成绩，一切都好说。现在这个事情，走到这一步，基本上算是把第一步就迈出去了，接下来的路，那就好走了。但是啊，我要说一个但是！大家还是不要放松啊！我们马上要启动柑橘树的砍伐工作，还有土地的翻整工作，包括请莓茶专家给我们做指导技术。当然了，请莓茶技术专家之前，我们的地，还是先要整出来，这一块我们也不可能承包出去，没有那个钱。所以呢，我们还是要自己做，要村民，要股东自己动手，劳动致富。到时候，就给大家做一做思想工作，村里面自己消化了，让大家都辛苦一点，谁的地就谁自己整，怎么样？这个思想工作能做下来吗？”

李相文说：“这个工作还是能够做下来的，目前的问题，就是村里主要还是老人和小孩。年轻的劳动力很少，现在的年轻人啊，在村里都待不住，基本上都出去打工去了。”

何军就提议："那我们可以把外面打工的那些年轻人叫回来吗？就是把他们叫回来之后，大家一起合起伙来，一起使劲，把我们这个莓茶产业做起来，到时候，比打工的收入还高。在村里就把钱赚了，不比打工好多了吗？"

覃祖浩说："这个很困难。目前呢，因为莓茶毕竟还是没看到效益，然后呢，他们打工的时候，至少一个月还有几千块钱。你让他放弃每一个月到手里的几千块钱，回来做这个还没有看到效益的事情，这个就很难了，困难不小。"说着，覃祖浩又点了点头："但是，还是要试一试。万一有人想回来了呢？我们还是打打电话吧，这些出去打工的人，大部分的电话号码都有，有些还加了微信的。到时候一个个打电话看能不能叫回来，就算打电话没有叫回来，等到过年的时候，不说全部回来吧，也会有一批人回来的。等他们回来之后，我们再一个一个做工作，看能不能让他们留下来。"

刘镇洪说："好，就这么办！我们吃完晚饭之后，就开始打电话，晚上打电话会好一点儿，因为在外面打工的，白天都要上班，也不方便接电话。我们就今天晚上打吧，一个一个打，我们五个人分工一下，争取早点儿打完电话。"

几个人点头答应，表示可以，晚上辛苦一下，分别打电话。

吃完饭之后，五个人没有闲聊，就在李相文的家里，开始给村里出去打工的年轻人打电话。

一个个都是苦口婆心相劝，讲道理摆事实，然而并没有什么作用。只有三个年轻人说现在回不来，过年的时候回来看看情况，别的年轻人都说没兴趣，不想在村里待着，就愿意在外面打工。这是一个让人非常沮丧的结果。但这个挫折已经打击不到五个人了。五个人通过村民同意土地入股这个事情之后，已经对未来充满了信心。

电话打完之后，五个人相视苦笑，纷纷摇头。没有实实在在的收益，想要凭着空头支票把人从外地叫回来，基本上是没可能了。

何军提议说："这个电话也打完了，年轻人呢，基本上都不肯回来。我看山上的那个柑橘树啊，也不是很高很大，也没有太粗的主干，从根部稍微往上一点，就长得比较分散。除了根部嫁接的那个位置稍微粗一点儿之外，离地十厘米的地方，每个树干都不粗，还是算比较细的。这个砍起来的话，难度大不大？咱们村里的这些老年人，还能够干农活吗，还能够砍得动这些树吗？"

王芳就接过话，说："我看村里的老人家，都是五十几岁、六十几岁、七十几岁的，甚至还有八十几九十几的，这个砍树什么的农活，还是不能让他们干吧？要不，我们去问一下，如果承包出去，花钱让工人来干，这个一百多亩地里的柑橘树砍掉，把这个树根挖出来，要多长时间？要多少钱？如果钱少的话，要不，就请人来做？"

覃祖浩摇摇头，说："请人做，肯定是不行的。真要是请人的话，一百多亩地，这个工钱太贵了，最少最少，都要好几万块！这个钱太浪费了，还是村里自己搞吧！"

刘镇洪皱了皱眉头："可是，现在的问题是，村里没有劳动力啊！"

覃祖浩说："村里的老人，八十岁以上的并不多。五十几岁到七十几岁的人，基本上干农活还是没问题啊。这么说吧，六十几岁的人，还可以在山上搬大树！七十几岁的人，搬大树是搬不了的，但是像樟木埇山上那种柑橘树，他们砍下来之后再弄回家当柴烧，是完全没问题的。"

王芳有些难以置信："六十几岁还能够搬树？"

覃祖浩说："没问题的，农村嘛，现在没年轻人干活了，不就只能老人干了？别说搬树了，就算是人死了下葬的时候抬棺材，现在也没年轻人干了，都是老人抬的，几个六十几岁的老人一起，抬着棺材给别人下葬，你们恐怕想都想不到吧？"刘镇洪摇摇头，想说点儿什么，可是满肚子的话，却是一个字都说不出来。覃祖浩继续说：“放心吧，老人家做这种事情都是没问题的，这个事情不累人。可能你们城里的人觉得，这个非常累，那是因为你们没有习惯这个。但是我们农村的六十几岁的人，都可以做的，就是时间可能比年轻人慢一点儿，其实也不一定，现在的年轻人干农活的话，可能还没老年人快。”

李相文就说：“时间也没问题，现在离过年还是有那么长时间，在过年之前，再怎么都可以把地里那些树砍掉。其实算下来，光砍树的话，每家每户只有几亩地，不算多。几亩地的树，你把它砍下来，再清理出来，一个星期再怎么都差不多了吧？最多十天够了吧？然后就是翻地整地啊，这个要点儿时间。整地的话，再算一个星期，差不多了吧？农村的时间也不值钱，那就拿时间堆吧，只要赶到明年开春，能够把莓茶的苗子种进去，就没问题了。”

刘镇洪点点头，说：“行。既然你们都说没问题，那就让大家自己动手吧。谁的地，谁自己把它清出来，这个清出来之后，我们也不给钱。等于减少了成本，到时候收益就会多一些，多出来的收益，也是大家的钱嘛。或者在分红的时候，再给他们额外多一点儿，这个也没关系，就相当于一个补偿。怎么说，大家都是自己人，多一点儿少一点儿，这肉啊，还是烂在锅里的。”

李相文说：“行，那我就按这个方式去传达了，让村支两委的同志们再辛苦一下，做一做工作。然后呢，这个地要整成什么样子，到时候还是需要技术员来指导一下。这个方面，就要刘书记你帮忙联系一下了。”

刘镇洪说：“这个没问题，放心吧，我明天就联系技术员，把这个土地的翻整标准，以及这个莓茶的生长所需要的环境，都列一个详细的表单，拍一些照片，还有一些视频。我让他们都把这些资料弄过来，大家把树砍完之后，把树根什么的都清理出去之后，就好好地学习一下这个方面的东西。等学习好了之后啊，咱们再开始把这个地给整理出来，搞得精细一点。”

这个问题探讨之后，就没什么问题了，大家各自回到住的地方，拖着分外疲惫的身体，只想倒头就睡。然而，王芳还没办法马上睡觉，因为覃香秀还有问题要问她。覃香秀有问题，王芳当然是要认真解答的。

覃香秀的问题就是关于莓茶的："王芳，今天我们签的那个合同，签了之后，一年到底能够分多少钱啊？"

今天覃香秀也签了合同。她是早就答应了王芳的，要以土地入股。

王芳说："具体能分多少钱，这个现在还不知道，还要看效益。我现在也不能跟你乱说，就有一点儿是可以预见的，当了股东，以后能够分的钱，肯定是比你直接拿租金要多得多的。"

覃香秀就说："这个我知道，我知道这个肯定是比拿租金要好。我现在就是……我就是想啊，我家在樟木脑上面的地，太少了，如果再多一点儿的话，以后就可以再分多一点儿了。对了，我还想问个问题啊！"

王芳说："什么问题？你说。"

覃香秀就一脸的难为情，看了王芳一眼，低着头说："等莓茶公司成立之后，莓茶基地做起来之后，我们可不可以在公司里上班？我现在……我家里的情况你也知道，我这个情况，我奶奶总是要吃药。我收入上很紧张，我还是希望能够多一些收入，苦一点儿累一点儿都没关系。只要能够在家里照顾奶奶，离家近就行。我都想要多点儿事情，这里一点儿收入，那里一点儿收入，聚少成多。如果莓茶搞好之后，我在公司里上班，又可以照顾到家里，又可以多一份收入，我……你觉得这个可以吗？"

第43章　开始拍视频

王芳说：“其实你想多几个收入来源，又不想离家里远的话，可以在网上搞兼职呀，你有没有想过搞微商，或者是做网红？”

覃香秀说：“我以前跟着别人做过微商，但是没赚到钱，还做亏了。做网红听说很赚钱，但是我不知道怎么做啊，没有人教我，然后，我……你看我这个样子，又不漂亮，怎么可能做网红？”

王芳说：“网红不一定就要漂亮啊，这个跟漂亮没关系，长得漂不漂亮不要紧，只要你拍的视频有意思，你就可以成为网红。你看火山小视频，还有西瓜视频，这两个上面都有很多人拍的视频，长得不漂亮的也有很多，而且很多人拍的就是农村的事情。有养鸡的，有养鸭子的，还有养牛养羊的，甚至还有拍挖地种地的。对了，我给你看一下我经常看的视频，拍得很不错的。李子柒、华农兄弟，你看过没有？”

覃香秀摇摇头，说：“没看过，我不知道。你给我看一下。”

王芳就找出李子柒和华农兄弟的视频给她看：“你看这些都是做得很不错的博主，你看一下他们的视频，他们其实就是拍农村的，但是有些拍得很细腻，很唯美，这种唯美的视频，我也不知道要怎么拍，我没有学过这种专门的拍摄和剪辑。我只会基本操作。”

说着，王芳又滑到华农兄弟的视频："这种就是没有那么唯美的，比较原生态。"

之后，王芳又找出了别的一些播放量比较高的视频。这些视频，都是在火山小视频和西瓜视频里面找的，不光给覃香秀看视频，还给她看视频下面的评论。因为评论里面有很多鼓励人的话，也有很多有趣的话，可以支持着视频创作者，更有信心和力量去创作。

王芳边给覃香秀看这些，边劝导着："你看你看，这些都是别人拍出来的，只要拿个手机，谁都可以直接拍。其实就是记录一下平时的日常生活就可以了，我觉得你也可以记录一下，甚至从我们种植莓茶的时候，你就可以开始记录了。你可以取一个莓茶妹妹的名字，就叫莓茶覃香秀或者是落沙湖莓茶都可以，或者是落沙湖覃香秀都可以。前期的话，你不会拍，我可以帮你拍，帮你剪辑。这些只要不追求唯美，都还是很容易的。这些我都可以教你，反正我电脑也带着，容易学得很，等你学会了之后，你用我的电脑直接上传就可以了。"

覃香秀就问："那我拍了这些视频之后，怎么赚钱呢？"

王芳就说："据我所知，这种拍视频赚钱的方式，一个就是你拍的视频发布之后，有播放量，播放量高了之后，网站会给你广告费，这个广告费是按播放量来的，播放量越高，广告费越多。除了这个之外，你有了一定的名气，还可以自己接广告，给食品啊游戏啊代言，这些也是有广告费的。还有啊，你粉丝多了之后，也可以做直播，做直播的时候，别人就会给你打赏。这个打赏也是一个收入，有的人做直播很厉害的，光打赏一个月收入都有几十万！"

听到这个话，覃香秀就非常动心了，自言自语道："几十万啊？这么多！"王芳笑着说："对，做得好的有几十万，但是做得不好的，也就没什么收入了，所以你也不要说一下子就奔着几十万去，那可能性不高。你就想着，一个月能够有一千块钱，那都是一笔不小的收入，对不对？反正这个事情，又不要你投入什么本钱，我拿着手机帮你拍一下视频，然后电脑上剪辑一下，上传一下视频就可以了。赚了钱是白得，没赚钱，你也没亏啊！”

覃香秀就有点儿向往，又有点儿担心：“这个行不行啊？我可不可以拍啊？我觉得我……我怕我拍不好，我怕我不行啊！我，我怕我紧张。对着视频，对着镜头，我怕我紧张！”

她现在就已经开始紧张了，话都不怎么会说了。

王芳说：“不用紧张，没什么关系。而且，紧张也不是不可以，有的人可能就喜欢看你紧张呢。视频里的人越紧张，看的人越觉得有意思。”

覃香秀说：“哪有这样的，哪有人会喜欢看别人紧张啊！”

王芳说：“这个你就放心吧，别说紧张了，直播的时候太神奇了，你知道吗？我告诉你啊，有的人直播，没有任何才艺，就直播睡觉，就睡在那里！睡觉啊，你想想，就光在那儿睡觉，也有很多人看，还有很多人打赏！神奇吧？”

覃香秀一脸的不可思议：“这不会吧，不可能吧？”

王芳说：“这没什么不可能的，真的就是这么神奇！所以，你放心，你只要负责出镜，不管你是紧张的出镜，还是不紧张的出镜，都没问题。我负责给你拍，拍了之后，发到网上去就行。这样吧，我们就从种莓茶的第一天开始，不，不从种莓茶的第一天开始。我们就从砍树的第一天开始，然后，从砍树到把地整出来，都可以拍。就这么决定了，从砍树的第一天开始！”

覃香秀说：“砍树？砍什么树？”王芳说：“就是咱们樟木垴山上，你们以前种的那些柑橘树啊。这个树，现在是要求每家每户自己砍自己的，把自己的树清理出来，要不然你要找别的人砍的话，到外面找人砍要花钱啊。这个钱也不是小数目！你自己砍的话，到时候把地整出来交给村里，交给公司，公司少一笔成本，出了收益之后，每个股东都可以多分一些钱啊！这个也是好事！”

覃香秀想了想："哦，这样啊，砍树哦，还好我那里只有三亩地不到，只有两亩多地，没多少树，几天时间就能砍完了。这个柑橘树我砍得动，树很小，不像那些松树杉树。"

王芳说："没你说的那么轻松吧？那树也有那么大的，不可能几下就砍好了，我看你两亩多地也有好几十棵树啊，没那么容易吧？"

覃香秀说："这个对我们来说，不是什么难事，就是要点儿时间要花几天工夫。"

王芳说："行吧，你觉得没问题，那就没问题。我先前还担心村里这些老人砍树砍不动，但是覃主任和李书记都说没问题，老人家都砍得了树，我也不好说什么了。但心里一直担心，现在你都这么说，那我就放心了。"

覃香秀说："别说几棵柑橘树了，就算是那些大杉树什么的，六十多岁的老人家都砍得动，而且还能够从山上把大树一截一截地扛回来。这个你不用担心，农村嘛，都是这么过来的。"

见到覃香秀都说得这么轻松，王芳就不再坚持什么了。她觉得，可能真的是自己对农村人的体力不太了解，对于农村具体干农活的情况也不太了解，同时，她又觉得自己在城里长大，没有经历过这些，体力上还是显得非常的弱，然后也显得自己比较娇气。想到这里，她又有一点点儿的懊恼，为什么自己会这么娇气呢？

王芳在这里懊恼的时候，覃香秀又有问题冒出来了："王芳，你说的这个拍视频真的可以吗？真的能赚钱吗？"她对这个真的是一窍不通，总觉得不靠谱。

王芳说："赚钱是能够赚钱的，只是赚多赚少的区别。用心做，或者是做出特色来，就赚得多。不用心做，或者做的东西没有特色，又或者不能坚持，那就赚得少，甚至赚不了。但是呢，这个问题其实不是问题，就算赚不了，你也不会亏钱，所以没有成本，没有什么风险。我觉得吧，就算赚不了，你也可以试一试，尝试一下，坚持一下，反正不会亏。主要看你能不能坚持，能不能放得开，怕不怕丢脸！”

覃香秀说：“我不怕丢脸，只要是凭本事赚钱，我有什么好丢脸的？”

王芳就说：“不怕丢脸的话，那你就没问题啊。拍的时候，如果边上有村里面别的人看到你，你就不好意思拍了，这个也不行。”

覃香秀说：“不好意思，那肯定是不好意思，可是，只要能赚钱，我就算不好意思，也还是会拍的。我凭我的本事拍，凭我的本事清清白白赚钱，我不管别人怎么看我。反正能靠本事赚到钱，我就要做。我奶奶这个情况，我不做也没办法！”

王芳点点头，说：“刚刚我给你看的那些视频，那个李子柒啊，她也是在家里照顾奶奶，然后顺便拍视频，现在就把视频拍得很好，很多人看，有很多粉丝了。所以，她现在的生活条件什么都改善了。我希望你也可以成为这样的一个视频博主，用自己的能力，改变自己的生活。然后呢，如果你出名之后，成了网红，你还可以帮助大家改变我们村里的情况，村里的莓茶，我们现在不是才刚开始吗？然后也没有形成自己的品牌，到时候，你成为一个大网红，你可以帮我们村里的莓茶打出市场，打出我们村里的莓茶品牌。这个也是对大家都有好处的事情，你到时候就是我们村里的大功臣！”

覃香秀说：“功臣不功臣的，我都无所谓，只要能够改善自己的生活，能够帮村里尽一份力，我就觉得很满意了。”王芳说：“你有这个想法就可以，我们就从砍树的那一天开始拍，连续给你拍视频，那也是我们工作方面的一个记录，我希望以后回到县里，想到在落沙湖村的日子，看到这些记录的工作视频，那也有不一样的感受的。”

覃香秀问：“什么时候开始砍树？有计划了吗？”王芳就说：“随时可以。有搞得快的，可能明天就要动工砍了。如果你没什么事的话，你也可以明天就砍，我直接帮你去拍视频，先拍一期视频试一下。”

覃香秀就说：“明天啊，这么快，这么急啊？好紧张！我，我突然……王芳，我现在反悔可以吗？你会不会……”王芳打断她的话：“不能反悔，不允许反悔。答应了做就一定要做。要做就要好好做，坚持下来，不要半途而废。就这么说定了！明天我们去山上拍视频，砍树挖地！”

覃香秀说：“我真的好紧张！”王芳说：“不要紧张啊，明天就开始了，要紧张你明天再紧张，现在赶紧睡觉，明天才有力气砍树。我今天也是累了一天了，嗓子都冒烟了，感觉身体被掏空，两个眼皮一直在打架，只想睡觉。我先洗个澡，洗完我马上就睡觉了，你也要赶紧睡觉！”

覃香秀就说：“好吧好吧，你赶紧洗澡去，你今天确实累了那么一天，快点洗澡睡觉。”王芳就去洗澡睡觉，没再和覃香秀多说。

这一晚上，王芳睡得很安稳，然而覃香秀翻来覆去，却迟迟无法入睡。覃香秀觉得自己毫无睡意，满脑子都是先前王芳找给她看的那些视频。想着想着，覃香秀忍不住就想拿起手机来再看看，可是一想到很费流量，又舍不得了。

就这么想了半宿，然后才迷迷糊糊地睡着，睡梦中都还是那些视频。

第二天起床之后，王芳就给李相文打了个电话：“李书记，我今天和覃香秀到樟木垴山上砍树去了，今天村里面没什么别的活动吧？”

李相文说：“这边没什么安排，你问一下刘书记那边有没有什么安排。”

王芳说：“好的，好的。”挂断电话之后，王芳转手就给刘镇洪打了个电话：“刘部长，我今天想和覃香秀到山上去砍树，先把地里的树砍了，然后呢，我还想给她录一下视频，给她剪两个视频，传到网上去，看能不能把她培养成为一个网红。到时候，我们就可以在网上宣传一下我们村的莓茶，说不定能够打开另一条销路呢。我们也不能总是把莓茶原叶卖给别的公司，长远来看，这样做还是损失挺大的，还是要有我们自己的品牌和销售渠道。”

刘镇洪说：“你这个想法可以啊！年轻人有想法，年轻人对网络更了解，这个我支持。今天也没什么事，你们先到山上去，我今天也到山上去一下，我跟李书记昨天晚上又商量了一下，让李书记通知了一下那些参加了签合同的人，如果有时间的话，今天就把山上的树先砍起来。我今天也会到山上去，到时候看一下那个覃香秀拍视频怎么拍。”

王芳说：“刘部长你太好了，你真是对我们太支持了，我决定不向嫂子打小报告了。”

刘镇洪就说：“你打什么小报告呀？我现在开的还是我自己那台老车呢，新车我是给我老婆开的，我就没准备开过来，我看你怎么打小报告！”

王芳就笑了起来，然后说：“行吧，行吧。随便你吧，我看你到时候会不会把新车开过来。”

刘镇洪就说：“我开什么新车啊？你不是有驾照，想多练练车吗？来来来，这几天在村里，我好好教你练车，练完之后你赶紧去买个新车去，到时候我们都享福，都坐你的新车。”

王芳就说：“我倒是想买呀，但是我也不知道我爸会给我买个什么车。我自己又没钱买，还是要我爸给我买啊，买个太贵的，估计他是舍不得的。”

刘镇洪就说：“那他也不会给你买便宜的，一般爸爸给女儿买车，都还是过得去啊，不会低于二十万，说不定给你买个三十万的车。”

王芳就说：“那不可能，想得太美了，最多也就买个十几万的车给我。”

刘镇洪说：“十几万可以了，不要要求太高了，我那个新车才几万块钱呢。”

两人又说了几句，便挂断了电话。

吃过早饭，王芳和覃香秀一起背着背篓，拿着斧头和砍刀，还有锄头，上了樟木埮。覃香秀家里的地，就正好在刚开始划定的那一片里面，其实没有动员的时候，覃香秀就已经答应了王芳，要把那个地入股。现在看到这三亩多地，王芳仿佛看到了一片一片的莓茶长起来了，仿佛看到了莓茶公司美好的前景。她笑着对覃香秀说：“你的地从哪里到哪里？界线在哪儿？你告诉我，我帮你砍，我觉得我今天砍十棵树应该是没问题的。”

覃香秀就说：“十棵树那可能会有点儿困难的，你先把手套戴起来。”说着，覃香秀就从背篓里抓出一副做工用的手套，递给王芳。

王芳摇摇头，说：“不用不用，这个不用手套，戴着手套还不方便。”覃香秀就说：“不用手套的话，你手会起泡的，你的手受不了的。”王芳说：“没关系，我没问题，我看这个树也没有多粗，你把刀给我，我现在去砍。”覃香秀也没有多劝，直接就把刀递给她。

王芳拿着刀，看着那一丛一丛长出来的柑橘树，不知道从哪里下刀，想来想去，抓着柑橘树的半腰上砍了一刀。刀身一震，震得王芳全身都麻了，差点没抓稳刀把。

覃香秀就笑了起来：“不是这样砍的。你要先从下面砍。一棵树，是从下面长上来的，从根部上面十几厘米的地方砍，才好用力。你看你从中间砍，砍了没用，下面还是长着的。”

王芳点点头，弯下腰，就找到了位置，指着树的根部问：“是这个地方吗？”

覃香秀说：“对对对，就是这个地方，嗯，刀可能砍不动，你用那个斧头砍。”

王芳拿着刀砍了两下，确实没什么用，而且手还真的非常麻。她把刀放下，然后甩了甩手说："这个确实砍不动，我用斧头吧。"说着，王芳就拿起了斧头。然而，斧头拿在手上，王芳只在空中比画了两下，便又放下来说："算了算了，这个斧头我用不好，我怕砍到自己。这个斧头好重啊！"

覃香秀笑了起来，说："这个斧头，城里人是用不惯，给我吧，还是我来砍。你在边上给我看着就行了，我待会儿把树砍倒之后，你用那个刀，把主干上那些细的树枝剔掉就可以了，这个会轻松一点，砍树还是我来砍。"

王芳揉了揉手，就说："好，那你来砍，我先给你拍视频。"

第44章　发布

覃香秀戴好手套，拿起斧头，然后就有点儿犹豫，看了一眼王芳：“真的要拍视频啊？”

王芳说：“那当然真的要拍呀，说好了要拍的。”在说这个话的时候，王芳已经把手机摄像功能打开了，拿着手机对着覃香秀拍了起来。

覃香秀就很紧张了，说：“要不你等一下吧，等一下，我整理一下头发，我这个样子不行啊，我这个样子拍出来特别难看。”

王芳就说：“你管什么好看不好看，拍这个视频只要拍真实的生活就可以了，又不是要把你拍成美若天仙。”

覃香秀说：“可是……”

王芳说：“不要可是了，没有可是。你赶紧砍，我现在就给你拍着，拍完之后还要剪辑的。你要相信我剪辑出来的作品，肯定很好看的，我还给你开了美颜呢，我这个手机有美颜功能。放心吧，绝对比化妆了还好看。”

覃香秀说：“那你把你拍的先给我看一下。”

王芳说：“不用看，不用看。你要相信我，我虽然不是专业的摄影师，但拍几个手机视频还是没问题的。要不，你就把我当成专业的摄影师，至少比你专业吧？拍出来的视频，绝对比你本人好看，你就放心吧，不会让你变丑了，保证到时候在网上很多人点击，很多人看，很多人给你加油。”

覃香秀说：“我还是不同意，我觉得很害羞，不敢拍，我过不了自己心里那一关。”

王芳就说：“你如果再不拍，等一下别人砍树来了，来的人多了，大家都围观你，那你就更加害羞了，更加不好意思。你是想现在拍，还是想大家都看着的时候拍？”

听到这个话，覃香秀才没有反对，赶紧说：“那行吧，那行吧。”

虽然口头上答应了，但在真正拍视频的时候，覃香秀完全不敢看王芳的手机，也不敢看王芳的脸，甚至不时地背对着王芳，也就是背对着镜头。王芳说：“你这样子不行啊，这样我怎么拍？赶紧把脸转过来看着我！”

覃香秀说：“我做不到！我不敢看！我，我看到那个镜头，我害怕！”

王芳就说：“算了算了，你自己砍你自己的，你也不用管我，你就把我当不存在，你自己砍树就行了。我自己找角度拍！”

覃香秀就不再管王芳，而是自己专注着砍树。王芳就在一旁拍，围着那个树左转转右转转，边绕圈圈边拍，边拍边和覃香秀讲话聊天。

这样拍的话，视频内容才不会显得单调呆板。就这样，拍了一遍又一遍，大概拍了二十多个视频。王芳都不怎么满意，但是覃香秀状态是越来越不行了，看到那个镜头在拍，她就连砍树都找不到节奏了。继续这样拍下去的话，效果会比先前的视频差很多，王芳就把手机收了起来，拍摄告一落段。毕竟今天是第一次拍嘛，也算是一个不错的开始了。

收好手机，王芳拿起了柴刀，开始把覃香秀砍倒的树上面的枝条一根根剔下来，然后摆到一旁。这个工作不费力，但是很细致。王芳做起来的时候，还是觉得有点累，可是看到覃香秀砍树的姿态和用的力量，又觉得自己这样如果都叫累的话，心里过意不去，并且还多少有点儿感觉到不好意思。

砍到第四棵树的时候，刘镇洪、李相文、覃祖浩以及别的人已经开始到山上来砍树了。

刘镇洪还跑到王芳这边，要看看王芳给覃香秀拍视频。王芳果断地拿出了手机，又要开始。覃香秀这时候就更加不自然了，然而，这个时候王芳拍视频就更加来劲了，一个劲地叫覃香秀变化着各种姿势。

当然，覃香秀完全没有按照她的要求去做。别的乡亲们，这时候也有很多跑了过来，看到这一幕，纷纷像看西洋景一样指指点点。整个场面就变得格外喧嚣嘈杂，周围全是嘻嘻哈哈的声音。覃香秀脸都完全红了。这个时候，视频自然是拍不下去了，但王芳也没有觉得有多沮丧，因为之前已经录了二十多个视频，之后通过剪辑，做成两个视频传上网，还是没问题的。

不过，她也有些担心，今天这一幕，对于覃香秀来说，会不会感觉到更加难为情，然后第二天的拍摄，能不能继续下去，会不会给她造成更大的心理压力。这些事情，只是在王芳的心里，她并没有说出来。因为，说出来之后，会让覃香秀更加尴尬，她只是想着，今天晚上回去之后，要尽快把视频做出来，然后在这几天之内，叫覃香秀传到网上去。

作为一个新鲜的尝试，王芳其实对这个视频寄予了很大的希望，但是也知道一炮而红的可能性并不大。

虽然这时候没有办法继续拍视频了，但刘镇洪没有急着走，他和李相文、覃祖浩、何军等人一起，对着覃香秀一顿猛夸。还有人说覃香秀以后要成为大明星了，要出名了。

这个话，让覃香秀特别不好意思，但是说的人多了之后，覃香秀反倒还比较放得开了。

至少脸不红了。这种放得开，只是覃香秀心态上的放得开，等到王芳叫她再拍几个视频的时候，面对着众人的围观，覃香秀还是放弃了，没有勇气当着众人的面拍视频。

刘镇洪并没有在王芳和覃香秀这里耽搁太多时间。他要到处走走看看，到不同的农户的地里去看砍树的情况。总体来讲，基本上大家的个人速度还差不多，但是从家庭上来讲，也还是有快有慢的。像李元清家里，他们家的人多，所以砍树速度也很快。一个上午下来，李元清家里居然砍了有一亩地左右的柑橘树，不仅仅是把树砍倒，并且是把树上的细枝都已经剔下来，然后捆好了，只等着弄回家里之后，就可以做柴烧了。别的农户家里，劳动力不多的，但是有男人在家的速度也不慢。尽管男人的年纪比较大，五十多岁或者六十多岁，可是砍起树来，速度比覃香秀还是要快得多。干体力活的话，男人普遍比女人要速度快一些。覃香秀家里，毕竟只有她一个劳动力，尽管加上了王芳，可是王芳在这一方面，基本上算是个废物，只能拿着手机拍视频了。

武陵山区的冬天，白天时间比较短，但好在冬天天气还算可以，雨天比较少。

所以连续几天下来，落沙湖村第一批入股合作社的村民，都在樟木垴山上砍树。

不到一个星期，也就差不多四天左右，第一批签约的入股股东四十二户，基本上都把地上的树砍完了。砍完了的树，树枝也剔了下来，捆成了捆，有的农户已经开始挖地里的树根了。

这个进度，超出了刘镇洪的想象，他原来觉得，怎么着都要一个星期才能够把这个工作做完，没想到四天时间这些都做完了。但是很显然，挖树根的工作，比起砍树来讲，更加费力气——树根没有那么好挖！家里有男人的还好一些，像覃香秀这种，只有一个女人可以挖，那么挖树根的时候，就特别费力，也特别费时间。一个白天下来，能够挖出来五个树根都已经很不错了！这还是因为橘子树的树根，根系比较浅，不是那种深的根系，如果是像松树的话，她一天能够挖两棵，都算她体力好。

刘镇洪也曾经想过，挖树根的工作要不要请一台挖机，但是村里的农户股东都不同意。

因为请挖机要钱，他们怕到时候要他们自己出钱，或者说村里面出了钱之后，给他们的分红就会分得少一些。所以，他们宁愿自己动手去挖，宁愿自己累一点儿苦一点儿。对于这个情况，刘镇洪能够理解，但是理解得不够深刻，或者说他觉得这个效率不是很高，而且人特别劳累，如果用挖机的话，其实要不了多少钱。但是后来和覃祖浩、李相文聊起这个事情的时候，刘镇洪才算是真正能够理解了。

李相文是这么说的："刘书记，可能对于你们每个月有工资，然后生活在城里的人来讲，宁愿花一点儿钱，让身体舒服一点儿，不要那么累。可是对于我们农村的人来讲，我们没有工资，每个月的收入都不是固定的，甚至每一天都只想拿自己的力气，拿自己的时间，去换一点儿钱，可能为了节约一块钱，我们可以走路走一个小时。"刘镇洪默默地点了点头。

覃祖浩接过了话说："这个其实就是一个思想观念的转变，也可以说经济条件决定的。看你自己怎么去想。比如说有的人觉得我们应该拿钱去买时间，有的人觉得我们应该拿时间去换钱，这是两个完全不同的思想观念。形成这个思想观念的一部分原因，就在于你有没有钱。有钱的，就觉得我需要拿钱买时间，我的时间要去干别的；手里没有钱的，有的是大把的时间，他就只需要把这个时间换成钱。对他来讲，钱比时间重要。打个比方，城里买一件家具，会花个几十块钱，叫人送上楼，那这个花钱的，是觉得钱花得值，愿意花钱，不愿意消耗体力自己搬，而搬上楼的人呢，也觉得只要搬到楼，就可以得到几十块，值了。”

李相文又加了一句：“对我们来讲，不仅仅钱比时间重要，甚至钱比身体还重要。你可以看到，这几天在山上砍树、挖树根的人，五十多岁，六十多岁，甚至七十多岁的人都有。这个在城里就不可想象，但是在农村很常见。七十多岁干农活的人很多，还有七十多岁还在挑水的。还有挑粪去菜园里给菜施肥的，不是说粪就比化肥好，而是化肥要钱，粪不要钱。”

这一番闲聊，让刘镇洪心情很沉闷。他能感觉到落沙湖村的村民生活普遍都很苦，也能够感觉到，平时这些村民去镇上赶集都宁愿走路，而不是坐车——哪怕车费只要一块钱。他当时只是觉得那些人很攒，舍不得花钱，但是他没想到，在舍不得花钱这个事情中，有这么一个令人心酸的内在的原因。舍不得花钱，只是一个外在的表象。实在是没有钱，无时无刻不在想着从哪里得到一点儿钱，这个才是最根本的原因。说到底，还是一个字——穷。

刘镇洪感慨于村民穷的时候，王芳正在努力地说服覃香秀。离第一次拍视频，已经过去好几天了，从拍视频的第一天开始算，到现在为止，总共拍下的视频，已经有了一百多个。王芳也把这些素材剪辑成了五个视频，每个视频有三分钟至四分钟的样子。五个剪辑出来的视频，都是覃香秀在劳动的场景，要么是在砍树，要么是在捆树枝，要么是在挖树根，也有在路上背着背篓走路的。这五个视频，每一个王芳都已经拟好了标题，只等着发到网上去就可以了。甚至她都帮覃香秀在西瓜视频上面注册好了账号，可是等到要发布的时候，覃香秀又退缩了。她看着王芳剪辑好的那五个视频，总觉得特别难为情。她总觉得把这些视频发到网上去之后，自己就仿佛展现给了全世界的人看。对于这个事情，她内心有一种不确定的恐惧感，或者说，她感觉很自卑，不敢把自己真实的一面展现给别人看。

王芳吃过晚饭之后，对着覃香秀说："今天晚上，我不管你同意还是不同意，这个视频，我必须发上去了！"

覃香秀说："不行不行，不能发，真的不能发。"

王芳说："我账号几天前就已经给你注册好了，什么都给你搞好了，你现在说不能发，那我拍了这么多视频不就浪费了吗？不就做了无用功了吗？那我这几天的努力，不就白费了吗？"

覃香秀说："没有，没有。我，我是说，现在不能发。我，我们可以过年之后发，再等一段时间再发。"

王芳说："第一天拍好视频，我就准备发的，你说要等一天。第二天，你又说要等一天。一天又一天，你现在拖到这时候，已经拖了好几天了，现在又说要到过年之后，等过年之后，你是不是又要说再等一年再发？"

覃香秀就说："不会不会，我保证，我保证过年之后一定发！"

王芳说："不要跟我保证了！就决定了，今天就发！你如果觉得我发错了，你大不了打我一顿，甚至把我赶出去都行，不让我住你家里也可以，反正我现在就要发，我已经编辑好了。标题都已经写好了，必须发！"

覃香秀就说："真的不能发。"

王芳说："你看你，平时在村里，跟别人说话理论，甚至可以吵架，你都很自信。为什么在这个网上，你就不自信了呢？在网上的时候，别人还看不到你，不知道你是谁，有什么好不自信的？有什么自卑的？"

覃香秀就说："你看别人发到网上的那些视频，都好漂亮，你看我这个，好土的。"

王芳说："哪里土啊？你这个就是真实的生活，真实的农村生活，不做作，不弄虚作假，实实在在，这个是最难能可贵的品质。而且你说别的都漂亮，我不是给你看过吗？网上那么多拍视频的，那么多点赞呢，人家还有很多长得挺不怎么样的呢。有很多没有你长得好看的人，不也发了视频，不也有很多人喜欢他们吗？又不是要所有人都喜欢你，只要喜欢你这个类型的人，喜欢你就可以了！”

覃香秀在讲道理、说理论这方面，肯定不是王芳的对手。她也知道自己肯定说不过王芳，就一个劲地说不能发。王芳直接把笔记本电脑打开，然后进入发布后台，就准备发视频了。

覃香秀都快哭了：“王芳我求求你，真的不能发。”

王芳说：“要不你现在把我的这个电脑搬出去砸了，要不然你就让我发。”覃香秀就愣住了，她不可能去砸了王芳的电脑。这可是笔记本电脑啊，这个东西要多少钱，她无法想象。再借她十个胆子，她也不敢把王芳的电脑给砸了呀！

王芳看了覃香秀一眼，知道覃香秀其实只是因为自卑，所以不敢发到网上去，但覃香秀内心里，还是很想拍视频很想发布的。因为通过这几天拍视频的时候，覃香秀的表现，就可以看得出来，覃香秀是想拍，想发布的。覃香秀从最开始的时候不敢拍，到这两天王芳叫她摆什么造型，她就可以摆出什么造型，王芳叫她抬起头，她就可以抬起头，甚至有时候她还会主动问王芳，这样好不好看？这样会不会更好一点儿？她在拍的时候，可以自己提出意见。这就是她内心里真实的想法。

本来，王芳是想慢慢培养覃香秀的自信，但是目前看来，需要给她一点儿压力。在目前的情况下，王芳没有更好的选择，所以只能果断地下了这个决定。这一步，必须王芳推着覃香秀走，才走得出去。如果任由覃香秀自己决定，那可能十天、一个月、一年都迈不出这一步。迈不出这一步，后续的工作就无法开展。这一步需要王芳的帮助，王芳是看出了这一点儿，至少她自己觉得自己是看出了这一点儿。哪怕覃香秀现在可能有一点儿不愿意，但是她觉得覃香秀的心里面应该是不会特别地拒绝、特别地抗拒的。所以，她决定自己要强势一点儿，帮助覃香秀做出这个决定，发布第一个视频。

第45章　调研

王芳给覃香秀起的网名就是莓茶覃香秀，发布的第一条视频，标题就叫“农家妹子力气真的大，一天砍树十棵，回家还做菜”，标题写好之后，直接就从后台发布上去了。等到视频审核成功之后，两个人就盯着电脑后台的数据，一会儿刷新一下，一会儿又刷新一下，看一下数据的变化。得益于西瓜平台上数据化的推荐，哪怕是新人传上去的视频，也会有流量的支持。第一个视频在发布三个小时之后，播放量居然超过了一百。这个情况，让王芳有些遗憾，但也比较满意。

覃香秀就特别兴奋，她拉着王芳不停地问：“这个是真的吗？是真的有一百多个人在看吗？为什么没有人评论？”

王芳就不停地给她解释，其实王芳自己也不懂这一块，但是在覃香秀面前，她必须表现出自己很懂的样子，要不然的话，她怕打击覃香秀的信心。所以，她就说：“要很多人看了之后才有人评论，你看有些人的视频有一百多万的播放量，但是评论都只有几百条对不对？有的人播放量是一百多万，但是评论就有几千条。这个是要看情况的，你这个可能是因为来看的人只有一百多个，所以评论不多，再等等。”

然后继续等，又等了一个多小时，播放量就已经到五百以上了。

这个时候，覃香秀就有点儿着急了，问王芳："要不要再发第二个视频，赶紧再发一个吧，你看那么多人看。"王芳也不确定一天要发几个视频，但是看了这个数据还可以，想了想，就随手又发了第二个视频。

第二个视频上去之后，又开始有播放量，两个人一直盯着后台的数据在看，她们希望这个播放量一直在涨，希望一个晚上能够涨到几千或者几万。然而，一直到凌晨1点，两个视频的播放量，一个在七百五十几的时候涨不动了，一个在五百多一点儿，都没有达到一千的播放量。

覃香秀就不停地问："是不是别人不喜欢？是不是失败了？"王芳就鼓励她说："没有失败，这么多人看，刚开始注册已经很不错了。而且，两个视频加起来已经有十几个人评论了，还有的人评论说，既然砍了树才回去，为什么没有煮饭的视频？为什么没有烧火做饭的视频？你看，别人还想看你做饭的视频呢！"覃香秀就又开心了。

这时候，王芳也发觉之前一直给覃香秀拍的是砍树的视频，忘了拍做饭的。所以，她和覃香秀商量了一下，这段时间，看什么时候，也要多拍一点儿做饭的视频。要把整个的农家生活全部都展现出来，等到过完年，开春种莓茶的时候，还要把怎么种莓茶，甚至怎么制作莓茶，都拍成视频。这样的话，才符合她这个"莓茶覃香秀"的定位。对王芳说的这些，覃香秀除了点头之外，找不到任何反驳的意见。因为她实在是一窍不通，什么都只能听王芳的。

在王芳教导覃香秀做视频的时候，刘镇洪已经开始在县里面跑开了。他需要解决自来水入户到家，一方面需要测试水质，一方面还需要资金的支持，县里面没有这个专项资金，他只能打报告申请，不知道什么时候能申请下来。但也没办法，必须早一天申请，才有可能早一天得到审批。就算审批不下来，也可以先留个底子，等到第二批的时候多少有个印象。

除了打申请之外，就这个自来水的项目，刘镇洪又一次找到部长，当面向部长汇报，想争取部长的支持。部长对这个项目，还是给予了大力的支持，虽然没有找到资金，但是给他落实了一批水管之类的物资，过年之后，水质检测一通过，就能够动工了。至于改厨改厕，这个工作肯定是得留到后面去了。别说今年，就算是明年都别想完成。因为明年还有更重要的工作要做，明年整个的工作重心肯定是在莓茶公司上面。整个扶贫工作队的工作，明年可能都是围绕着莓茶开展。

落沙湖村的柑橘树砍伐工作，已经差不多完成，树根都挖得差不多了，下一步就要进行土地翻整。这一块工作，并没有马上进行，而是需要刘镇洪找来技术员实地指导。因为种植不同的农作物，需要不同的土壤标准，不同沟垄方式。所以，一定要有一个指导性的建议之后，才可以具体地施工。并且，由于不是同一批工人施工，而是农户自己施工，所以在施工方面，可能还存在一些差异。这个方面，也只能努力克服了。反正这些工作，都是很琐碎的工作。

刘镇洪决定，还是要在过小年之前，请技术员到村里，给第一批入股的村民进行培训、上课，还要在实地进行指导。这个需要花几天时间，也需要一笔费用，当然这个费用是必需的支出，没有办法，节省不了。不过，如果可以推迟支付，或者到时候从莓茶结算里面走，也是不错的方式。

各项工作都迫在眉睫，刘镇洪想到就做，专门跑了一趟张家界，到之前考察的那个公司里，向他们预订了一批开春之后需要栽种的莓茶苗。目前整个的场地有一百七十多亩，刘镇洪订了一百八十亩的莓茶苗。然后呢，又向莓茶公司要了一个技术员过去培训。本来这个技术员是要另外花钱的，但是，刘镇洪跟张家界这家莓茶公司商量，免费派一个技术员过去培训三天。以后呢，莓茶基地把这个莓茶培养得更加符合标准，这个对于莓茶公司的销售来讲，也是非常好的一件事，是双赢的。

张家界的莓茶公司说，既然你这一次订购了一百八十亩地的莓茶苗子，那么配送一下技术服务，这个也是应该的，但是三天的技术培训，这个还是要收费，起码也要给技术员一些讲课费。经过刘镇洪苦口婆心地不停劝说，最终凭着三寸不烂之舌，说服了这家公司的老总，答应免费派一个技术员。在莓茶公司的技术员到村里进行培训的时候，部长也给刘镇洪打电话说，要到村里来看一看，来调研。

刘镇洪说："我马上和村支两委商量，然后拿出一个接待方式，再向您汇报。"

部长说："不需要特别的接待，我就是下来看一看，走一走。实地看一看，感受一下同志们的工作环境，感受一下乡亲们真实的生活场景。"

刘镇洪说："那我们还是要准备准备啊！"

部长接下来的话就打消了他的顾虑，部长说："不用准备。我如果不能够看到乡亲们真实的生活，不能够看到你们具体的工作环境，如果看到的都是你们表面上弄出来的一些东西，那我怎么帮你争取各种支持？我不能够切实了解到你们在实际的工作中的难处，那么我对你们的支持，可能就是打了折扣的，对你们的支持打了折扣，那么对于村里的脱贫攻坚，会不会也打折扣呢？镇洪同志，我希望你能够好好想一想这个问题！"

刘镇洪马上说："部长请放心，你到这边来，我们工作队和村支两委以及全体的村民绝对都会把最真实的一面展现给你，要让你、让部里、让县委看到落沙湖村，具体是一个什么样的情况，让县委能够对落沙湖村今后的工作，有更加强力的支持，有更加真切实际的认识。"

部长就说："你有这个认识，那我就放心了，那我明天就抽时间过来，要不然的话，接下来可能就抽不出来时间了。要搞团拜搞各种活动，可能时间更加紧张。”

刘镇洪就说：“行，那正好明天是我们这个莓茶产业的技术培训的第三天，技术员会带着我们全体股东到山上，进行实地教学，去山上挖地，教导我们的股东，要把地整成什么样子。正好，部长你明天过来，也可以看一下这个，比在村里面走一走，可能看得更加真实，也更加能够感受到村民们对于脱贫致富的渴望，更加真实地感受到村民们的干劲和信心！”

“是不是啊？”部长笑着说，“你们明天的工作，想怎么做就怎么做，按你们的具体安排来做，不用专门为了等我。到时候，你一个人在村口等我们就可以，不要浪费大家的时间。”

刘镇洪说：“好的好的，就按部长说的办，我明天在村口等你们，然后呢，别人都直接到山上去，直接到地里去。”

部长说：“那行，明天我们过来之后，就直接到山上去看看，看完之后，我们就到村部再看一下全村的整体情况。”

约定好了这个之后，刘镇洪马上又召集王芳、何军、李相文、覃祖浩开了一个小会。

在会上，刘镇洪传达了明天部长要带队过来调研考察的消息，并且把部长的意思同样传达了，说：“明天不用特别准备，不搞程序化的接待，部长直接到山上去，看技术员给村民培训，实地操作。部长也需要看到这个实际操作的过程，到底是什么样子。实际上什么样子的，我们就给部长看什么样子！”

李相文说：“这个行不行啊？我们还是要准备一下吧，如果直接全部都是真实的情况，到时候……会不会出纰漏啊？”

覃祖浩也说：“对啊对啊，到时候就怕出纰漏，我们还是要先好好地排一下吧。”

刘镇洪说：“不用排不用排，没什么关系，部长这个人作风非常扎实，我们直接就把真实的情况展现出来就可以，他想要看的也是真实的情况。看到真实的情况之后，知道村里面确实这么穷，以后在工作上，部长对我们的支持也会更加实在，他也才知道哪里需要支持！”

王芳也说：“我们听刘书记的吧，部长确实是非常实在的一个人。”

何军也点头说：“嗯，就按刘书记说的办吧！”

李相文说：“那我给……郭镇长打个电话。”

刘镇洪点点头，确实要给郭毅打个电话，因为郭毅毕竟是包村的副镇长，如果明天郭毅不到的话，也不太好。当然，打了电话之后，有可能明天镇里的书记或者镇长也会过来一趟。

这个就看郭毅怎么汇报了，跟刘镇洪他们没多大关系。

这个小会开过之后，刘镇洪又看一下王芳，说：“小王，我看了你们拍的那个视频啊，覃香秀那个视频还是很不错的，我看有很高的播放量啊！下面也有很多评论支持她！搞得不错！”

王芳就笑了说：“对对对，确实是这样，之前刚开始做这个事情的时候，她还不太放得开。第一个视频，还是我强迫着她发上去的，然后现在她尝到甜头了，每天都在拍。现在不仅仅我给她拍，她还自己在学着拍视频呢。我觉得，她在这个上面还是有点儿天赋的，以后说不定就成为一个大网红了，那我们村就出了一个名人了！”

李相文就说：“那就是一个明星了啊！到时候，就是我们村走出去的大明星，是我们村的光荣啊！”

覃祖浩说：“到时候出名之后，就让覃香秀给我们村里的莓茶代言，帮我们推广这个莓茶，以后我们卖莓茶，也可以在网上卖了，可以开网店！”

王芳说：“这个没问题，我就是给她走的这个路子。就希望她能够在有名之后，接广告，有广告费，然后可以卖东西啊。家乡的土特产啊，或者给我们村打广告啊，对于我们村的脱贫攻坚的工作，这个是很有帮助的！如果村里还有别的人，想做这个，也可以跟覃香秀一起做。”

李相文就说：“确实可以一起做，我觉得到时候，问一下村里那几个年轻人吧，他们现在也没有出去打工，看他们有没有兴趣。”

王芳就说：“没兴趣，他们看过覃香秀搞的这个，看了两天就没什么兴趣了。”

覃祖浩又说：“也许是看没什么意思，又还没有赚到钱吧，所以呢，他们就没兴趣。等到赚到钱之后，说不定他们就有兴趣了呢。”

王芳说：“赚钱是肯定能赚钱的，但是什么时候能赚到，到底能赚到多少钱，这个还是一个问题。嗯，这个也急不来，反正慢慢来吧。”

刘镇洪点点头：“对。慢慢来，任何工作都急不得，心急吃不了热豆腐嘛。我们搞扶贫工作是这样，你这个也是一个扶贫工作嘛，你这个是对口扶贫啊，点对点精准到个人。”何军也说：“而且你这个扶贫工作，也是可以复制的啊，只要推出了覃香秀这么一个人，然后按照这个模式，就可以在村里面再推出几个人，形成规模。”

王芳就笑了起来，说：“那我倒是很想形成规模，到时候说不定我们落沙湖村就成了一个网红村，村里面个个都是网红。那样的话，不就大家都能赚大钱发家致富了吗？到时候，我们回到村子里来，天天都有好吃的！”

李相文就说：“就算村里再穷，你们工作队三个人不管什么时候来村里，都保证有好吃的。你们就是我们村里的人了，以后你们来村里，就是回娘家！回了娘家，必须有好吃的！”

覃祖浩也说：“你们三个人，不管什么时候回来，都可以。回娘家嘛，想回就回，想吃什么就吃什么，只要我们村里有的，都给你们吃。你们就是我们的家人！”

李相文说："刘书记、王芳、何军，不是我自吹自擂啊，不是我王婆卖瓜啊，我们村里是好山好水。就算村子里不富裕，很穷，可是你们放假的时候，回到村子里来住几天，那对人都是很好的啊，对身体有好处啊，心情开朗，神清气爽，喝一喝我们的山泉水，这个比城里的自来水绝对要好喝。名贵的东西供不起，土生土长的还是有的！"

刘镇洪就说："说到这个水啊，目前还是有点儿东西了。部长给我们联系了一批物资，主要是水管和水龙头，到时候，等过完年之后吧。啊，正月间，我们就可以开挖了。这个做工作呢，还是要村里的人自己去做，所以，大家自己把水井修好，修好了之后呢，把这个水接过来，水管也自己动工来吧，就是大家辛苦一点儿，没关系吧。"

李相文说："没关系没关系，出把力气而已。只要不费钱，那都是特别好的事情，天大的好事！"

覃祖浩也说："没关系，正月间也没什么事儿，大家也没什么活要干。下稻谷种也还早着呢，正好出把力，把这个自来水问题给解决了，不过，我们具体修的哪个地方？是黑湾还是沙湾，还是紫木湾？或者是三个水井都修一下？"

刘镇洪说："这个，到时候要检测。等检测员检测一下水质之后再说吧，我还在和检测员靠时间，我们这里时间随时可以，但他的时间要等他安排。他一直还没有时间，说是看年前或者年后吧，他抽个时间过来先检测一下，然后看一下水质之后再做决定。我们这个自来水，跟城市里的自来水还是不一样的，毕竟我们这个直接就是山泉水，城市里的自来水它是净化了的，我们这个是没有净化的，所以要跟大家讲清楚，自来水接到家里之后啊，要喝水还是要烧开水，不能喝生水。"

李相文说："这个都知道的，大家现在都不蠢啊，都知道喝生水是容易生病的，都会烧开水的，这个刘书记你尽管放心。"刘镇洪点点头，算是把这个心事给放下了。

第二天，也就是技术培训的第三天，李相文、覃祖浩、王芳、何军四个人带着技术员和村民一起，早上就去了山上，去了地里实际教学。刘镇洪和镇党委书记以及副镇长郭毅在村口等着县委组织部部长的到来。部长来得很快，上午10点多就已经到了村口，直接把刘镇洪他们叫上了车，然后向山上开去。然而，车只能开到山脚。那条拉货的土路，实在太烂，轿车开不上去，大家只能下车步行，走路上去。

第46章　试一下种地

刘镇洪在电话里和李相文联系了一下，得知技术员和村民们所在的位置，然后带着部长一行，直接就朝那个位置赶去，边走的时候，还边介绍：“部长，你看这一片山，整个这一片山，以前是一片樟树，砍了樟树之后又种了茶树，就是那种油茶，长很高的那种，结果子的。那都是好久之前的事情了。然后大概在二十多年前吧，村里把那个茶树都砍了，又全部改成了柑橘树。现在这个柑橘树，你看这个成片成片的，放眼望过去，全部都是柑橘树。你看中间有几片是光秃秃的，没有树的地方，就是前段时间刚刚整出来的地，刚刚砍掉了柑橘树，根都挖出来了的，现在就准备种莓茶。”

部长就问：“这么大一片柑橘树，应该也算是个不小的产业了，怎么要把它砍掉重新弄？是不是因为柑橘的市场现在不好了？行情不好，卖不起价了吗？”

刘镇洪说：“卖不起价是一方面，另一方面呢，是这个柑橘树树龄太长了，有二十多年了。不对，我可能记错了，应该有三十多年了，反正不管是二十多年的柑橘树，还是三十多年的，结出来的果子味道就不好，然后果子也长不大，卖便宜了都没人要。我刚来的时候，这些树上还有很多柑橘，他们自己都不要。你看看，有些树上，现在还可以看到橘子。”

部长就点了点头：“这样啊！”

刘镇洪又说：“另一个原因呢，就是我跟你汇报过的，这边的交通啊，实在是太不方便了。从镇上到村里啊，这个路都是上坡下坡，翻山越岭，全是急弯，这个路的话只能走小型的货车。就算是小型的货车，还得小心翼翼地走。像那种后八轮的大货车是没办法过来的。那么拖柑橘的话，就特别不方便，刚刚这个山上的路你也看到了。”说着这个话，刘镇洪就指了指脚下正在走的那个乱石和黄土相间的土路，说：“这个路，开一个SUV都不一定能上来，更不用说轿车了。可能硬派越野车，还可以开上来试一试。所以啊，这个路，如果说柑橘摘下来之后，就只能用三轮车，把这个柑橘从山上运到下面的那个乡道上，然后再从乡道上转到小货车上，再转到镇上，镇上才能够进后八轮的大货车。这一来一去，运输成本特别高，那么就更卖不起价，更何况这个柑橘，本来树龄太长了之后，长出来的果子就不大也不甜。几方面的原因之下，所以就把它砍了，改成种植莓茶。”

部长点点头：“哦，是这么一个情况啊，那你这个，也是根据市场变化，因地制宜呀！”

刘镇洪就说：“对对对，这个只能因地制宜，因为之前他们这个柑橘也是统一搞的，然后搞了两年之后又分到户了，所以也没有形成规模。这一次呢，我们这个莓茶基地、莓茶公司，就是搞的全村合作的这么一种形式，而不再是单独的每一户、每一块地搞成一个自己的产业，因为只有形成规模，才能够打开市场。”

部长继续点点头：“嗯，对，这个还是要形成规模。现在如果没有规模化，不管做什么产品，都很难形成竞争力。没有竞争力，在市场上就不能生存，更不要说赚到钱了。”

刘镇洪说：“对对对，就是这个意思，如果说形不成规模赚不到钱，那么村里这个扶贫攻坚的工作，就没有办法做。”

说话之间，几个人就走到了莓茶基地那边，看到技术员正在指导第一批入股的股东村民，进行土地的精整。技术员教导村民把土地做第一遍翻整，然后做第二遍细化，再告诉村民怎么样归垄，土垄和水沟的高差有多少，一条一条细化，并且让村民们记下来。村民们有些正在拿着笔记录着各个数据，技术员讲完一遍之后，还自己动手操作了一遍，在地上打出了一个标准的模块。这个标准的模块不大，也就十来个平方米。毕竟并不是要真的整出一块地来，而是做一个标准，让入股的村民有一个更好的更直观的感受，在开春之后自己挖地，把自己的地做翻整的时候，能够有一个感官上的对比。

在技术员做这些东西的时候，王芳拿着手机，不停地拍照、拍视频，把这些都详细地记录下来，以便于技术员离开之后，还可以跟村民复盘，回放技术员所说的任何一个细节。俗话说，好记性不如烂笔头，但是现在光凭笔来记，肯定不如视频记录得直观。最近这段时间，王芳在帮覃香秀拍视频的时候，已经积累了不少的视频拍摄经验。有了这个拍摄经验之后，王芳就可以把这个工作流程中的所有数据，全部都拍下来，以便后续的记录和查询。

看到王芳正在拍摄，部长走过去说："小王啊，你现在重点是做这个记录工作吗？所有的，你们所有的工作，都是由你来记录的吗？"

王芳说："啊，部长，您来了。我不是做所有的记录工作，这个不是工作留痕的要求，而是最近一直在拍东西，我想在我们村里推出一个网红，然后用这个网红，来给我们村里的产品做促销做宣传，在网络上宣传。"

部长就说："嗯，你这个思路很不错！年轻人果然思路很敏捷，能够想到这种网络上的模式，看来，让你进入工作队，还是很有必要的！"

王芳说："谢谢部长！"

部长又说："到了村里之后，跟乡亲们相处怎么样啊？"

王芳就说："乡亲们都特别好，对我们工作队的工作都特别支持，现在我们的工作已经走上正轨，这个莓茶基地搞起来之后，我相信村里的收入，都会有一个大幅的提高。当然，村里也还有许多工作，需要部里、需要县委，给我们更多有力的支持！"

部长就笑着说："镇洪同志，你不管是给我打电话，还是每次见我，都是要支持。然后呢，我现在刚刚见到你，你开口也是问我要支持，现在见到王芳同志，她也是要支持。你们工作队是不是统一思想了，只要见到我，就问我要支持啊？"

王芳就说："那我不向您要支持，我向谁要支持去呀！我们工作队，可都是您派出来的呀！"

部长就说："好好好，支持是会有的，但是光有支持也不行，主要还是靠你们工作队三个人、三个同志，在村里好好地把这个工作做起来。我们部里，整个的扶贫任务、整个的扶贫工作，这么重的担子，就压在你们三个人身上。你们责任还是很重大的！你们的努力和付出，部里都是知道的，部长也在想办法，给你们尽量解决实际困难。不管怎么样，工作上有什么困难，都可以来找我，部里就是你们工作队坚强的后盾！"

这时候，刘镇洪才有机会开始介绍。介绍完毕，刘镇洪就请部长讲话。

部长就站在地里，大声说："乡亲们，我是县委组织部的部长，今天呢，到村里来和大家见个面，了解一下大家的情况，看一看大家的生活环境，看一看大家怎么种地的。"

就有村民叫嚷着："你是县里来的大领导，那你是不是要在我们种地的时候，帮我们买点种子什么的啊？"还有人就说："那大领导要不要挖两锄头试一下？"顿时，很多人就起哄，说让大领导也试一试怎么挖地。

部长就说："那我试一下，好好体会一下乡亲们的不容易。"

刘镇洪就说："这个，部长你就不用挖了吧？"

部长摆摆手说："把锄头给我，让我试一下！"

第47章　做一个小而精的项目

刘镇洪就赶紧取了一把锄头给部长。部长接过锄头，在地里使劲儿挖了几下，动作不比农民的动作差。

“大领导以前不会是农民出身吧？”

“这个挖地的动作，很标准啊！”

大家你一言我一语，开启了点评模式。

部长满脸微笑，向技术员询问，一块生地，要做到种莓茶的用地标准，需要哪几个程序？

技术员就再给他讲一遍。随后，部长根据技术员讲的标准，整了一块地出来。当然，这块地不大，就整了几个平方，可是这几个平方的地整出来，哪怕是在冬天，部长也整得满头大汗。

“有段时间没挖地了，手生了啊！”部长扶着锄头感慨。

众人就都鼓掌，这是真心实意地鼓掌，因为部长整出来的这一小块地，是真的很标准。

一番实地调研之后，很快就到了中午，一些人从山上下去，准备吃午饭。镇里的领导邀请部长去镇上吃饭，但是部长说：“饭就在村里吃，随便找一家吃一下这个农家饭。这个农家饭，我们自己买单，不增加农民的负担。”

刘镇洪就说："要不我们就到李书记家里去吃，李书记做菜还是有两把刷子的。再说了，如果李书记不收钱，那也是李书记的事儿，可以给村民减轻点儿负担。要不然你去了村民家里，吃了饭之后，村民硬是不收钱，那村民不是吃亏了吗？再说了，你真要给钱，李书记肯定也会收啊！"

李相文就说："对对对，去我家里吃吧。这时候去别的村民家里，人家做饭也不方便，没有准备。现在都在这山上干工，这么累了之后，回家还得做饭，会更累。正好我家里有人，我给我老婆打电话，让她马上把饭煮好，我们走下去的时候，差不多饭就好了，然后随便炒点家常菜，部长和各位领导就不要嫌弃！"

对于这个吃饭的问题，部长从善如流，没有多做要求。只要在村里吃就行，至于是去李相文家里，还是去别人家里，都没关系。重点是刘镇洪和李相文所说的情况，部长一想，也确实有这方面的顾虑。人家在山上干了一个上午的活，回到家还要弄出来这么多人的饭，太累了。自己来村里是搞调研，不是让村民受累的。这一次就在李相文家里吃饭，下次再过来的时候，村里没这么忙的时候，再看到哪个村民家里吃饭，可能更合适一点。吃午饭的时候，照样是老规矩，不能喝酒。这一次不能喝酒，是部长要求的。

吃饭的时候，部长就说："今天晚上不回城了，就在村里面住一晚，感受一下在村里面真实的生活氛围。"对于这个要求，工作队三个人和李相文、覃祖浩都非常欢迎。他们恨不得部长在这里连住几天才好，但这是不可能的事情。部长还说了，今天下午不能够仅仅只是在村部听报告，下午还是要找个地方去走一走、看一看，看一看除了这个莓茶之外，村里还有没有什么别的路子可以搞。

李相文就说："其实，我们这里还可以搞旅游开发，在落沙湖，有个地方有一个湖面，非常广，那边还有很多白鹤，两边还有山洞。但是呢，目前没有资金搞这个旅游开发。然后一个呢，这边交通也是个问题，就算是搞了开发之后，可能因为交通不便，有的人想过来也不愿意过来了。所以，部长，我还是想提出这个申请，就是希望能够跟县里反映一下，县里讨论一下，把我们这里的交通问题啊，好好地解决一下。修路修桥。”

部长点点头，说：“哦，还有这样的地方啊！那我们下午先去看看吧，修路这个事呢，不是小事，县里会有通盘的考虑。镇洪同志也给我提了几次修路的事情，我们下午看一看那个地方，有困难不要急，多看看，多想想，看还有没有什么别的解决办法。李书记，你也不要急，办法总比困难多，总是可以克服的，多想一想，多开动脑筋。”说到这里，部长就伸出一根手指，然后看向刘镇洪：“你看这一次啊，你们工作队来了之后，就想出了种莓茶这么一个工作思路给村里脱贫致富，我相信你们在以后的工作中，对于这个旅游产业开发，或者是别的什么产业开发，也会形成自己的方法论，形成自己独特的工作程序。在这个方面啊，我对工作队、对你们三位同志，都是很有信心的！”

刘镇洪就说：“感谢部长对我们的支持和肯定，我们一定努力工作，尽最大的努力，把村里的扶贫工作做好，让落沙湖村从一个全县闻名的贫困村，变为一个全县闻名的富裕村！”

部长就说：“嗯，我对你们很有信心。好好做，下午去看的那个地方，现在有没有一个具体的方案？”

刘镇洪就说：“具体的方式没有，但是我们讨论过不少次。主要就是集中在两个方面，一个是溶洞，一个是白鹤。就在这两个方面做文章，真要搞起来了的话，那个地方还是很有搞头的。”

技术员吃过午饭之后就回去了，因为他的课程已经讲完。一群人前往落沙湖的那一段河面，到那个位置之后，李相文负责讲解这一段河面的特色，以及两侧石壁上的山洞。

部长抬起头看看两侧的山洞，说：“这些洞之间，会不会到地下之后，又是连到一起的？”

李相文说：“很有可能！”

刘镇洪也说：“之前有几个老板过来看过，他们其中有人到洞里面去了的，是他们自己去探险的那种模式，他们是从几个洞里钻进去。然后往下面走了不少的距离，据他们所说，洞口往下之后到了地下，可能是在这个河底下都可以连通起来。不过，这个只是他们说的一种可能性，因为里面并没有真正地开发出来，所以也不知道具体的情况是怎么的。”

部长就说：“如果是真的能够连在一起的话，这么多溶洞之间，那这个规模还是挺大的了，要开发出来的话，那还是可以吸引人的。”

在说这个话的时候，湖面上出现了十几只白鹤。李相文就说：“部长你看，这就是我们这里的白鹤，都是野生的白鹤。目前还不多，有时候能够看到，有时候看不到，但是只要再过几年，就能够繁殖变多起来。”

部长问：“这些野生的白鹤，怕不怕人？”

李相文说：“不怎么怕人。”

正说到这个话的时候，就看到河对岸，出现了一个人，正在河边撒一些东西，然后河面上的白鹤就开始往那里飞了过去，飞到那个人身边，开始吃东西。而那个人，还伸手在白鹤身上轻轻抚摸着。

部长就问：“怎么还有人喂这个白鹤，这个是他养的吗？”

李相文说：“不是他养的，这个就是我们村的村民，他是自己主动来喂的，但这些白鹤不是他养的。可能现在差不多喂熟了，所以也不怎么怕人。”

部长点点头：“哦，那这个是你们安排的人喂养的吗？”

覃祖浩接过话说：“没有没有，我们没有安排人，这个是他自发的一个举动，他自己要过来喂的，村里面没有安排。”

部长就点点头："那他还是挺有爱心的啊，但是也要注意，这个是野生保护动物吧？平时喂的时候，还是要注意相关的禁忌，不能够随便乱喂东西，怕引起什么不适。"

覃祖浩就说："这个问题，部长请放心，他喂的东西，都是经过指导的，他也专门学习过这个东西。他喂的那些东西，都是自己在远处山里挖的一些草啊藤啊的根茎什么的，都是白鹤平时吃的东西。或者就是在远一些的河边挖上来的。因为冬天呢，吃的东西比较少了，所以他就去给这些白鹤找点儿吃的。"

部长就说："那还是很难得啊，想不到村里还有这样有爱心的动物保护志愿者。"

覃祖浩迟疑了一下，就说："其实他也不是志愿者，他……他其实坐过牢，去年才出来的。"

部长就愣了一下："怎么个情况，怎么还坐牢了？坐牢出来，怎么又开始在这里喂起白鹤了？"

覃祖浩解释道："前些年吧，村里有几个人就打这个白鹤，打到之后，拿出去卖钱，然后就被抓了，再然后就判刑了。现在那几个人出来了，有些就出去打工，也没人敢再搞这个了。至于这个人嘛，他说之前因为打白鹤被判刑坐牢了，出来之后呢，就想自己经常喂一下白鹤，说是要赎罪还是什么的。好像他说白鹤是有灵气的鸟，只要善待它们，以后好人会有好报的。"

李相文就说："反正他也没什么事，家也就住在这个对岸。他只是喂白鹤，又没有抓白鹤打白鹤，我们也拿他没办法。他现在还专门学习了白鹤的喂养知识，这个别人也不能去抓他呀，就由着他吧。反正这么长时间了，这些白鹤也愿意接近他了，不怕人了，我们也乐得看到这些白鹤留在村里面。在我们的传统文化里面，白鹤也是很有福气的。所以呢，这个事就一直这样了。"

刘镇洪就说："李书记、覃主任，上次我们来这里的时候，好像你们没说有这么一个情况啊！我记得好像上次说的是，有人打白鹤被抓了，然后村里面就不让人抓白鹤了，没想到，这里面还有这么曲折的故事。”

覃祖浩就点点头：“对对对，上次只是提到有人被抓了，这个事情嘛，毕竟也不是一个什么很光彩的事情，所以，当时你们第一次过来，我们也不太好跟你说得太详细。现在就没关系了，你们工作队也算是我们村里的人了，工作队又是部长派过来的，部长也是我们村里的人了。都是自家人，现在可以说了，说出来也不算家丑外扬了。”

这个话一说出来，众人就哈哈大笑。

笑过之后，王芳就说：“哎呀，这个人坐牢出来，都还知道喂白鹤，那这个人其实本性也还不坏嘛。”

李相文就说：“本来就是很老实的一个人，主要还是不懂法啊，以前的时候，村里也不知道那些打鸟什么的，还能犯法。所以，后来被森林公安给抓了才知道，原来很多鸟是不能打的啊，很多野兽也是不能打的，都是违法的。那段时间，森林公安还给我们普及了不少知识，让我们知道了不少保护动物。但在那之前，村里的人，谁会有保护动物这个概念呀？”

覃祖浩就说：“这个也算是吃一堑长一智，就是几个人犯了错，然后我们全村的人都知道了这个事情不能做，也算是从另一个角度，保护了这群白鹤，让这群白鹤在我们这里繁衍。现在总的数量，可能有一百多只了。但由于没有人具体地统计，所以也不知道具体的数字。”

李相文说：“如果没有这几个人被抓，可能这一群白鹤，早就被打完了，保不住了，更不用说繁殖后代，现在也不会有这么大的规模。”

王芳就点点头，说：“对啊对啊，从这个角度来看，还真是这样的。那么现在这个人，他既然在这里赎罪，那可能以后啊，这个白鹤群的发展还会更大，以后可能变成几百只、上千只都有可能，甚至上万只也有可能。”

覃祖浩就说：“上万只，那是不可能的。我们这里这个湖面看着很大，但跟真正的那些大湖相比，就太小了，连人家的百分之一甚至千分之一都没有，容不下上万只白鹤，甚至可能几千只都养不活，不过，几百只还是没问题的。”

刘镇洪就说：“真要有上万只的话，那就是另外一种产业了，到时候可以搞个白鹤动物园什么的。人工喂食的话，还是有很多食物可以喂的，不可能把这些白鹤给饿死，这个是不会的。到时候别说你们村里，就算是县里，都会给你们拨款专门搞这个事情。这个要是搞起来了，还是非常好的一个产业，就是看什么时候能做起来。”

王芳就说：“真要是做起来的话，一个刑满释放人员，能够一直在这里坚持着喂养野生白鹤，那也是不错的一件事。”

部长点点头，说：“浪子回头金不换，知错能改，善莫大焉！这也是监狱改造罪犯成功的一个体现，惩罚不是目的，目的是让人认识到错误，并且改正过来。”

王芳看着白鹤在那个人身边，一点儿都不想飞走，就有点儿心动，说：“我明天带着覃香秀过来拍一下视频，把那些白鹤也拍进去。到时候，可能就会有更多的人喜欢看她的视频了。现在野生的白鹤还真的很少见到，应该很多人喜欢看。”

刘镇洪就说：“小王啊，你现在是看到什么东西，都想拍个视频。”

王芳说：“这个现在也是我的工作呀，我如果推出了一个网红，对我们全村都还是有很大的正面影响的！”

刘镇洪就说：“对对对，就是你的工作，我也没说不支持你的工作啊。想拍就拍吧，明天你带着覃香秀过来拍，把你们这个网红的事业做起来，然后村里就等着你们做宣传了！”

部长就说："现在很多地方，也有这种野生动物公园，用来吸引游客，有些甚至还是很稀有的野生动物。在公园里，供游客拍照什么的。像这样的一种环境，对于摄影师是非常有吸引力的。那些摄影师，是很喜欢这种环境的，而且摄影师基本上消费能力都还不错，因为玩摄影的都有钱。你们可以想一想办法，看能不能把这个方面挖掘一下，推出一个类似的项目，我觉得这个还是大有可为的。"

刘镇洪说："部长，你这个思路对我们很有启发，我们好好想一下要怎么去做。如果真的能够搞成一个很好的摄影基地，吸引全国各地的游客过来拍照，那么对于我们村里来讲，就是很大的一个经济收入来源。就算不能吸引全国的游客过来，只要在全国范围内形成一个摄影的基地，各个地方的摄影爱好者过来拍照，这一批摄影爱好者，也能够给村里带来很大的效益。因为村子就只有这么大，只这么多人，全国的摄影爱好者群体那么大，只要有百分之一的人想过来玩，我们全村都有得赚啊！"

部长点点头："对，摄影爱好者还是很多的，摄影师也非常多，他们过来之后，可能一住就是十天半个月。为了等一个好的镜头、一个理想的画面，他们愿意花时间，他们有的是钱和时间。所以，这个思路可以试一试。我们不要追求规模，试图短期形成很大的名气，这个不太现实。但是，我们可以做小而精的一个产品。这样就不用花多少钱，项目成本不高，只要抓住了精准的目标人群，抓住了精准的客流，我们就可以把它做成功。"

刘镇洪点点头："这个思路不错，就按部长这个思路，我们好好地想一想，做一个小而精的项目、小而精的景点。我们最开始的时候，只是想着把这个河两边的山洞开发起来，要搞成全国闻名的大风景区。但是现在想一想，直接搞溶洞开发，需要特别大的成本。我们没有这个成本去开发，但如果说从这个……从这一群白鹤入手，搞一个小而精的项目，那这个可行性，还是相当高的！"

第48章　你有什么顾虑

随行的部里工作人员和乡镇的人员也都纷纷附和赞同。

这里看过了之后，部长看到了河边上有一条船，但并没有坐船过去近距离看白鹤的意思。

部长只是隔着河看了一会儿，再一次强调："对野生动物的保护，一定要做好。这群白鹤要怎么保护，你们村里，还是要和林业部门好好请教一下，不要乱来。要搞开发，也要保护好我们的生态环境。"众人点头称是。

接着又去看了山里的泉水。刘镇洪就再一次做了实地汇报，详细地讲解了关于给村里各个农户解决饮水入户的设想，以及想搞一个山泉水厂的思路。当然，山泉水厂的这个投资，还是要等到那三位老板商量之后才能够知道结果，大概要过年之后，才会有一个确切的答复。在这个工作汇报完之后，差不多也就到了晚饭时间。

大家没有直接去吃晚饭，而是去了村部。在村部就是常规的书面汇报，除了工作队的工作汇报之外，村党支部就村里党建方面的工作，做了一个详细的汇报。当天晚上，部长就在村里住下，第二天一早才回县城。

部长回去之后，刘镇洪就召集王芳、何军、李相文和覃祖浩在村部开了个小会。这个小会，就是对于部长昨天在落沙湖那一片湖面针对白鹤提出来的想法，做一个讨论。讨论怎么样就那一群白鹤做文章、怎么样做项目，要用什么思路、用什么方式，把这个项目做得小而精，能吸引到众多的摄影爱好者以及摄影师。

刘镇洪说："昨天部长说的这个项目，我觉得还是很有搞头的。我们几个人先讨论一下、交流一下，看看大家有什么好的想法。"

李相文就说："这个，是要到外面去打广告，还是怎么办？这个好像也不太好打广告啊！"

覃祖浩说："我觉得，我们可以举办一个摄影大赛啊，邀请全国各地的摄影师过来拍摄。但是这么搞的话，一个摄影大赛办下来，怎么都要有成本啊，把人请过来了，再怎么说，你吃住行交通费以及奖金还是要有的吧？这个算下来，那成本也不简单啊！"

何军就说："摄影大赛的话，可能不太好做。我们这里，如果奖金给高了，我们出不起，给低了也没有吸引力，再加上我们这里这个白鹤，它的一个群落毕竟还是太小了，没有形成规模，很难吸引大批的，或者说知名的摄影师过来，还是要另想办法。"

刘镇洪就看一下王芳，说："小王，你的意见呢？"

王芳想了想，说："这个……按说吧，最好还是搞摄影大赛，但是成本高，所以，目前来讲我也想不到什么合适的好办法。今天就这么讨论，估计都很难想到一个可行性很强的方案。要不，我们过年之后再想吧，我现在就是和覃香秀拍视频。以后，可能会把这个白鹤的视频都拍进去，通过网络的传播，看能不能吸引一些人。嗯，我感觉肯定是能够吸引到不少人看的。那些拍狗啊猫的都能够吸引到很多人，我这里拍白鹤，不比它们更稀奇吗？肯定能够吸引到不少人的！到时候在网络上传播开了，有人通过网络了解到这个地方，也是有可能会想过来拍视频啊，或者是拍照片之类的。这个渠道，是免费的，但是有多大的效果，目前还讲不好。不过我觉得，效果可能会很不错。现在手机上网太方便了！”

刘镇洪就说：“小王这个想法不错，可以抓紧时间操作起来。一时之间，我确实也很难想到一个好的办法，我目前想的就是借助摄影家协会，比如说我们县里的、我们市里的，请摄影家协会的人过来，拍一拍照片啊，发一发朋友圈什么的，这个成本也低，效果应该也还是有的。现在啊，朋友圈的传播力度，还是不错的。”

王芳点点头，说：“这个也可以。朋友圈的传播力度，确实很大。这个也是网络传播，请他们过来玩一天就差不多了，但是需要跟那个……那个人叫什么名字？就是给白鹤喂东西的那个人？”覃祖浩说：“覃云亮。他叫覃云亮。”王芳说：“对，就是这个覃云亮，我们要跟他联系好，让他招呼一下那些白鹤。因为那些白鹤，除了听他的话，不怕他之外，别的人走到白鹤身边去，可能白鹤就会飞走了。白鹤会不会怕人，会不会飞走，这个问题，就关系到拍的照片质量好不好，拍的照片吸引力够不够，能不能吸引更多的人过来看白鹤、拍照片，以及和白鹤玩耍！”

刘镇洪点点头，说：“对对对，这个情况是需要考虑进去的。我们可以今天过去，实地看一下，我们自己几个人先去体验一下，如果可行的话，我们到时候先请县里的和市里的摄影家协会的摄影师们，过来拍一拍照片，发一发朋友圈，宣传一下这个地方。然后呢，在市里面、县里面发酵一下，这个情况啊，说不定就慢慢地做起来了。只要能够在本地有一定的影响力，至少可以在前期让村里的村民，多一些收入。”

对于这个刘镇洪这个提议，四个人都没有反对，都点头同意了。李相文说：“那今天就过去看一下吧，现在就过去，我们也准备一下，亲自动手喂养一下，看能不能接近白鹤。不说完全接近吧，至少在几米之内或者是十米之内能够让白鹤不飞走，这个就基本上可以做。”

刘镇洪点点头："如果十米远的距离，白鹤不飞走的话，拍摄起来就非常容易了。对于摄影师来讲，这么点儿距离，跟没有距离是一回事儿，他们不会在意这么一点儿距离的。"商量好了之后，刘镇洪又对李相文说："李书记，山上的那个地啊，种莓茶用的地，还是需要组织大家，在年前就要翻起来，年后呢，再做一遍精耕。然后，咱们就可以把莓茶种上去了。这个莓茶才是我们的主业啊，不能够放松，在莓茶采摘之前都一直要打起精神，用一切能用的手段，提高这个莓茶的产量。白鹤这边啊，只是一个补充的项目，我们不能够完全依靠这个，当然，也有可能到几年之后，这个白鹤的产业上来之后，产值盖过莓茶，也是有可能的。但目前，还是以莓茶为主，主次不能颠倒。"

李相文点点头："好的好的。这个我每天都会提醒他们。四十二户股东，我准备给他们再拉一个小群，到时候，把咱们几个人都拉进去。"

刘镇洪就说："我们几个人就不用都拉进去了，要不然的话，他们在群里可能有些话就不太方便说，你让他们在群里畅所欲言就行了，有什么事情，你再转告我们就可以。"

李相文想了想，说："也行，那就让他们自己在群里说吧，可能有领导在群里，他们确实有些话不太敢说。到时候，可能他们又会自己另外再拉小群。"

刘镇洪点点头："对对对，就是这个道理。"

五个人一起到了落沙湖那一片。说是湖，其实就是一段河面，只不过特别宽。落沙湖村的村名，也是因为这一段河面而得名。河面没有快艇，只在河边有一艘小木船。

这个木船也不知道是谁造的。几个人跳上木船，李相文和覃祖浩划桨，没一会儿就划到了对岸。

上了岸之后，李相文就说："从那边看，这里像是对岸，但实际上，这里现在算是一个小岛。这个岛，以前跟那边的山上还是连着的，但是现在水位涨起来之后，就整个地淹成了一个小岛，岛上这个背面啊，还有一个房子，在这边看不到，我们走过去。那个覃云亮，就住在对面的山上，这个岛上，他也有一个房子，有时候也会住在这里。”

王芳就问：“就他一个人住在这边吗？他住在这边不怕吗？”

覃祖浩就说：“他基本上也住在那边的山上，这个岛上的房子，只是他以前住的，但是现在可能他在这边住的时间比较多，因为经常要到这边给白鹤喂食。”

王芳点点头，说：“要是我一个人住在这里，我就会非常怕，其实他可以住在家里啊，然后每天跑过来喂一下食也可以的。”

覃祖浩就说：“具体的我也不太清楚，有可能他两边都住吧，我们过去看一下，看他在不在那里。我手上还没有他的电话号码，也没办法打电话。”

五个人沿着岛上的小路，边走边聊，不一会儿便绕到了岛上小山坡的后边，果然看到一个小房子在那里。这是一间比较老旧的木屋。

“云亮，云亮。”覃祖浩叫了两声。

“哪个？”屋里面传出回答的声音，然后一个人走了出来打招呼，“书记、村主任一起来了啊？这个是县里来的刘部长吧？”

覃祖浩说：“对对对，这个就是我们村的扶贫队的队长啊，刘部长现在是刘书记，是我们村里党支部第一书记。这两位是何军、王芳，都是扶贫工作队的队员。这位就是覃云亮，他现在是我们村里的白鹤专家！”白鹤专家，这个名头是覃祖浩刚刚才想出来的。毕竟以后要靠覃云亮给大家传授一些知识，这个小而精的白鹤项目，覃云亮是不可或缺的一环。所以呢，现在覃祖浩就直接给他安了一个白鹤专家的名头，让覃云亮心里舒服一下。覃祖浩是在广东当过厂长的人，说起这种话来，得心应手轻车熟路。

刘镇洪率先和覃云亮握着手，笑着说：“打扰了打扰了，我们今天过来，就是专门拜访你这位白鹤专家的。”既然覃祖浩说他是白鹤专家，刘镇洪当然也是顺着这个话来说了。

覃云亮就嘿嘿笑着：“不是专家，不是专家。有什么事情，你们直接说。”

王芳在一旁问：“怎么白鹤没到你家里来？那些白鹤，平时会到你家里来吗？”

覃云亮说：“基本上不会到家里来，偶尔可能也会在外面玩一玩。它们都是在水上，在湿地里，很少会到地上来玩的，我一般喂白鹤的时候，也是跑到河边去喂。”

王芳又问：“那现在这些白鹤都不怕你吗？它们看到人都不会飞走吗？”

覃云亮说：“都不怕我。有时候还可以摸它们，都没关系，我走到它们边上，它们都不会飞走的。”

王芳又说：“那如果我们去摸，可不可以？白鹤会让我们摸吗？”

覃云亮说：“这个不行的，白鹤现在只让我一个人摸，你们去摸的话，它们肯定就飞走了。”

王芳有些不甘心，继续问：“那如果我们站在边上，只看不摸呢，可以吗？”

覃云亮说：“这个也说不好，但是可以试一下。站远一点儿的话，应该没关系，站近了肯定不行，它们肯定就会跑了。”

王芳有点儿失望，但还是跃跃欲试：“那我们现在可以去试一下吗，你现在还有白鹤吃的食吗？我们可以拿着这个食去喂吗？”覃云亮就看了看李相文，又看了看覃祖浩。李相文就说：“可以的可以的，你看看你这里，要是还有食的话，就赶紧给王芳同志拿一点儿。她是专门来这里，要给你这里搞开发的，以后你这些白鹤啊，就成了一个项目，到时候你也可以赚钱，可以给白鹤吃得更好一点。”覃祖浩也说：“你要是现在有白鹤的食，就拿点儿出来吧，我们去试一下。”

覃云亮说：“有的。我昨天搞了些虾子还有螺蛳，还没有喂完，你们等一下，我去取。”

说着，覃云亮就转身进了屋，然后提了一包东西出来。

何军看着那一袋东西，问：“就是这些吗？白鹤就吃这些东西？它们不是吃草的吗？”

覃云亮说：“白鹤就是喜欢吃这些东西。草也吃，但是更喜欢吃鱼啊虾啊之类的！”

王芳像个好奇宝宝一样继续问：“那白鹤就吃这些东西吗？它们吃不吃肉？”

覃云亮说：“可以吃肉，牛肉、羊肉、猪肉，切碎了应该都可以吃的，但是这个太贵了，喂不起，我就只能在河里找些小鱼小虾什么的。其实白鹤喜欢生活在湖边和湿地，就是因为这一类地方，有很多东西可以让它们吃，它们还可以自己抓鱼，有时候我也钓一些鱼给他们吃。”

王芳就说：“那还真是什么都吃啊，我还以为白鹤只吃草呢，没想到，肉也吃，草也吃，鱼也吃，都是些吃货啊！”

覃云亮点头，说：“对对对，它们吃东西很杂，肉食的话，主要是吃鱼，因为别的肉食它们也很少有机会吃得到。另外，很多鸟也吃肉的，像老鹰什么的。白鹤吃鱼还是很厉害的，它们抓鱼很厉害。”

王芳又问：“那我们现在可以看到白鹤抓鱼吗？”

覃云亮说：“这个不确定啊，我们现在去看一下，我也不知道能不能看到，这个要看机会。”

王芳说：“哎呀，我还是要去买一个好点儿的相机，我现在这个手机还是不如相机好，万一今天看到白鹤捕鱼的场面，但是没拍下来，那就太浪费了。”

几个人边说话边往外面走，很快就到了那一片沙滩边。覃云亮嘴里发出几声悠长的叫声，随后就站在河边等。王芳往空中看了看，又四周望了望，问：“你这是在叫那些白鹤吗？”

覃云亮说：“对对对，要叫了之后，它们才能听到。听到了才会飞过来，要不然它们也不知道我要给它们喂食了啊，因为这个时候，不是喂食的时间。”

刘镇洪就问：“那你平时都是什么时候喂食啊？”

覃云亮说：“一般都是下午。有时候喂得多，有时候喂得少。看情况。一般来讲，上午它们都自己在河里面找东西吃。”

刘镇洪就点点头，说：“这个还不错，每天下午都要喂吗？这样可以形成一个条件反射，一到下午它们就会过来。”

覃云亮说：“也不是每天下午都会喂，但是一个月也会喂个二十来天。因为我有时候也没有时间，自己有事情忙，就没法过来。”

刘镇洪又问：“那你就是住在刚刚上面那个木房子里吗？”

覃云亮说：“没有没有，我自己住在家里，这个木房子现在很少住了，但是里面床什么的都还是有，想住也可以住，但是一个人住在这里，也不方便。”

刘镇洪点了点头：“那是，一个人确实不方便。”

王芳就说：“那如果有人过来之后，想拍照，拍这些白鹤什么的，晚上可以住在你那个房子里吗？然后他们好起早，找镜头拍照片。”

覃云亮迟疑了一下，没有回答。王芳又说：“你是有什么顾虑吗？”

第49章　那不是白鹤，是小白鹭

覃云亮说："如果只是拍一下照片，就还好，但是，我怕有人会捕捉这些白鹤。这个是不行的，是犯法的！"

王芳马上说："不会不会，我就是在想，以后要搞这个项目开发，主要是让人过来拍照片的。对这个项目的宣传，就是白鹤与人、人与自然和谐生活在一起，这种感觉就像喂鸽子一样，就是你这边可以专门弄一些喂养白鹤的食物，然后过来要拍照的那些人，就可以在你那里买食物，然后给白鹤喂着吃。"

覃云亮听到这个话，就点了点头，说："这个还可以，但是人多了，我也不确定那些白鹤会不会过来，会不会把白鹤惊走。"

王芳说："我觉得这个应该不会，我在网上也搜了一下，看了一下全国好像也有一些别的地方有这种野生的东西，然后喂熟了之后，都不会走，因为只要有东西吃，也不伤害它们就没关系。它们也是很聪明的。"

刘镇洪也说："就像你现在这个情况一样，你看你以前，我听说也捕捉过这个白鹤的，但是现在，你喂这些白鹤以后，这些白鹤都不怕你了，都把你当成亲人了。你只要不伤害它们，其实它们也能够感受到你的善意的。动物，也还是可以跟人和谐相处的。"

覃云亮就点点头："对对对，动物还是通人性的，这些白鹤也是通人性的，是有灵性的动物。我现在觉得多喂养一下这个白鹤，都会给自己带来福气的，我现在的身体都比以前好很多了。这些都是白鹤带给我的福气啊！"

覃祖浩就在边上说："对呀对呀，你看你现在喂白鹤，扶贫工作队过来之后，就帮你想了这么一个项目，以后你就靠卖这个白鹤的食，靠把白鹤召集起来让人家拍照，那你一年都可以比别人赚得多，这个就是你的福气啊。"

覃云亮马上就笑了起来，笑得非常淳朴："我不想卖白鹤食，而且我也不让他们喂，要喂只能是我或者我信得过的人，他们在边上拍照片就行了。"

就在几个人聊天的时候，远处已经有白鹤仿佛从天际飞了过来，但在距离几个人十几米远的时候，又在水面上停住了。它们过来了，但是并没有像昨天看到的那样，围到几个人身边，而是隔了有十几米的距离，保持着随时可以飞走的状态。

覃云亮就说："你们看，现在人多了，它们就不敢过来了，你们退后一点儿吧，每个人都撒一点儿食在这里，这样你们下次过来可能会好一点儿。它们都认识你们了，然后才能够接近你们。这个需要时间的，不是说一天两天能办到的。"

几个人点点头，每人抓了一把食，就撒在脚下的地上，然后就开始往后退，只留下覃云亮，还继续站在那个地方。几个人退开了大概二三十米，然后就看到那些白鹤从水里起来，到了覃云亮的身边。覃云亮就开始给那些白鹤喂东西吃，不仅仅把食物撒到地上，还把食物放在手里。有些白鹤，从他手里直接叼起食物就吃，覃云亮伸手去摸白鹤，白鹤也不走，就在那儿任由他摸。

王芳看到这一幕，拿出手机拍了不少照片，又拍了几个视频，整个人显得非常兴奋，好几次想要冲上去也摸一下白鹤，但是又深深地克制住了自己。她怕自己一冲过去，把白鹤惊走了之后，再想把白鹤召集过来就太难了。就在这一刻，她已经打定主意了，以后一定要经常到这里来，经常给白鹤喂东西吃，希望有朝一日，也可以像覃云亮一样，伸手在白鹤的身上抚摸，能够让自己和白鹤零距离接触。覃云亮能够做到这一点儿，她相信自己也可以做到。不就是需要时间和耐心吗？当然除了时间和耐心之外，还要自己会划船才行。也不知道今天划过来的那条船是谁的，如果那小船隔几天被别人划走了，那也不好办，每次过这个河都不容易。好在王芳自己会游泳，对于划船倒也不恐惧，只要学习划船技巧就可以了。当然，如果能够买一个水上摩托艇也不错，可是成本太高，然后这个地方也没法妥善停放。

喂完食之后，覃云亮就向他们走来，大家一起又走回了他在岛上的那个小木屋。大家就白鹤的习性以及各种别的情况进行聊天。覃云亮重点问了问，怎么开发这个白鹤产业，对于这个观光拍照，他也提出了要求和担心。他不允许对白鹤产生太大的干扰，也不能对环境有过度的开发，主要还是以喂养和观看为主，不能够去惊扰白鹤下蛋，也不能去追赶白鹤。然后，他还对刘镇洪提了一个要求，希望刘镇洪能够帮忙到县里申请一下，在这里申请成立一个白鹤保护区。因为这里现在还不是白鹤保护区，所以这些白鹤的生存环境，得不到足够的保障。光靠他一个人自发地保护这些白鹤，远远不够。

对于覃云亮的这个要求和担心，工作队三个人和覃祖浩、李相文都点头保证，说绝对不会出现这种情况，对于每一个前来拍照的摄影师，都会重点强调这个事情。至于白鹤保护区，刘镇洪答应去跑这个事情，但什么时候能够跑下来，现在给不了他一个确切的时间。覃云亮表示理解，因为这里的白鹤数量不大，每次集体出现，都只有十几只。但据他所说，实际上，白鹤的数量，可能有上百只，只不过每次只出现十几只。十几只的数量还是太少了，想要成立一个白鹤保护区，难度就不是一般的大了。

王芳就不停地问了覃云亮一些关于白鹤的习性、白鹤吃食的问题，她决定自己平时也多注意一下，给白鹤弄一些食物，以后可能还会经常过来，想要覃云亮带着她，跟白鹤多熟悉熟悉。覃云亮这个时候倒是没什么顾虑了，满口答应，只要她过来，就带着她熟悉这里的环境，带着她喂白鹤都没有问题。但是，他要王芳答应他一个条件，那就是喂食的时候，要按照他的要求来，以后也要像他一样，做一个白鹤守护者，不要求她天天来守护白鹤，但是不管在哪里看到有人伤害白鹤，就要报警，要保护白鹤。并且，他还说，只能在白鹤寻食难度大的时候，给白鹤喂食，平时还是要尽量让白鹤自己找东西吃，不要让白鹤失去野性，也不准养殖白鹤，不准繁殖白鹤，更不准捕捉、贩卖白鹤！这些要求，王芳都很痛快地答应了。

覃云亮还有一个要求，那就是需要王芳到县林业局去登记一下，表明她在这里义务守护白鹤。

王芳想了想，也答应了。覃云亮这才开开心心地说，欢迎她经常过来。当然，覃云亮也不是每天都待在这里，而且覃云亮的手机是一个功能机，不是智能机，没有微信，所以没有办法加微信，只能留了联系电话，来之前打电话。

最后，王芳又问覃云亮，今天他们划过来的那条船，是不是覃云亮的？覃云亮说不是他的，他没有船，因为他没有住在这边。他住的是河的另外一边岸上的山上，另一边不需要船，那一边只有一条窄小的水路。那个水路不算宽，他自己搭了一个简易的木桥，可以直接走过去，比船方便。等到春季雨水大量再涨上来的时候就要船了，但是现在不需要。至于那个船是谁的，他也不知道，因为停在那里很久了。

说到这个，王芳才想起来，坐着那条船过来的时候，看到那个船上面有很多破旧的地方，肉眼都看得出来要维修了，但偏偏没有维修。

覃祖浩说："这个船是我们村里一个人的，但是他现在出去打工了，家里也没什么人，所以就放在这儿，大家想用的时候都免费用的。你到时候想用也可以，但是你自己要学会划船，如果不会划的话，船到了河中间的时候，就很难搞。"

刘镇洪也说了一句："你如果想要划船过来的话，我建议你还是要买一个救生衣穿在身上，这样安全第一。最好还是两个人一起，你一个人划到一半，万一出危险，也有别人可以接手。工作队到这边来干工作，来扶贫，我身为队长，还是要保证你们的安全。"

王芳就说："嗯，我知道。我马上买救生衣，买了救生衣再来。这几天就买，我过来的时候，肯定是和覃香秀一起，这些白鹤，她也要熟悉熟悉，我还要给她和白鹤拍视频呢。刘部长，你到时候要不要和我们一起来？"

刘镇洪就说："有时间的话，我就和你们一起来，但是不一定有这个时间。你们这个视频可以好好做，白鹤的视频多拍一点儿，然后传到网上去，便于村里的宣传。拍了这个白鹤之后还可以拍一些别的嘛，村里面那些什么养牛养羊的啊、鸡鸭鹅啊，都可以拍一点儿嘛。"

王芳说："对对对，这些都准备拍，最近不是一直在给覃香秀拍下地干农活的吗，下一次，看她要不要喂个猪或者是别的什么的，我给她拍一下。"回到村里之后，王芳就开始做一个详细的规划，包括要拍哪些视频，要做哪些方面的准备，然后还看了一下自己的存款，最后决定买一些肉，剁碎了之后给白鹤做成饲料。

当然，这个要好几天时间了，不是说今天就能马上做好的。

从这之后，给覃香秀拍视频的时候，王芳就慢慢地加入了一些动物。开始主要是鸡，然后就是牛，因为这两个容易拍一点儿，主要还是因为别的动物不容易拍。至于猪嘛，还没怎么去拍，一方面是猪圈里面非常脏，另一方面猪也不像牛那么听话，不太容易拍到好的。如果在猪圈里面拍，让猪把覃香秀给弄伤了，那就不太划算了。

中间还抽了一天时间，王芳带着覃香秀到了县里，找到林业局，说要登记为白鹤保护志愿者，办公室说没有这个登记项目。王芳又给覃云亮打电话，覃云亮就叫她找谁谁谁，还告诉了她一个电话号码。王芳拨打了那个电话号码，找到了一名姓黄的股长。王芳先表明了自己的身份，然后对黄股长道明来意。

黄股长一脸苦笑地说："这个事情，其实是个误会。"

王芳问："什么误会？"

黄股长问："你是到落沙湖村去扶贫的对不对？那个覃云亮告诉你，落沙湖那里有一群白鹤，还有一百多只对不对？"

王芳点头："对啊！"

黄股长就说："其实那些不是白鹤！"

"不是白鹤？"王芳愣了一下，然后说，"我去看过啊，就是白鹤！那么大，那么白，嘴和脚都很长，就是白鹤的样子啊！"

黄股长说："那个东西学名叫小白鹭，有些人也直接称之为白鹭！一般来讲，白鹭在长江以北繁殖的是候鸟，在长江以南繁殖的是留鸟。我们这边的小白鹭，基本上都是留鸟，所以一年四季都在一个地方不动，常年都能够看到。你们没有学过这方面的东西，认错了也正常。但我们有专业的人员过去看，确认了，那些都是小白鹭。而且那个覃云亮，以前因为贩卖过黄嘴白鹭，被判过刑。他自己以为那些东西是白鹤，村里的人也认为是白鹤。我们的工作人员也解释过，可是村里的人看到白色的大鸟，都统一叫白鹤。不管是鹤、鹳，还是鹭，他们都统一称之为白鹤，解释都解释不清楚。我们也不可能天天去跟他们解释吧？所以，他们就只能继续这样误会了。"

王芳和覃香秀一脸蒙。说好的白鹤呢，突然就成了小白鹭，这心理上真是不好接受啊！想了想，王芳又问："那覃云亮为什么要叫我们到林业局来，登记成志愿者？"

黄股长继续边苦笑边摇头："他找了我们很多次，要我们去那里成立一个白鹤保护区。他那里根本就没有白鹤，只有小白鹭，甚至现在就连黄嘴白鹭都没有看到，只看到小白鹭，怎么可能去成立一个保护区？再说了，就算真有白鹤，成立一个保护区的工作，也不是我们县林业局能够决定的啊？他每次过来，总说这个事情，我们也是很苦恼，后来干脆就让他自己写个申请，当动物保护志愿者，让他去保护那些小白鹭了。你们想要去保护，自己去保护就行了，不用写什么申请。让他写个申请，是免得他总是往我们局里跑。这也算是完成了他保护野生动物的心愿吧。然后有他在那儿守着，那些小白鹭应该也会生活得比较好。你们如果也想做志愿者，那你们也要学习一些保护动物的相关知识，还有很多不能做的事情，我这里有相关的宣传手册，给你们拿几本。"

从林业局出来之后，王芳和覃香秀你看看我，我看看你，都有几分迷茫。

"王芳，我们还要去喂那些白鹤吗？"覃香秀弱弱地问。尽管刚才黄股长才科普，那东西叫小白鹭，可覃香秀嘴里说出来，还是白鹤。王芳总算是明白了，为什么那些小白鹭会被认为是白鹤了。唉……习惯成自然啊！

"喂！继续喂！"王芳点点头，"不管是白鹤，还是小白鹭，都长得很漂亮啊，都很迷人啊！我们喂了之后，你拍视频出来，只要画面好看，就有的是人看。你管它是白鹤还是小白鹭呢。"

覃香秀就点点头："嗯，我听你的！"

王芳长吐了一口气，这事儿闹的，还是赶紧回村里吧。回到村里之后，王芳把这个事情跟刘镇洪一说，刘镇洪也哭笑不得。不过，他倒是叮嘱了一句："这个事情，你知道就行了。不用再告诉别人了。既然别人都认为是白鹤，那就让他们继续那么认为吧，大家对于保护白鹤，也会尽心尽力一些。这算是一个美丽的误会，没有恶意。以后说到那些鸟的时候，我们还是继续说白鹤，不要说成了小白鹭。”王芳点点头，答应了下来。

从网上买的救生衣到了镇上的快递点，王芳跑到镇上取救生衣的时候，买了一些肉，又买了一些鱼虾。肉拿来做了菜，鱼虾是给小白鹭准备的吃食，带着覃香秀一起，前往河里准备喂那些小白鹭。在去之前，王芳还给覃云亮打了电话，要覃云亮带着她们一起喂白鹤——反正不能说漏嘴，跟覃云亮说的时候，也要说白鹤。覃云亮满口答应。王芳还告诉覃云亮，想让覃云亮带她们一个星期左右，然后她们就自己慢慢地尝试着喂。因为这个事情，王芳还给覃云亮带了一些礼物，都是一些零食。因为她自己喜欢吃零食，可是她并没有想到，像覃云亮这样的人，需要的礼物也许不是零食，就算是带几条烟或者是带几瓶酒，可能都好一点儿。但她并没有认识到这一点。

日子一天天地过，樟木坳山上的地，差不多都已经粗挖了一遍，有的甚至已经把第二遍的精耕都做好了，就只差栽种莓茶苗了。这个要在过年之后再操作，也不急于这一时。

覃香秀和王芳在岛上喂小白鹭的经验，已经积累了好几，算比较丰富了，但是呢，并没有让那些小白鹭跟她们亲近，只不过也不太抗拒她们了。只要她们跟覃云亮站在一起，小白鹭也可以走到离她们身边三米远的距离。这种距离上，她们想要像覃云亮一样伸手去摸小白鹭，那是痴心妄想了。覃云亮说，还是需要很多时间的，不是一时半会儿就能做到的。

而如果没有覃云亮在身边，就她们两个人的话，小白鹭连她们身边十米之内，都不会接近。要说没有遗憾，这是不可能的。但现在这个情况嘛，已经让王芳比较满意了。她让覃香秀离那些小白鹭近一点儿，不用去摸，只要离得近一点儿就行。然后，她就站在一旁拿着手机拍视频，还拍了一些照片。

把这些覃香秀和小白鹭的视频传到网上之后，播放量比之前那些视频更高了。

下面还有很多人在问这个是什么地方，好想来这里看白鹤，每次有这类评论的时候，王芳和覃香秀都特别开心，又有些忍不住想笑。

原来，不仅仅她们认不出来这是小白鹭，网上那些人，大部分也不认识啊，都把小白鹭误认成了白鹤。

时间一点一滴地过去，很快就到了过小年这一天，腊月二十四。这一天，工作队的三个人刘镇洪、王芳、何军一起到了村支书李相文的家里。覃祖浩，还有包村副镇长郭毅也过来了。大家说好了，这一天要到李相文家里吃饭的，并且，还要由李相文亲自动手，来做他最拿手的鸭子。这一顿饭，刘镇洪再也没有推辞喝酒，好好地陪李相文喝了一顿，喝得几个人都很有酒意了。只有王芳坚持不喝，一个人在边上喝果汁。

喝到兴头上之后，李相文就对王芳说："王芳，我最近天天在看你们那个视频，你和覃香秀那个视频拍得非常好。我发现现在很多人评论，很多人都知道了我们这个地方，也有很多人说要到我们这个地方来看一下，想来跟白鹤合影拍视频，这个是真的有搞头！"

是小白鹭，不是白鹤！王芳在心里默默地说了一句，嘴里却说："我觉得应该是会有人来的，但是，现在大家只是说想过来，还没有一个人真正过来。"

李相文就说："这个不要急，因为现在快过年了，大家也不愿意到处跑，等明年开春我们莓茶种下去之后，可能就慢慢地会有人过来了。大家出来玩，也都是要天气好一点嘛，冬天还是有点儿冷了，虽然我们这里是南方，可总归是没有夏天舒服。而且，我们这里交通不方便。你们这个宣传还是可以啊，我们都想不到，这个是你一手搞出来的！"

刘镇洪就说："这个事情啊，还是要给王芳记个大功劳，要记在王芳头上啊，都是她想出来的办法。包括我们上次的那个，莓茶基地的入股协议，也是王芳提出来，让党员干部带头起表率作用，后来我们才顺利地搞好这个事情。我们这个工作队啊，进村以来，我觉得就目前这个情况来看，王芳同志是功劳最大的。”

听到这个话，王芳脸都红了，急切地摆手说：“你们不要这样说，你们不要这样说。我就只是做了一点点分内的事情，主要还是你们把基础打得好，我就是做事的。”

覃祖浩就说：“我们说，妇女能顶半边天！这个女同志，确实能顶半边天。我们几个大老爷们儿，在搞宣传这一块，加起来都顶不过一个王芳。我觉得，以后我们村的宣传，包括我们这个莓茶公司宣传上的工作，都让王芳同志管起来，这个工作，别人干，都没有王芳干得好！”

何军点点头，说：“覃主任说的这个，我同意。王芳搞宣传，的确比我们都强。”

副镇长郭毅就说：“对对对，我们现在是真正地见识到了这个网络的力量啊。虽然现在还没有人过来，可是看到这个评论，看到这个视频的画面，都能够感受得出来，以后呢，我们村可能真的要大变样了！”

刘镇洪就说：“我也支持覃主任这个意见，以后我们的宣传工作，就由王芳同志负责了啊！王芳，这个工作，你不准推辞，以后宣传上的事情，你说怎么干，就怎么干！你叫我们做什么，我们就做什么！在宣传这个工作上，我们所有人都听你的，你可以指挥我们任何人！”

覃祖浩就说：“对对对，这个我也支持，必须听王芳的，王芳才是我们的宣传专家！”

这个覃祖浩，动不动就喜欢给别人安一个专家的头衔。之前，他给覃云亮安了一个白鹤专家的名号，现在又给王芳安了一个宣传专家的名号，反正到他嘴里，只要有能力都是专家。当然，他这样一说，王芳心里也特别舒服。毕竟专家不是谁都能当的，哪怕不是真的专家，可是听在耳朵里还是很受用的。可是，心里虽然很爽，但王芳嘴上也不可能马上就答应下来，而是说："那不行，我对这些也不是很懂，我就是摸索着自己随便乱弄的。"

刘镇洪就说："年轻人嘛要有朝气，要自信一点儿，就这么说定了，这个事情就你负责了！这是工作队交给你的任务，也是支部交给你的任务！"

何军也说："王芳，你就不要推辞了，我们大家都是为了把工作做好！"

王芳就说："那行吧，那我先试着做，没有做好的地方，你们就给我指出来，我马上改正。"

刘镇洪说："对嘛，这个才是勇于担当的表现。有能力就好好做，别瞻前顾后的。王芳，我们都支持你！"说完，刘镇洪又看向了李相文，说："李书记，今年我们这个年底的党员大会是不是要开一下？把整个今年的工作回顾一下，然后呢，也把明年的计划给大家做一个大致上的宣传。"

李相文说："可以，这个本来我是准备在二十四，就是今天之前开党员大会的，但是呢，考虑到外面打工的有些人还没有回来，所以想等一等，等到腊月二十七或者二十八再开吧。那时候要回来的，差不多也都回来了。"

第50章　摄影家

刘镇洪就点点头，说：“嗯，行，那就腊月二十七或二十八。先定下来，把具体的时间定一下，到时候就开个党员大会。对了，那个和张华妹交界的有争执的，争地的那个，那个谁？”

李相文就说：“李兴财！”

刘镇洪说：“对对对，李兴财。李兴财他回来了吗？回来了的话，他和张华妹这个地，还是要给好好调解一下。”

李相文说：“嗯，这个我记得，等他回来之后就办。但是，他现在还没有回来，估计也要到二十八、二十九左右。因为李兴财现在在外面多做一天工，就多一天收入。你也知道，村里面这些人是穷怕了，一天的收入对他们来讲呢，也是一个不小的数字啊，舍不得。如果说，过年有事做，可能他都不会回来过年，只愿意在外面上班了。他是那种只要有工开，只要有钱赚，可以做到全年无休的！”

刘镇洪就叹了一口气：“是吧？他这个是真的苦啊。咱们还是要把村里的工作干起来，干起来之后，这些群众就没有这么苦了，可以就在村里面做事，不用背井离乡的，逢年过节也可以想休息就休息一下。”

李相文点点头，说：“对，这个村里的工作，还是要赶紧做起来。我们现在也是看到希望了，看到曙光了。王芳和覃香秀搞的这个视频啊，把咱们的白鹤那一片推出来之后，我觉得我有预感，明年应该会有不少的人过来玩。到时候，村里的人，随便卖点东西，鸡蛋啊，土鸡啊，自己种的小菜啊，这个也能够给他们增加不少的收入。”

覃祖浩也说：“对啊，只要有外面的人肯过来玩，那我们这里还是有很多好东西的。一些土货啊，一些山货啊，然后还有这个莓茶呀。到时候，我们也可以组织一下这个莓茶采摘的活动啊，搞一些这些方面的东西，能够搞的东西，都还挺多的，就是要把这个名气打出去。”

刘镇洪就看一眼王芳，说：“王芳啊，刚刚李书记和覃主任讲的你都听到了，你这个肩膀上的担子很重啊，要把这个名气打出去，要形成我们的知名度。我们全村的希望啊，就都放在你身上了！”

王芳就说：“刘部长，你不要给我这么大的压力，这个压力我承受不起，这个压力太大了。”

刘镇洪哈哈一笑：“有压力才有动力啊，我相信你的能力，你可以把这个工作干好。以后，我们这些人，都是要以你这个宣传为基础的。你这个宣传搞好了，那我们村里的工作就更好了。”

王芳想了想，说：“那要不这样吧，刘部长，就这两天，明天后天或者是大后天，你看能不能跟县里面的摄影家协会，或者是市里的摄影家协会，最好是直接找市里面的摄影家协会吧，跟他们商量一下，让他们到我们这边来拍一下风景，也可以拍一下白……白鹤！”

差点儿说漏嘴。王芳稍稍停顿了一下，然后才继续说：“然后呢，找一到两个容易上去的洞口，搞一个简易的上洞口的小路，还可以叫一些探险的人过来看一看，让他们也给我们搞搞宣传。我们现在手头没有钱啊，只能搞一搞这些免费的活动了。刘部长，这个就要用你的资源，跟市里县里协调一下，让市里支持一下，也算是给我们一点儿帮扶。”

刘镇洪就说：“这个没问题。我今天晚上就打电话联系，我现在就打电话，直接跟市摄影家协会说，那边也还认识几个人的，我跟他们讲一下，哪怕是不给他们供午饭吃，也要把他们喊过来！”

王芳一听这个就笑了：“真的吗？真的可以不用管他们吃饭吗？”

李相文就说：“饭还是要管的，以后要过来，他们自己吃饭，在我们村里面自己花钱都可以，但是现在还是第一次过来嘛，我们还是要招待一下。毕竟他们是给我们搞宣传嘛。”

刘镇洪说：“宣传归宣传，这个可以做成他们对于我们村的帮扶嘛。我们是贫困村，不能够把我们当成一般的村，他们市里的单位，给我们一点儿帮扶不为过，没问题的。我马上打电话！”

说着，刘镇洪就直接拿出手机，开始打电话，他在电话里面还神情很激动，当然话也说得很漂亮，几句话的工夫，说好了之后便挂断电话。

随后，刘镇洪就说：“已经谈好了，嗯，就是后天，腊月二十六，市摄影家协会主席团的人会过来。他们是第一批，他们先过来看一下这个地方怎么样，有没有摄影的价值，适不适合摄影。如果适合的话，等过完年之后，一开春一上班，正月十五前后，再组织他们一批会员过来拍照。到时候，人数就比较多了。所以啊，后天腊月二十六的接待活动，怎么样搞好一点，我们要好好想一想。这个接待主要是风景方面的接待，是摄影上面的接待，不是说吃的喝的啊。吃吃喝喝的没有必要，这个东西也吸引不了人，能够吸引他们的，只有好的景色和特别的摄影环境。”

王芳就说：“刘部长你太厉害了，市里面的人都认识。”

刘镇洪就说：“市摄影家协会的，我认识的其实是其中的两个副主席，他们都是我们县里的人，还有一个呢，是我在市里面的朋友，因为我也是市里长大的人，你也知道。都是熟人，都是朋友。所以，他们整个主席团，都要来看看。后天人过来之后啊，还是到李书记家里吃饭。嗯，吃饭的时候我私人请客，我给李书记补饭钱，饭钱不能每次都让李书记个人来出。”

李相文说：“那不行。这个必须吃我的啊，你的朋友过来了，要让我尽一尽地主之谊啊。刘书记，你帮我们村里做了这么多事情，还要让你来出这个招待费，说不过去呀，这要是说出去，我们村里、我个人，都会被人指脊梁骨啊！”

覃祖浩就说：“这个确实不行。不能让刘书记出钱，也不能让李书记出钱。这个招待费，就由村里面出吧，这个钱村里面从公账上走。郭镇长，你说这个有没有问题？能不能从村里面的公账上走？”

郭毅点点头：“这个可以，没问题。这个就从村里的公账支出，你们的工作，我都看在眼里的啊，看得清清楚楚。你们为了村里的工作，都是自己倒贴了很多钱的，不能一直让你们倒贴钱啊，这个说不过去。”

刘镇洪就说：“那不行，这个是我私人的关系啊，是我的朋友，朋友来了之后，只能是我私人请客，不能我招待私人朋友还要用公家的钱，这个也说不过去，这个不符合规矩，不符合纪律。不行，你们不能让我犯错误啊！”

李相文说：“这个是什么犯错误？这个不是犯错误！这个是一码归一码，公是公私是私。你招待私人朋友是招待私人朋友，但是这个事情，是为了公家的事情，是为了村里工作、为了村里的发展，这个只要你有私人的关系，都可以拉过来，村里都买单。不能每次私人的关系过来帮我们村里的忙，却还要你买单。为了公家的事情，本来就搭进去了你的人情，如果还要你私人买单，那我们落沙湖村干不出这样的事！你现在也是长驻我们落沙湖村了，是我们的第一书记，也是我们村的村民，那你也知道我们落沙湖的人是什么样的性格，不能够干出这种事啊，干了这种事，走出去都没有脸见人啊！”

几个人为了这个问题，又开始争论，争得面红耳赤，最后也是不了了之。只能看腊月二十六那天，人过来之后具体怎么弄了。散场的时候，大家都还是兴致很高，也都没有喝醉，继续约定了，确定好开党员大会那一天，就定在腊月二十八。然后又确定下来，目前的最重要的工作，就是腊月二十六的时候，接待好市摄影家协会的摄影家们。

时间很快过去，腊月二十六转眼就到了。上午11点，几台车就开到了落沙湖村——看来他们出发都很早。

刘镇洪带着工作队和村支两委的人，一起到村口迎接了他们。刘镇洪上前握手做了介绍，然后邀请摄影家协会的主席副主席们去吃饭。但摄影家们都说现在还没饿，可以先去拍几张照片，先看一看环境。等到饿了之后，再过来吃饭。有的摄影家还说，他们为了拍一个风景，可能一等就是一晚上都没吃东西，这个都不要紧，对于他们这些搞摄影的人来讲，饿肚子不是问题啊，没有风景才是问题，没有可拍的东西才是问题，出不了片才是问题。这个话逗得大家哈哈大笑。

刘镇洪也没有再坚持，带着大家一起前往那一片中间有河两边有洞的地方。当然，还可能会看到小白鹭。只不过，刘镇洪不会说出去那些鸟是小白鹭。如果摄影家们认为是白鹤，刘镇洪也不会反对的。这个事情，也是提前就打了电话给覃云亮的。这时候，覃云亮正在岛上等着呢。王芳和覃香秀也一起跟着，她们也想看看摄影家们是怎么拍照片的。一下多了这么多人，小白鹭会不会再接近，这个就很难讲。

不过王芳觉得，问题应该不大，现在那些小白鹭，其实已经不怎么怕人了。

就像很多景区里面的猴子，刚开始猴子不多的时候，看到人来就跑掉。但是慢慢地，那些猴子不仅不怕人，相反还跑到游道上，更有甚者还会动手抢游客的食物，有些还趴到游客身上就不下来了，吓得游客哇哇大哭。动物和人的界限，有时候也很难讲。一路上有说有笑，到了放船的位置。

市摄影家协会的主席就说：“我们是坐这个船去拍照片吗，还是要到对面山上去？”

刘镇洪就说：“看前面这一片，对面那个，你们从这里看是跟山连着的，但其实它现在是一个岛啊，后面跟山中间有一小段的河道，河道不宽，上面有个桥。然后呢，我们这两边的山壁上，还有很多的山洞。我们也安排了一个线路，一个比较好走一点的线路，可以到达两个洞口。这两个洞口不用借助任何工具，我们就可以直接爬上去。当然，这个还是要大家自己量力而行啊，如果觉得比较危险的，那就可以在下面等着，自己感觉身手还比较可以的，可以跟我们一起上去啊。但一定要小心。因为边上没有装护栏，洞里面目前也没有任何灯光，我带了几根手电筒，大家就将就一下。”

“没想到居然还有溶洞可看！”摄影家们都非常满意。有个副主席就说：“今天这个地方来对了，这么宽一片河面，好像还有小型的湿地，这个不要说有白鹤，哪怕没看见白鹤，光这个一片地，包括这两面的绝壁，都是非常好的地方，这个地方能出片。甚至不修图，直接出原片就可以，我感觉这个地方很好，特别适合拍照！”

刘镇洪就说：“您这样说，那我们就放心了。我们先去岛上吧。这里只有一条船，坐这么多人也不安全，今天这个救生衣也不多，咱们分几批吧，分几批运过去。”有人就说：“刘部长，你到乡下来扶贫，还学会划船了呀？”刘镇洪就说：“我还真不会划船，我每次过去，都是我们的支部书记和村主任他们两个划的船。另外一个，我们的这个工作队的小王，王芳同志啊，不要看这个女同志，但是划船那是划得很好的，还有这位，覃香秀，是我们村的网络红人，她也会划船。她们两个人拍了很多视频，现在在网上的话是有一定影响力的，现在好像粉丝都有几千个吧？”

王芳说：“现在粉丝量已经突破一万了。”众人发出了惊叹的声音。

有摄影家就不相信王芳会划船。王芳和覃香秀一商量，决定今天就由她们俩来划船，让摄影家们见识见识。众人轰然叫好，然后就说那我们现在就站在这里，听从两位美女的安排。大家欢快地聊着天，覃香秀和王芳就把人分好，主要还是王芳在分组，覃香秀跟着在一旁就是笑，也不怎么说话。这不是她很矜持，而是实在是有点内向，不知道怎么搭话。别看她平时拍视频的时候可以做到很自在，但这个时候面对着从市里来的这些人，她就觉得浑身都不自在，觉得怎么说话都不太适合。她那个内向并且自卑的性格，在这时候又开始显现出来了，不过比没拍视频之前还是要好很多，至少她可以很轻松地划船，也可以很轻松地配合王芳，只是没有办法像王芳那么随意地说话而已。对于这个情况，那也是没有办法强求的。王芳也知道一时间要改变她这个性格并不容易，只能慢慢地适应。等到以后，不停地有人来落沙湖这边，让她见多了陌生人，就会习惯了。

所有人都到了岛上之后，覃云亮就开始召唤小白鹭。一会儿，小白鹭就飞了过来。顿时，这些摄影家就各自拿起相机，对着空中或者水面不停地咔咔咔。王芳就引导他们再退一点，以便白鹭靠近覃云亮。众人也都挺配合，退后了几十米。顿时，站在前面的就只剩覃云亮、王芳和覃香秀三个人。小白鹭就纷纷飞到他们身边来了。顿时，引得各位摄影家又是一通疯狂抓拍。拍了一会儿照片之后，这些人也想去喂一下白鹤，但是覃云亮很强硬地拒绝了，他说喂白鹤的事情，只能由他、王芳和覃香秀三个人来做，别的人不准给白鹤喂东西吃。这让摄影师们很失望，可是却更有期待，一个个都说下次还要来。

刘镇洪自然是希望他们能够下次继续过来，并且和他们约了时间，甚至还想让他们跟市文联商量一下，除了摄影家协会，还可以跟影视家协会、作家协会等这些人一起过来搞活动。

摄影家们满口答应，以后可以跟好几个协会联合启动，也可以过来给贫困村搞一点儿捐赠书籍、书画作品、影像作品的一些活动。

不能够跟白鹤零距离接触，不仅没有让摄影家们生气，反而让他们对这地方更加充满了留恋。有几个摄影家想去山洞里看一看，李相文和覃祖浩就带着他们一起去往山洞。还有几个摄影家就留在了岛上。

到了洞口，每个人拿了一只手电筒，然后就去洞里面转了一会儿，又回到洞口。

回到洞口之后，通过手机联络王芳等人，要他们在白鹤边上多摆几个造型，然后就是不停地拍。虽然距离有点远，但好歹他们拿的都是专业的相机，不管是长焦还是广角都很强，至少比手机拍的效果要强很多的。

第51章　栽种莓茶

摄影家们在拍照片，刘镇洪又和他们谈起眼前的这些鸟。说如果这些鸟能够有几万只的话，那落沙湖村就完全不一样了。但有个摄影家却说，鸟多的地方，现在大家去得多了，反而是这种鸟少的地方，大家觉得稀奇，小而精，现在很流行。

刘镇洪就点点头："对对对，就是这个感觉。现在很多项目很大，但也有些小而精的项目成本低，并且有自己独特的地位，适合吸引自己想吸引到的人群。"

另外有人又说："你要这样去想，哪怕有几万只鸟，但是同时出现在你视野中的其实并不多，所以人眼能看到的，也就几百只几十只。而且我们拍多了之后就发现，几十只鸟或者是几百只鸟，其实很难拍好，但你拍一只鸟或者几鸟，拍一只动物或者几只动物，拍这些动物跟人在一起的互动，这种人与动物、人与自然之间和谐互动的拍法，就很特别，很有意义，可以让我们尊重自然，敬畏自然，也可以让我们爱护动物。"

然后有人又说："这里还差一个东西啊，就是住宿的条件。如果说在这两边的山顶上，建几个民宿，也不要多高档，能够住，干净，能够吃饭就行，能够有卫生间那就更好了。我们就可以在这里住几天。对于我们摄影的人来说，在一个地方住几天，在这几天之内体会不同的阳光、不同的气候所带来的不一样的摄影的美感，那是值得的。对于你们来讲，有个民宿，你们可以有一笔住宿的收入。吃东西也要给钱吧，也有一笔收入。这里其实你们可以做成一个摄影旅游的目的地，也可以做成一个人与自然相处的教育基地，还可以做成一个动物保护的教育基地。搞一些休闲和亲子活动，其实还是很不错的。扶贫方面，靠山吃山啊！”

刘镇洪就点点头：“对对对，这个方面你们是专家啊，我们现在就是正在想村里的这个扶贫工作应该怎么做。我们目前在做的，就是一个莓茶的项目。以后你们过来还可以采莓茶，这些也可以做成亲子活动。但是呢，关于旅游这一块，我们就只觉得这里的风景不错，可以做旅游，但是怎么去做啊，目前还没有形成一个具体的规划。现在听大家这么一说，对我的启发很大，就是这种小而精的思路，我觉得我们可能找到一个方向了。”

刘镇洪嘴上说着这些话，心里也在想着，部长曾经提到过，在这里做出一个小而精的项目，也是跟摄影相关的。今天这些摄影家过来之后，提出了这个建议，跟部长当时提出的建议不谋而合。看来，这一块果然还是大有可为的。做一个景区或者做一个项目，不一定要做到人人都喜欢，所有的目标群体都认可。只要认定一个潜在的目标市场，就专攻这一点儿，也可以做出一个很不错的东西。

就这么拍着视频，很快就几个小时过去了，刘镇洪、李相文等人现在都已经饿了，但是这些摄影家却一点儿不觉得饿，一个个兴致勃勃就守在那儿，不停地拍。有小白鹭就拍小白鹭，没有就拍石壁、拍水面还有植物，甚至是一片树叶。刘镇洪催了几次，说先回去吃午饭，吃了午饭再过来拍，但是他们不肯走，就要在这儿拍，要拍完了之后，拍够了之后，回村里面直接吃晚饭，午饭就不用吃了，还说大家都不饿。刘镇洪是真真正正地服了他们了，真是一群热爱摄影的人啊，到了中午不吃饭，都可以把摄影当饭吃了。当然，刘镇洪也不可能自己回村里吃饭去，只能陪着他们在这里拍。 好在，拍到下午三点半的时候，这些摄影家终于决定收工了，不拍了，开始往村里面返回。

在回去的路上，有摄影家问王芳："你们拍的视频是什么样的？我要看一下，关注一下，是在哪个平台上？"

王芳说："我们现在主要是在火山小视频和西瓜视频上面发视频，我给你看一下。"说着，王芳就拿出手机，打开了西瓜视频上面上传的那些视频。

摄影家拿着视频看了看，翻了几个视频之后，对王芳说："其实现在另外有一个软件还要火，但是每一个视频只能拍十五秒钟，我觉得这个以后会有非常火爆的趋势，你可以在这个软件也上传一下视频。可能过两年，粉丝会比你们原先那个更多。"

王芳就问："是什么软件？"

那人说："抖音，这个软件你听过没有？"

王芳说："哦哦哦，知道知道。我听过，但是没用过。"

那人就说："这个我觉得你还是可以尝试一下，以后这个可能会比你现在用的这两个平台更加火爆，因为随着人们生活工作的压力加大，然后节奏加快，碎片化的阅读越来越多，看视频也是越来越碎片化。你看为什么微博会那么火，就是因为它篇幅短，刷一下就可以看完一篇。现在这个短视频，抖音上面只能发十五秒，那么你发上去，大家看完只要十五秒，不耽误事儿。太长了的话，人家没那个耐心去看完。"

王芳点点头，说："对，那我今天晚上回去就注册一个。我听说过这个，但是没用过，不知道怎么样。"

那人又说："还有一个好处就是什么呢，就是你拿着手机，随手一拍马上就可以上传，不需要太多的剪辑，你配上音乐就可以直接上传了。比如说刚才我们在那里拍鸟的时候，你拿个手机拍一个十五秒的白鹤，拍了之后配上一段音乐直接就上传上去，人家就会点击、播放，这样就可以积累很多粉丝。这个现在已经比较火了，电视上都有打广告，你们没注意吗？”

王芳说：“哪有时间看电视呀，现在工作这么忙，你这个提议非常好，我今天晚上回去就弄，也多一个平台的宣传。”

那人又说：“目前像这种短视频的平台，我也在用。但是我只是看，没有发作品。现在这种短视频平台正在兴起，未来可能会成为主流的平台，你们现在进入，容易出头。”

王芳就不停地点头：“啊，您的这个提议太及时了，非常好，非常好，还是要多跟您交流，我们加一下微信。”

两个人交换微信，然后又有说有笑地回到了村里。到村里之后，就直接到李相文家里去吃了一顿很早的晚饭。吃过晚饭之后，天已经黄昏，开始暗了下来。刘镇洪他们把摄影家送到了村口，看着他们的车辆往县城的方向离去，等着他们下一次带更多的人过来拍照片做宣传。

送走了这一波摄影家客人之后，王芳和覃香秀回到家里赶紧就下载了抖音，然后注册了账号，发布了第一个视频，接着又发了几个。在抖音上没有发之前在火山和西瓜上面的那一些视频，而是就发的今天拍的一些小白鹭。由于之前做过一段时间的视频剪辑，所以王芳非常熟练，哪怕是十五秒的时间，她都能够剪出特别好、特别漂亮的视频，一发布就吸引别人的目光。

一晚上，两个人都在抖音上面看别人的视频，看别人粉丝多的是怎么拍的，是怎么剪辑的。

不知不觉就到了深夜。覃香秀对王芳说：“我看了别人拍的视频了，感觉我们拍得比他们要差一点儿。是不是主要还是我长得没别人好看？我看抖音里面，好多人都特别漂亮。”

王芳就说："是不是感觉在西瓜和火山里面的那些拍视频的，普遍没有抖音里面的漂亮？"

覃香秀点点头说："对对对，就是这个感觉。感觉之前我在那两个平台里面，自己还可以啊，长得不算很好，但是也不算差。可是，现在在抖音里面一看别人拍的视频，我就觉得自己长得好丑好丑。"

王芳就说："不是你想的这样，你一点儿都不丑，你也很漂亮。你看别人漂亮，主要是别人会化妆，然后手机软件的美颜功能非常强大。"

覃香秀就说："那我要不要也学化妆啊？你会不会化妆？你帮我化一下，我看你平时化妆，化得很漂亮。"

王芳就说："我只会最基础的化妆，像她们这种化妆，我学不会，我刚刚也刷到几个会化妆的，我给你看一下。"然后，王芳就给覃香秀找了几个化妆突出的视频，那些视频里的化妆，女的可以化妆成男的，男的可以化妆成女的，完全就可以把自己化妆成别人，甚至化妆成几个不同的人。

看到这一幕，覃香秀彻底就服了，说："没想到还能这样化妆，要像他们这样化妆，我也可以变成一个大美女啊！"

王芳就说："对呀对呀，所以你完全不要自卑，你只要好好拍你的东西就行。再一个，你看有人也不一定要搞得很漂亮，也有人不漂亮的，照样有很多粉丝，下面也有很多评论。"

覃香秀就说："你看，这个上面，好像没有西瓜那边有钱啊？"

王芳就说："只要你粉丝多了，都会有来钱的门路。只要积累起来了粉丝之后，成了大网红，还怕没有广告吗？你在现实中都可以接到很多广告，比在网上的广告费更高！我们好好做吧！"

覃香秀就点点头，说："行，我都听你的，反正我也不懂这个，你说怎么办，我就怎么办。"

王芳就说："你也不能全部听我的呀，还是要慢慢学着你自己做。以后你肯定还会成为专家，因为你是要专门做这个，但是我不一样，我以后最多只是给你从旁边出一点儿主意。现在是以我为主，但是慢慢地，要变成以你为主了。”

覃香秀就说：“以我为主，行不行啊？我怕会搞砸！”

王芳就说：“不会搞砸的，放心吧，你以后就是网络方面的专家了。你成了大网红以后，我们村里，甚至可能我们县里关于网络方面的工作，都还要听一听你的意见呢。”

覃香秀就说：“那怎么可能？不可能！县里有什么工作还要听我的意见啊？你这个说得也太过分了，你这是在哄我的吧？”

王芳就说：“没哄你啊，这个事只要你做出大的成绩，那肯定会重视你的意见的，放心吧。”

两个人就这样聊着聊着，聊了很久才睡着。她们对未来的憧憬，对幸福的渴望，在这一刻都非常美好，让这一觉睡得很香甜。

腊月二十八，落沙湖村支部召开党员大会。在外面打工的党员大部分也回来了，这一次党员大会人数比平时要多了一点儿。党员大会上的主要议题结束，刘镇洪在大会结束致辞之后，又说了几句：“我真诚地希望广大的党员啊，能够留下来，留在村子里，过完年之后不要急着出去，希望大家能够帮助村里把这个莓茶基地做起来，能够在村里面自主创业，会比在外面打工更好，当然我也希望我们党员，跟村里回来的这些年轻人啊，非党员村民也说一说，做一做思想工作。”

话是这么说，但是刘镇洪也没有抱太大的希望。因为他知道光这么说话也拿不出钱，是不作数的，是没有说服力的。重要的还是要看到收入，看到前景。这样年轻人自动就会回来了，都不用做思想工作。他只是希望通过这样一说，能够留下来一个是一个，不能留下，他也不怪别人，那也是别人追求自己幸福生活的权利。

刘镇洪还想要把李兴财和张华妹之间那块地的争执给调解一下，

但是李兴财到腊月二十八还没有回来。李相文打过电话，李兴财说可能要过年的时候，大年三十或者正月初一才会回来。这个就没有办法了。总不能大年三十或者正月初一跑到地里去调解这个事情吧？万一没调解下来，到时候吵一架，大家都不开心。所以，刘镇洪决定，这个事情也只能等到正月间了，正月十五之后再说。反正过年放假几天，是没办法调解这个事情了。

过年的几天时间，刘镇洪也没有休息，到处拜年，然后还用手机和李相文、覃祖浩联系。

李相文通过手机，告诉刘镇洪，有些村民已经在正月初三就开始到山上去翻整土地，把那些地都整得差不多了，按照技术员当初说的要求，把能做的都已经做好了，只等着栽苗子了。

刘镇洪就说："苗子一上班就赶紧运过来，一到就可以种下去了。"

嘴里说的是种，但由于莓茶可以直接移栽，也可以扦插，用扦插的方式，苗子的成本就低很多。所以，刘镇洪决定还是选用扦插的方式，成活率也是非常高的，就直接从张家界的莓茶公司那边，运来适合扦插的枝条。

上班的第一天，刘镇洪跟李相文说："今天要到部里面开会，工作队三个人今天可能都到不了村里，也有可能今天晚上到村里。莓茶的苗子，明天张家界那边的公司会用车子运过来，明天就可以直接把苗子送到山上，直接种下去。"

当天上午，工作队三个人在部里开会，开完会之后，下午又向部长汇报了一下工作，然后三个人才一起坐着刘镇洪的车，到了落沙湖村。进村的时候，天已经快黑了。三个人没有去村部，也没有回自己住的地方，而是直奔李相文家里。

倒不是李相文一定要他们吃晚饭，而是有些工作，今天晚上要商定出来。商量妥当之后，明天就可以直接开展工作了，要不然，明天上午又要一个协商的过程，浪费时间。在落沙湖村工作的这段时间，这三个人都已经适应了这种晚上加班讨论事情的工作方式和风格，这对于他们来说已经成为一种日常选择，他们都不觉得这是加班。

一进李相文家的门，相互说过拜年的话之后，李相文就说："饭菜都已经搞好了，赶紧吃饭，边吃边说。"

大家现在已经很熟悉了，关系也很融洽，三个人都没有客气，直接上了桌子。覃祖浩也是早早地就过来等着。李相文拿出酒来，准备喝酒。刘镇洪说："酒就不要喝了，这个春节过年放假，我是一天都没歇着啊。亲戚朋友拜年的时候，也是不停地喝酒，今天咱们回到村里，也算是回到家里了，就不要喝酒了，就让我们休息休息啊，好好吃顿饭。"

李相文说："行行行，那就不喝酒，好好吃饭，边吃饭边谈事，喝酒还不好谈事。"

说着，李相文就把酒放下了。五个人边吃饭，边聊天。

李相文说："刘书记，明天我们就要开始种植莓茶了啊，我现在心里是一点儿底都没有。跟你说个实话啊，我在之前是很有信心的，但是现在真的事到临头，我反而一点儿信心都没有了，这个心里有点慌啊！"

覃祖浩也说："我现在也很紧张，这个事情，就是不知道到底能做成什么样子。明天我们这个莓茶的种植，也不知道能不能达到技术要求。"

刘镇洪说："放心吧，明天有技术员过来指导，这个没有关系的。然后呢，有一个事情啊，我跟技术员也是沟通了的，但是我现在跟你们两位也要沟通一下啊，沟通完之后，还要给那边的公司答复。"

李相文就说："什么事情，刘书记你说。"

刘镇洪就说："具体的事情呢，就是这个莓茶苗子，种植的时候啊，或者说扦插的时候，它有两种方式，我们现在要决定，到底采用其中的哪一种方式。”

李相文就说：“那两种方式有什么区别吗？对于以后的产茶来讲，或者是对于这个莓茶的生长来讲，有影响吗？”

刘镇洪就说：“影响也有，但是区别不大。一种方式就是覆膜，一种方式就是不覆膜。覆膜呢，就是在种莓茶的这个地垄上，盖上一层防晒膜。盖上之后呢，再从膜上直接挖洞，把这个莓茶苗插进去；另外一种就是直接敞开了的，不用在地上盖防晒膜，是直接插莓茶苗。”

覃祖浩问：“那这两种方式，对于莓茶生长，有什么区别？”

刘镇洪说：“区别不大，我们这边的环境适合莓茶的生长，就是覆膜不覆膜，对于它的生长来讲影响不大。但是如果覆膜，莓茶边上的草它就长不大，不需要人工除草。如果不覆膜的话，那就需要。人工除草，需要每年在莓茶生长的季节里进行好几次。这个如果请人除草呢，非常非常费人工啊，我们一百七十多亩地的话，可能每年的除草费用都要几十万。当然，如果说农户能够愿意自己去除草，这个钱就省下来了。如果说要用覆膜的方式，就不用除草，就是这么一个好处，节省工钱。”

覃祖浩再问：“那这个一百七十多亩地如果覆膜的话，这个防晒膜也不便宜吧？”

刘镇洪说：“对，这个也不便宜。看这膜的品牌和质量，贵的要两千多一亩地，便宜的就几百块钱吧。”

覃祖浩摇摇头说：“就算是便宜的，几百块钱一亩，那我们是一百七十多亩，你按两百亩来算的话，那这个也就是大几万，甚至是十几万。这个钱不行，太多了。我们还是直接就不覆膜了吧，大家辛苦一点儿，就跟农户跟股东讲一下，大家自己除一下草，这个没多大关系，除草这个事情对我们来讲，不是什么为难的工作，比起砍树和整地来讲，那要轻松多了。就是一年要除几次，时间长而已。”

刘镇洪点点头说：“行，那我就这样回复给那边的公司吧，他们明天过来就不用带膜，也可以少派车。”

李相文说：“对对对，不用覆膜，不用覆膜，这个成本太高了，我们自己做。不就是除草吗？这个也不是多难的功夫，都会。庄稼人种庄稼，哪有自己不除草的？不能偷这个懒！”

确定下来这个事情之后，刘镇洪就当场给张家界那边的公司打了个电话，回复了一下，说明天只要派技术员和莓茶苗子过来就行了，不需要覆膜。这个事情谈定之后，五个人又对今年整个的工作安排做了一个协商和规划，把之前商定下来的今年的工作流程进行确认。等饭吃完之后，工作队三个人就自己回到住的地方。

第二天，那边公司派的车过来了，有技术员和莓茶苗。村里很多人都去了樟木塅山上，去那些整理出来的莓茶基地里，不仅仅只有莓茶公司、合作社的股东，还有很多没有入股的村民，都跑到山上来看。看这个莓茶是什么样子，看这个莓茶怎么种植，大部分都说着好话，当然也有一些人说这个可能搞不成功，说这种话的只是个别人，大部分人还是在这个正月间说着好听的话，对莓茶基地给予了祝福。这个祝福，就是人们淳朴的一种祝愿。他们也是希望这个莓茶搞好之后，自己可以在第二批加入莓茶公司成为股东，也搭上莓茶的车一起赚钱。村子里的人都穷过，穷怕了，还是希望能够好好地赚钱。

技术员先选了一块地方，亲手示范了怎么样把莓茶苗种下去。虽然说是扦插，但实际上并不是把苗直接插进去，而是先挖一个小坑，然后把苗的下段埋进去，再填上土。技术员一直种了三十来根，然后才站起来说：“步骤就是这么一个步骤，大家就跟着做，做了之后，今天不要施肥，等这个莓茶的苗子长到开始发芽的时候，大家可以适当地施一点复合肥，要在离这个莓茶的根部大约十厘米远的距离施肥。另外呢，今天和明天，如果有条件的话，大家还是要给这个才插进去的莓茶苗浇水，水要浇透。”

有股东就问：“那如果不浇水的话，这个苗子会不会死啊？”

技术员就说：“死倒是不会死，但是会比别人长得慢，因为这个地方还是很适合莓茶生长的，我刚看了一下，地里面还是有水分，并不干。这个土壤并不干。所以不会死，可是如果说你没浇水，别人浇了水，别人的苗子出来之后马上又可以施肥，发了芽就能施肥，但是你的又不能施肥，等到一起势之后，可能别人在第一季采茶的时候，你的莓茶苗子才开始长叶子。”

有人就问：“采茶的时候，是跟茶叶一样采那个叶子吗，还是采它的嫩芽？”

技术员就说：“长出来之后，它跟茶树是不一样的，长的时候，它分两个东西。一个就是长出的植株，它是枝子，是枝干；还有一个，它会长出一个藤蔓，那我们就等它长出藤蔓的时候，把藤蔓掐掉，这个藤蔓就可以制成茶。如果这个藤蔓我们任由它长的话，一年它可以长几米长。但是长了藤蔓之后，它的枝干就不长了，这个莓茶就只有这么高了。所以，为了促使莓茶的枝干长很高，长高之后，再发很多的分杈枝干出来，我们就要在它长藤蔓的时候，把它的藤蔓掐掉，掐掉之后，藤蔓就可以制成莓茶。”

说着，技术员拿起一根莓茶苗，在手里比了比：“莓茶也叫藤茶，为什么叫藤茶，就是因为制作茶的时候，用了它的藤蔓。除了藤蔓之外，它的枝干上面发的嫩芽，也是可以制成茶的。当然我们这个嫩芽，第一年还是要少掐，因为掐多了，它分不出很多枝丫，长不高，但完全不掐的话，它也分不出太多枝丫。所以，要适当。我们第一年采的，大部分还是以藤蔓为主，小部分可以做一些嫩芽的茶，等到明年，这个枝干就可以发得很多了，只要一年时间，只要你不让它长太慢，一年时间可以发出很高的枝干。现在看上去它就只有三四十厘米，但是等到今年一年长势起来，可以长一米多高，这个是枝干。

如果说是长得很慢的话，我们不掐它的藤蔓，它的藤蔓一年可以长几米，但是藤蔓不能够支撑，它是在地上的，它会掉到地上，这个没多大意义。所以，藤蔓要掐掉制成茶，要让它长枝干。”

技术员这么一解释，大家就记住了。

还有人就说：“那我们怎么区分，它长出来的是枝干的芽，还是藤的芽呢？”

技术员就笑着说：“你稍微等它长长一点，长个十几厘米出来，就能认得出来了。它这个藤蔓，和枝干的芽，很容易分，一眼就看得出来，这个很清楚的。这个藤，跟外面的那些草地上长的藤子，跟你们这个山上长的藤子，都是差不多的样子。区别非常明显啊，不用我教，你们自己都认得，藤蔓和枝子都分不出来，那我就怀疑你是不是个农民了。”

这些村民和股东就开始哈哈大笑起来，山上充满了快乐的笑声。

技术员又说：“这些苗子，可能你们今天一天插不完，明天后天都可以插，把苗子继续放到地里就行了。这个东西它跟别的不一样，一天两天、两天三天它是干不死的，你放在那儿不用管它，它里面都是绿色的，你们可以看。”

说到这里，技术员就拿起裁好了的莓茶苗，把有切口的那一段给众人看：“你们看这个里面，从外面看，它像是枯死了的草一样，但是里面它是绿色的，它是有生命力的，生命力非常强！”

众人就纷纷拿起莓茶的苗子。果然，从外面看像是枯死了的枯草一样，但是从断面来看，里面都是绿色的，都有很旺盛的生命力。一些股东和村民就啧啧称奇，觉得这个东西很奇怪。也有的人说山上有些草是这样的，但是又说不清是什么草，因为大部分的草在枯死了之后，茎都是死的，只有根部埋在土里的部分才有生命力，第二年重新发芽。这个莓茶，更像是树一样，到冬天落叶，然后第二年春天从树枝上发芽，但是这个莓茶不是树，是一种多年生草本植物。

技术员看他们又说："你们不要光看啊，跟着插呀，就像我这样插。你们现在开始插，我在边上看着，看你们插得标不标准。自己动手插了之后，这个感受更深刻，也会更有经验。趁着我今天还在这里，插错了的可以给你们纠正一下，要不然等我走了之后，你们随便乱插，出来的茶叶达不到产量，那就不要怪我了。"

有人就笑着说："你这个没有任何技术含量啊，直接插，挖个坑下去把土埋上去就可以了，我们农村长大的，谁还不会用这个东西啊，这个比插秧都简单！"

技术员就笑着说："这个看上去是很简单，但是至少你的间距要合适啊。然后，你的两边离沟的距离要合适吧？还有，你苗子埋土的深度也要合适吧？这样长出来的东西，它跟乱插的就不一样，产量不一样。它要乱插的话，活肯定是都能活的，因为这个东西它本身是野生的，野生的东西经过人工培育，现在才发展得更好。你就是随便插到山上一个地方，它也能活，也能够长出藤蔓长出枝丫，但是枝丫就会长得慢，藤蔓就会长得很快，到时候漫山遍野都是藤子。为什么需要人工培育、需要技术啊？就是要提高它的产量，控制它一部分的生长，再促进它另一部分的生长，这个才是技术！"

李相文就笑着说："技术肯定是很重要的，要不然为什么会有技术员？人家那么大的公司，都还专门请技术员，怎么不叫我们这些农民去呀？"

技术员就笑了起来，说："这个技术学起来也很简单，只要你们肯学，花个几天时间都能学会，不像种别的东西有那么高的技术要求，因为它本身生命力还是很强的，我们的技术只是打个辅助。不像别的农作物啊，你技术不到位，生命力不强直接就冻死了。但这个莓茶，它是挑地方的，很多地方不适合种，那就是不适合种。所以，主要还是看地方，不是看技术。"

各个股东就开始拿着苗木，在自己地里开始栽种起来，边栽种边问技术员是不是这么操作，这个间距合不合适。

技术员说最好拿个尺量一下，如果没有尺，也可以做几根标杆。

随后，就用树枝做几个标杆，在栽的时候，拿着标杆比一下每一株之间间隔。

技术员边做标杆边说："一定要达到标杆的间隔啊，这样整个苗子长起来之后，它会分杈，会像树冠一样往边上分杈，这样长起来的莓茶苗，才有更大更宽的生长空间。如果栽得太密了并不好，不是越密它就产量越高的，当然也不能太宽，太宽了就浪费空间了。"

就这样，根据技术员的指导，大家很快就掌握了栽种的方法。当然每一户都喜欢栽种在自己的地里，哪怕现在都已经成立合作社了，大家一起搞，还是有这种下意识的习惯。

他们觉得，在自己地里的，才算是自己的。

技术员说，一天的时间并不能够把一百七十多亩的地栽种完毕，至少也要三天，哪怕所有的股东都在卖力地栽，哪怕这些股东都是老老实实的农民，对于栽种庄稼都有很好的经验。

虽然面积实在有点儿大，实际上，应该也不需要三天，李相文觉得，大概明天就能够种完，最多再加半天就可以把这些苗木全部栽种完毕。这个速度还是不错的，刘镇洪对于这一点儿很满意。

事实证明，果然是到第三天上午，就把所有的苗子栽种完毕了。一百七十多亩的地全部种完，还剩了一点儿不多的莓茶苗子。这些苗子，李相文做主，就直接给入股的股东分了。也不是平均分，大家随手抓几根。反正也没剩多少，抓几根回去了，就栽在自己家里的菜地里去，平时自己也可以看一看这个东西到底是怎么长的。毕竟不是每天都会跑到山上来看这个基地里的苗子，但是基本上还是会到菜地里去看自己的菜。反正这个东西是插枝就可以活的，到时候菜地里如果长多了，自己想要就近采摘一点，也可以多剪几枝，多插一些。

第52章　白鹤山庄

在栽种莓茶苗子的时候，王芳和覃香秀照样在拍视频，就拍栽种的过程，然后把这个莓茶着重介绍了一番，从莓茶的功效到莓茶的特别生长环境，以及这个莓茶的样子。这些关于莓茶的知识，做出了一期单独的视频，发在了西瓜视频上面。因为西瓜视频是横屏为主的，并且视频时间比较长，然后抖音和火山小视频是竖屏的，时间又比较短，所以虽然三者可以打通，但她觉得还是分开来发比较合适。在这个过程中，覃香秀也给王芳拍了不少的视频，让王芳自己也动手来栽种了莓茶，因为这个过程，比起砍树还是轻松了很多，只是总要弯下腰，腰会比较痛。第三天上午栽种完毕，两个人又在山上拍了一会儿视频，才一起回家。

回家的路上，覃香秀就对王芳说："我给你拍了这些视频，你也可以发到网上去，到时候你也做一个网红。"

王芳说："我就不发了吧，我给你拍就行了。"

覃香秀说："你以前怎么鼓励我的，怎么说我的？现在你自己都不发，怎么行呢？我之前其实早就想叫你也拍视频，跟我一起拍的，但是我又不敢跟你说。现在你看，我都有这么多粉丝了，我觉得你也可以，而且你比我长得漂亮。"

王芳就说："我是对这个真的没兴趣，我给你拍一下视频还行，我自己出镜……还是算了，我不想做网红。"

覃香秀就说："这个不是兴趣不兴趣的问题，这个是你的工作。你现在到我们村里来扶贫，你看之前我不也是没兴趣？但是你要我做，我就做了。那么现在你拍视频当网红也是为我们村里宣传，也是你的工作，对不对？"

王芳想了想，点点头说："行行行，那就按你说的吧，我待会儿用我的号发上去。唉，不能总是我劝你，然后你劝我的时候我就不干了，这个也说不过去，但是我肯定是不能像你这样花很多精力在这个上面，我只能是有时间的时候，就拍一下视频宣传。"

覃香秀说："可以，这个没关系，不一定要你花多少时间，只是需要你也拍一拍，多做一下宣传。我总觉得，总是我一个人在拍，心里很没劲，还是要有个人一起，心里才平衡。"

王芳就说："其实过年放假的时候，我在家里也了解了一些关于这个网红相关的知识。我觉得，你应该去注册一个公司，这样才能够更好地做网红。"

覃香秀就说："注册公司干什么，为什么要注册公司？"

王芳就说："你注册一个公司之后，你的网红事业就更好发展，其实大的网红都会注册一个公司，然后产生各种收益，然后你的公司也可以为你做推广。现在的大的网红基本上都是这么操作的，都有自己的公司，还有那些做自媒体的人也都有自己的公司，只要做得好的，都会有自己的公司，如果没有是很难做起来的。包括现在那些明星啊，你看那些明星只是演戏只是唱歌吗？不是的，他们都有自己的公司，他们在外面拍戏或者是干什么的，一般都是用公司的名义去接单子。"

覃香秀就说："这个我还真的不知道啊，那注册公司要多少钱啊？"

王芳就说："注册公司不要钱，就只要注册一下，它是一个认缴的制度。认缴是什么意思你知道吗？"

覃香秀说："不知道。我对这些完全不懂，你给我说得明白一点儿，我听不懂这个认缴是什么意思。"

王芳就说："认缴，就说你只要承认这个注册资金是由你来缴费就行了，但是认缴的日期也可以写长一点，二十年三十年之后再缴都没关系啊，注册资金你可以写个十万块钱，或者一百万都行。"

覃香秀就说："啊，十万、一百万这么多？那我到时候交不出这个钱怎么办？"

王芳就说："又没有要你交这么多钱，这个是注册资金。就是有的公司啊，万一和别人发生纠纷了之后，你需要赔的钱啊，就是说别人要打官司，要你赔个十万块钱或者赔个二十万，但是你的注册资金只有十万，那你就只需要赔十万，赔不了的，这公司破产，跟你个人没关系，知不知道？这个就是有限责任！"

覃香秀似懂非懂地点点头，又摇摇头，说："我还是不清楚，不过你既然说搞公司方便一些，那我也可以搞，我就是怕要交钱，我没钱。"

王芳说："不用交钱，不需要你的钱，注册公司之后，你可以把你的这个账号注册成公司号，就不再是你个人的号，变成公司号之后，就会有很多好处，平台对你也有很多的资源支持。以后你的公司还可以招网红，别的网红还可以签约到你的公司，比如说你想把我培养成一个网红，那我就可以签约到你的公司里面，成为你公司里的网红，到时候你就是我的老板了，我就要给你赚钱了。"

覃香秀就说："这怎么行，我怎么能够当你的老板呢？"

王芳说："这个没关系，不是说我这个人是你的员工了，就只是说，在网红这个业务上，我是签约到你的公司里面做，然后你的公司就会有分成。我赚了钱，你有分成，我也有分成，就是这个意思，然后你还如果想要我有更大的发展，就可以给我推广。当然你除了我之外，像村里如果还有别的人想要跟你一起做网红，也可以签约到你的公司，由你来给他传授经验，教他怎么做，然后帮他成为一个网红。他成为一个网红之后，他赚的钱你就可以分一部分，这样才是一个良性的发展，要不然只是你一个人的话，没有公司，那么你每次都只有一个人单打独斗，没有一个团队。”

覃香秀听得更加迷糊了，完全不知道要怎么做，但她有个优点，不知道怎么做，她就不去多想了，就直接对王芳说：“反正我也听不太懂啊，不知道是怎么回事，你说的这些好像每句话我都能懂，但是合在一起是什么意思，我就完全不知道了。要不你就帮我弄吧，你觉得可以就帮我弄，我反正就交给你了。”

王芳说：“行吧行吧，那就交给我吧。我到时候帮你去注册一个公司，我也成为你的公司下面的一个网红，但是我估计我成不了网红，我不像他们那样勤奋。不过到时候你一个人肯定忙不过来，村里面还可以发展一些人跟你去学习，拍视频搞这些，他们可以成为网红。”

覃香秀就说：“意思就是说成立这个公司之后，我还可以帮助到村里其他的人，对不对？”

王芳就说：“你可以这么理解，成立了公司之后，你可以帮助村里别的人，让他们像你一样在网上获得粉丝，也可以得到一些收益。不过你现在收益还不高，因为现实中没有人找你打广告，你也没有向粉丝卖东西。但是我不建议你现在卖东西，因为现在也没有什么东西拿得出手的，莓茶出来之后，你倒是可以卖一卖莓茶，试一下效果。”

覃香秀说：“反正我什么都不懂，全部交给你了，你觉得这样可以就可以，可以帮到村里的事情，我也愿意做。你们工作队过来，都为我们村里出这么大的力，无怨无悔地付出，那我身为本村的一员，我也希望可以为村里出一点力，这也是我身为一名党员的觉悟！”

王芳点点头，说：“行，我来给你搞定。注册公司的事你就不用担心了，只要到时候把身份证给我就可以，然后一些资料需要你签一下字，到时候让人帮你弄一下。”

二人把这个事情就商定了。

莓茶栽种的工作结束之后，刘镇洪就开始和李相文商量着，什么时候把水井的事情搞一搞。

目前来讲，水管有着落了，只要这边开工，就可以把水管拉过来，但是一些基础的水井、石头和水泥，这些东西还是要村里出钱，当然这个钱，可以直接走扶贫款账户。

还有一个就是检测。水质的检测员，刘镇洪已经和他约定了时间，说一个星期之后就过来。

这期间，覃祖浩和李相文就在村里动员，有力的出把力，这个不强制，以自愿为原则，党员干部带头。

在李向文和覃祖浩分别给村民们做动员的时候，朱双福给刘镇洪打了个电话，说要到村里来看一下。刘镇洪没想到朱双福这么快就打来了电话，马上表示欢迎。看来朱双福这个时候过来，应该是要决定做不做这个山泉水厂了，如果能够做，这对村里来说也是一件好事。朱双福跟刘镇洪说，过来之后要先和他见个面，然后再和李相文与覃祖浩见面。刘镇洪不知道朱双福为什么会有这么一个交代，但是他并不在意，先见面就先见面吧，两个老同学在过年期间刚见了一面，这时候再见，也还是很亲切的。

朱双福是上午过来的，来了之后，就直接跟刘镇洪说：“你们村里这个山泉水厂，我跟黄清还有李秀萍，我们三个人商量了一下，觉得还是可以搞一搞。但是呢，我们有一个要求，有个条件。”

刘镇洪就说：“什么要求？什么条件？你直接跟我说啊，不要绕弯子！”

朱双福就说："这个要求和条件吧，怎么说呢，就是我们希望在村里搞山泉水厂的同时，还要搞一个山庄，白鹤山庄。这个白鹤山庄的位置，就在那个最宽的湖面那一片，但不是在湖边，而是在山上。如果能够把那一片的山洞承包给我们搞开发也可以，我们可以去找资金。"

刘镇洪就说："你们找资金搞开发，你们有这么多资金吗？上次那个李秀萍，李总不是说，开发这个溶洞的成本非常高，资金要非常多的吗？她不是都已经放弃了，碰都不想碰这个吗？"

朱双福说："可以慢慢搞嘛，这个不是说一年两年能搞起来，我们先搞了之后，一点儿一点儿地开发就是了。你这个地方想一次搞那么多大老板过来，也不现实，就我们几个还是想搞。搞了之后，我们先开个头，然后再到外面去拉投资，这个还是比较合适的。如果说你没有一个开头，没有一点点儿投入，你想直接拉一个大投资过来，不可能的事情。"

刘镇洪就说："你这突然给我提这么个要求，我还有点儿反应不过来。"

朱双福就说："你不是要招商引资吗？那我们现在就是投资商啊，我现在要过来投资，你有什么反应不过来的，你应该高兴才对啊！"

刘镇洪说："可是你们明明是不愿意来投资的，现在突然跑过来说要投资，那我总得考虑一下吧？这中间是不是有什么我不知道的情况？我们俩这么好的关系，你总得给我一个理由，我才能够做这个决定吧？"

朱双福就笑着说："行，原因肯定是有原因的，要不然，也不会突然间有这个转变啊！你放心，作为老同学，我们这么多年的关系，我也不会坑你！"

刘镇洪就说："不要说那些虚的，你现在赶紧告诉我，到底是什么原因，让你们有这么大一个转变，为什么突然要开发我们那些山洞？为什么要在这里搞个山庄？”

朱双福就说了：“其实我们之前确实没准备搞那个山洞，没想搞开发，但是最近呢，在网上看到你们的视频，就是关于白鹤的一些视频，在网上还是有一定影响力的。包括我有几个朋友，他们是摄影师，发了一些你们村里这个白鹤的照片以及洞里面的一些照片，我觉得这个，说不定还有搞头。可以搞一些旅游的项目，这个项目我们开始搞小一点儿，面向的受众也比较小一点儿，但是没关系，慢慢地起来，可以作为一个长远的项目。边搞边拉投资，作为一个十年二十年三十年的项目来搞。”

刘镇洪就说：“你的意思，就是说你们是被那个白鹤的视频吸引了，然后想过来投资吗？我怎么觉得这个有点儿悬啊，这个视频就能够让你们改变想法吗？”

白鹤什么白鹤啊，那是一群小白鹭！

不是一个档次的东西！

刘镇洪想到这里，就牙疼。

朱双福说：“不是几个视频让我们改变想法，而是视频有一定影响力，让我们看到这个有潜力。然后呢，主要就是照片，那些摄影师在朋友圈发了一些照片，我们的一些朋友也看到了，对这些非常感兴趣。都想到你们村里来看一看、玩一玩，觉得这个地方很好。既然这个有市场，那我们和李秀萍也商量了一下，李秀萍她是做旅游的嘛，她现在觉得这个旅游的方向有一定的改变，已经有人喜欢去那种别人没有去过的景区，就是那种没开发的景区，哪怕路程远一点，路不好走，都有人喜欢去。一种就是玩越野的，还有一种就是摄影的，再有一种就是在城里待腻了，在大景区看人头看腻了，想去这种偏远的景区玩的。而且这种人群，还越来越多。我们想试着做一下，做这种市场，看能不能做起来。当然，还有一点儿就是因为在你们村里面投资，这个成本比较低，如果我们要去一个热门的景区投资的话，我们也拿不出这么多钱啊！”

刘镇洪就笑了起来：“看来，最主要的原因，还是我们这里性价比高啊！”

朱长福说：“对，就是性价比高。我也是跟你这么多年关系，所以我跟你实话实说，这也是今天一个人过来才好跟你说这个话，如果跟他们两个人，我们三个人一起过来的话，也没办法给你这么推心置腹地说啊。原因就是这么个原因，对于我们来讲都是双赢的，我们做起来了之后，村里也受益，我们没做起来，亏的就是我们，村里也没损失。”

刘镇洪就说：“那你们想好了怎么样一个投资模式吗？”

朱双福就说：“投资模式的话，我也给你透个底，我们有两个模式。一个就是我们直接投资这一片，地嘛，按年付租金。另外一个模式呢，就是我们跟村里合伙经营这个事儿，但是我们要控股，村里面占股份，有监督权，但不能干涉我们的经营，不过我们要修什么建筑啊，要做酒店或者是搞什么，需要村里帮我们去批这个批文，这方面村里比我们有优势。”

刘镇洪问：“那村里占了股份之后，还要出钱吗？”

朱双福说：“在我们三个人投资一千万之前，村里面都不需要出钱，一千万的投资之后，如果没做起来也就垮了，如果能够做起来，公司也有利润了。这个时候要扩大，我们可以用公司的利润再继续投入，这个时候其实村里也不要出钱，但是如果说我们这个项目得到了外面大的资本的青睐，有大的资本要过来投资，人家要投几个亿什么的，到时候，可能我们的股份和村里的股份都会被稀释，就是股份会变少，这个话要讲在前面。”

刘镇洪点点头，说：“这个总体的思路也还可以，但是你们真的不用村里出钱，有这么好心？”

朱双福就说："不是这么好心，而是村里的很多事情，如果村里不出面，光靠我们可能还搞不定。再一个，村里占了股份，我们就不用出地租了。所以，还是把村里拉进来做股东比较好，再一个就是各种用地手续啊、各种审批啊招人啊什么的，有村里出面也方便。"

刘镇洪就点点头，说："行，我知道了，反正这个事情我现在还不能答复你，我还需要跟村里面商量。然后你这边呢，还需要拿出一个具体的方案，有个方案才好谈。"

朱双福说："具体的方案需要我们大致上有个意向的时候，我们才会去做。要不我们现在跟那个书记村主任见个面，我先给书记村主任简单地聊一下，看他们的意见怎么样？"

刘镇洪说："行，那我跟他们打电话通知一下，你们具体谈一谈。不过，我有个情况要告诉你啊，河里那些鸟，其实不是白鹤，而是一群小白鹭，珍稀程度，比白鹤差了几个档次了啊！"

朱双福就笑了起来："你管它是白鹤还是白鹭？只要好看就行了！而且，除了专门学这个的，谁分得清？"

刘镇洪一愣："你早就知道那些是小白鹭，不是白鹤？"

朱双福说："我们想过来投资，总不能不把底细搞清楚吧？视频和照片，我们都找林业部门的专家看过的！我好歹是个做生意的人，你不要把我想得那么蠢好不好？"

刘镇洪说："那你还说要建一个白鹤山庄？"

"建白鹤山庄，是因为白鹤的寓意好，有福气。"朱双福嘿嘿一笑，"我又没说这个白鹤山庄，是因为河里有鸟才建的。我只是单纯地喜欢白鹤这个动物行不行？至于有人把小白鹭看成了白鹤，关我什么事？"

听到他这么一解说，刘镇洪就苦笑着摇摇头，没再多说了。

第53章　给孩子讲一讲课

到了村部，见到李相文和覃祖浩之后，双方握手完毕，朱双福就直奔主题说："李书记、覃主任，我又到你们这里来了，这次还是希望在你们这里投资试一下，看能不能赚到钱。"

李相文就说："欢迎欢迎欢迎，朱总你到我们这里来投资，肯定是能赚钱的，我们这里的水是真的非常好，跟别的地方的山泉水都不一样。"

朱双福就说："水的话，不仅仅需要口感，更重要的还是要检测能够合格啊。这个水里面的矿物质或者是微生物，都要检测之后，才能够知道适不适合做成产品，做成一个成品出去销售，不达标的话，是不行的。"

李相文说："对对对，这个是肯定的，这个必须达标啊。这个我们都知道，你可以带技术员先过来检测，检测过后，如果达标，或者说检测之后，只要经过一些处理之后，这个水达标，那就可以做嘛。山泉水不都是在这种山里面搞的吗？应该问题不大的。"

朱双福就说："嗯，我过几天就直接带技术员过来测。我现在还有一个想法，我们几个朋友商量了一下，既然来你们村里投资了，你们这个是贫困村，刘部长也在这里扶贫，我跟他也是关系相当好的朋友，还是老同学。我也希望帮他出一点儿力，所以呢，不仅仅是投资这个山泉水厂，因为你们这里山清水秀的，适合搞一搞休闲旅游业，搞一搞养生产业。对于村里的人员就业来讲，山泉水厂的帮助只有一点点儿，不是很大，但是如果旅游业、康养产业做起来了，那对村里的帮助就很大了。所以呢，我希望能够在你们村里，再搞一个旅游产业，搞那些山洞的开发。”

李相文和覃祖浩对视了一眼，然后点头：“欢迎欢迎，能够来我们村里多投几个项目，那我们肯定是欢迎的。”

覃祖浩就说：“朱总，那你详细说一下，现在到我们村里搞旅游产业，是只搞山洞的开发呢，还是有别的？”

朱双福就说：“我现在希望投的一个项目呢，就是在落沙湖那一片的湖岸上，就是河道边的山上，建几个房子，搞一个白鹤山庄。然后呢，还想把河两边的山洞承包下来，做这个山洞的开发。当然，我们前期只能是有限的开发，前期开发之后呢，再拉别的大的投资商过来。”

覃祖浩继续问：“你这个是准备怎么投资呢？是直接租地，还是怎么样？”

朱双福说：“我们已经商量了两个方案，第一个是直接租地，第二个就是和村里一起开发。我们上次来的三个人，成立一个投资公司，这个投资公司，和村里合股，再成立一个旅游开发公司，由这个旅游开发公司，来开发山洞和经营白鹤山庄。”

覃祖浩点了点头说：“那如果是直接给地租的话，你们是什么价位呢？准备一年给多少？要多大的面积呢？”

朱双福就说：“如果说我们直接租地啊，那可能面积会大一点儿，然后呢，还需要修一条路啊，租金这个给得也不算高，大概一亩地一年就一百多块钱的样子。”这个租金，当然不多，但是对荒山来讲，也不低。

覃祖浩不置可否，继续问："如果是跟村里合股的话，是怎么一个合作办法呢？有没有一个详细的方案？"

朱双福就说："如果是我们双方合作的话，不用村里面出钱，但是村里面要给我们协调方方面面的关系，比如说我们要建房子的时候要办手续，我们要修路的时候，需要和村民协调一个用地，都需要村里出面摆平这个事情。我们所有的前期的投入，都是我们来出钱去搞，包括建房子，山洞的前期开发，修路的资金，我们公司来出。然后呢，我们搞这些的时候，除了这个技术工作之外，其他的一般工作，用工全部从村里面请人，只用村里的人。"

覃祖浩点了点头，说："这个还可以。那我们分别占多少股份呢？你们出多少钱呢？"

朱双福说："我们的预算，前期投入那就是一千万，超过一千万之后，如果说还没产出的话，那这个就很难搞；如果一千万之后做起来了，那就最好。这个一千万里面，不需要村里面掏钱，但是一千万之后，我们可能到外面去招商引资，引来更大的老板，这个就需要和村里面再平摊股份，还需要按比例来稀释股份了，因为要引入投资，别人肯定是要股份的。"

覃祖浩说："这个我懂，引入投资肯定是要稀释股份的，这个我明白，我自己以前也做过工厂，在广东做过工厂。"

朱双福说："这个明白就容易办了。那具体的股份呢，我们是想村里面一分钱都不用出啊，就占百分之十，我们三个人合作的这个投资公司呢，在这个项目里面，就占百分之九十的股份！"

覃祖浩摇摇头说："这个百分之十的股份，实在是太少了。"

朱双福就说："这个也不少了吧，村里面一分钱不出，白白地占百分之十的股份，还要怎么样呢？用地你只要协调，占了村民的地，租金还是由公司来出的，给村民的工资也是公司开出来的，包括采购木材直接就找村里面买啊，沙石也是到村里来买。这个前期投入的一千万，基本上都是用在村里的。这个对于村民来讲，可能村里不一定有多少收入，但是整体村民的收入都提高了，而村里还占了百分之十的股份，以后这个项目开发起来之后，那么这百分之十的股份就特别值钱了。如果能找到大的投资老板过来，直接投资几个亿，那这百分之十的股份值多少钱？覃主任你自己算一算！”

覃祖浩说：“你不能给我画这么大一个饼，你要说几个亿也好，几十个亿也好，那百分之十肯定值钱，但问题是，现在我们还一点儿都没看到呢！而且，我也知道你这个一千万不是一次性拿出一千万，对吧？只是你总的投入是一千万，但是你这个一千万可能要分好多次拿出来，可能要两年、三年之内才能拿出来，对不对？我自己做过公司，做过工厂，我知道这个。”

朱双福就点点头，说：“这个是肯定的，谁也不可能一次性就直接拿出一千万出来，我们也没这么大的实力啊。不说我们这个市里面的小老板，就算是我们市里面的首富，你让他投个项目一次性拿一千万出来，他也绝对不会投到任何城市以外的地方啊！”

覃祖浩就说：“所以啊，我觉得你这个，拿一千万出来是没问题，但是百分之十的股份还是少了。百分之十不行。我们也不要多的，就占百分之三十的股份，怎么样？”

朱双福说：“百分之三十的股份实在是太多了，你这个狮子大开口啊，你要搞一个合适的，我退一步，再加两个点，百分之十二，怎么样？”

覃祖浩说：“那我也退一步，不要百分之三十了，百分之二十五。我要占到这个部分，要不然我跟大家没办法交代啊。因为村里占了股份之后，你这个地租就没有了啊，那一片山是没有分出去的，基本上都是村里的地，不是村民的地啊！公司这些地就不用支出了，只有修路的时候，可能会占到一点儿村民的地，但是都不多，你这个便宜也占大了。不是说这一年没有交地租，而是往后那么多年，都一直不要地租啊，等于村里是用这个地来入股的，并不是一分钱没出的。所以，百分之十二，这个数字太少了，这个没办法谈。”

朱双福就说：“那百分之十五吧，这个数字也不低了，虽然你说的是往后这么多年的地，拿这个地租来入股，但是这个地租它是个虚的，如果没有人在这里来投资，那这个地租一分钱都没有。我们现在说一个最坏的情况，除了我，你们还能找到别的人来投资开发这几个山洞吗？或者你们村里自己有实力开发这个山洞吗？虽然开发这个项目，粗略地开发一下，开发一点点儿，不要很多钱，没有我们那天讲的那么大的数字，但是你们村里也承受不住啊，这个是不是事实？而且，如果项目没做起来，我们这一千万，就是硬生生地亏掉了，这个是不是事实？”

覃祖浩就笑了起来，说：“朱总你这个谈判还是很厉害啊，那我们先初步地规划一下啊，咱们还是有这个合作的意向，具体的占股比例，我们可以继续谈。今天先就不要纠结于这个问题了，你们呢，先拿出一个投资方案来，这个投资方案，我们村里面再讨论一下。至于占股比例，都是可以谈的，具体怎么谈，还是要看你们的具体的细则啊。你这个投资的具体方案，关系到每一年的分红怎么搞，以及你们的投资整个的方向，要看我们村里面认不认同啊？这个到时候再谈好不好！”

朱双福就知道，村里的占股比例还可以谈，但是百分之十五肯定是拿不下来。他心里也有点儿压力，就点了点头说：“行，那这个就继续再谈，不急于一时嘛，生意都是谈拢的，多谈几次没关系。”

之后，几个人就没有再谈关于工作的事情，中午吃了一餐饭之后，朱双福就回去了。

等朱双福走了之后，李相文就问覃祖浩：“村里面一分钱不出的话，占个百分之十五的股份，其实也可以了，刚刚你怎么就没同意？”

覃祖浩说："我不知道他为什么突然要搞这个，但是他肯定是看上我们这个地方了。在这个时候，我们不应该他说什么就是什么，还是要来来回回谈几次，才能够试探出他们的底线。当然他也才能试探出我们的底线。这样一来，对于以后合作，双方各种问题的分歧，大家谈的时候才好谈。要不然，如果一开始我们退让太多，对于以后的工作会很不利。"

刘镇洪也说："覃主任这个考虑是对的，如果我们现在马上就答应的话，今后可能他们有什么事情，都会使劲地往下压，这个价格就不好谈了。以后再为村里争取利益，就会很困难。"

李相文就说："看来你们这些做生意的人，都还是很精的，一谈到生意，就鬼精鬼精的。"

刘镇洪就说："其实原因呢，他之前跟我谈过啊，说了一下为什么要来这里投资这个山洞的原因。"

覃祖浩就问："什么原因呢？"刘镇洪就把朱双福说的那些原因介绍了一遍。

李相文就说："原来是这么一个情况。看来，王芳和覃香秀搞的这个事情，还是很有搞头啊，还是很有影响力的，虽然没看到实实在在的钱，但是这个影响力出去之后，能够吸引到这么大的投资。一千万啊，我们村里几十年都赚不到一千万！"

覃祖浩也说："看来这个网络确实很厉害啊，就拍了几个视频，然后请摄影家过来拍了几张照片，现在传播出去，就有这么大的影响力，能够给我们拉到这么大的投资。哎，这个还是要多搞，这样的活动多搞几次。刘书记、李书记，我们还是要继续啊，马上要联系那个摄影家协会，让他们再过来一次，上次他们过来之后，不是说要组织更多的人过来吗？我们这次一定要让他们多来一些人，好好地拍些照片，好好地帮我们宣传一下！"

李相文赶紧点头，说："对对对，覃主任这个提议很好，刘书记，这个事情还是要麻烦你马上联系一下，我们要尽快推出去。推得越快越好，到时候我们和朱总他们谈判，就越有底气啊，说不定到时候，还有更大的老板看上这个地方了呢？”

覃祖浩就说：“对对对，还是要赶紧联系，哪怕没有人看上这个地方，也可以给他们造成一定的压力，我们谈判的时候就更有优势。我不求把咱们的股份能够真的占到百分之二十五，甚至我不求能够占到百分之二十，从百分之十五往上再浮个一个点、两个点、三个点，都可以！当然，能够占到百分之二十就更好了。百分之二十五是不可能的，他们知道叫高了，我们自己也知道要价高，但是漫天要价，落地还钱嘛。”

刘镇洪就说：“行，我赶紧联系，尽量争取让他们多过来一些人，这次把市里面的那些什么协会都叫过来，希望下一次能搞个全省的，或者是全国各地的摄影家都过来玩一次。当然，这个不一定搞得过来。我看就我们市里面的，都能够影响很大一批人了，就有一些人可能会过来玩，市里面的人过来玩，能够在市里形成一定的影响力，那我们这个地方就能够做起来，毕竟我们全市也有两三百万人了。”

李相文点头：“我们就算只做全市的生意，那都不得了。”

几个人商量好了之后，刘镇洪就再一次联系了市摄影家协会，那边答应得也很痛快，说近期就组织一次，抽一个星期六星期天，组织一次人过来玩，大概就在元宵节前后，很大的可能，会在元宵节之后。那边答应之后，刘镇洪就把消息先给两人说了。

第二天，刘镇洪找到王芳：“王芳同志，现在呢有个事情啊，我想跟你谈一下。”

王芳就说：“刘部长，有什么事你说。”

刘镇洪说：“咱们前段时间呢，因为一直在忙莓茶的事情，所以啊，本来有一个事情我想跟你商量，但是看你太忙也太累了，就没打扰你。现在呢，这个莓茶的工作告一段落了，只要村民维护就可以了，我们也帮不上什么忙，空出来一点儿时间，我就想跟你商量个事儿，你看行不行。”

王芳说：“刘部长，你有什么事，你直接说。”

刘镇洪说：“是这样的，你看咱们村里的留守儿童啊，他们放学回家之后，也没有人讲作业，爷爷奶奶也不会做。那这方面的工作，你可不可以每天腾出那么一个小时，给孩子们讲一讲作业？不一定要整个课文讲完，就是孩子们不会做的作业，你帮他讲解一下。”

其实这个事情吧，刘镇洪去年在向部长汇报之后，在教育局那边也问过，当时是想要王芳把这个担子挑起来，可是呢，王芳那段时间确实是忙得不得了，每天晚上搞到半夜里。

刘镇洪也说不出口。现在是看到大家都轻松一点儿了，就提出这么一个要求，当然，他只是提出要求，王芳如果说忙不过来，那也不会强求。

王芳说：“每天一个小时，这个没问题呀，最近这段时间也不忙，忙的时候可能就顾不上了，但是现在不忙还是没问题的。”

刘镇洪说：“你确定没问题吗？确定时间上顾得过来吗？”

王芳说：“我确定没问题，实际上还是能顾得过来的，忙的时候就没办法，现在你放心吧，每天一个小时，还是抽得出时间的。”

刘镇洪又说：“这个你一定要想好啊，因为你不仅仅有扶贫的工作，你还要帮覃香秀拍视频。这个也很累的，听说那个剪辑的工作也不简单啊，那是个技术活，我以前听覃香秀说你总是晚上搞到半夜，身体要紧啊！”

王芳说：“没关系，我平时没工作的时候，就是没下乡之前在城里上班，我晚上也要到半夜才睡觉。”

刘镇洪就说：“那你玩到半夜，和干工作干到半夜，是不一样的。然后呢，覃香秀这边，现在工作也很重要。那个朱双福，老朱他们准备过来投资，搞那几个溶洞的开发工作，这个你也听说了的。为什么要搞这个开发？就是因为他们看到了你们的视频，看到了你们视频的影响力很大，受众面很广，很有影响力，然后也看到了那些摄影家拍的照片，看他们的这个影响力，他们才过来投资。所以呢，你们现在这个视频啊，不仅仅是覃香秀个人的一个平台，同样也是我们村里的一个平台，是给我们村的一个宣传。所以，这个工作非常重要，你一定不能放松。”

王芳笑了起来：“刘部长，你这么一说，我就压力山大了。”

刘镇洪说：“有压力才有动力嘛，不给你一点儿压力，就看不出你的能力。自从上次我们说过，让你负责全村的宣传工作之后，你看，现在村里的东西都宣传起来了，这个就是你的功劳啊！如果我们当时不给你这个压力，那现在你就出不了这个成绩。”

王芳说：“刘部长，我怎么感觉，你这个话说得有点儿好像我把自己给卖了，还要帮你数钱一样！”

刘镇洪哈哈大笑：“我可舍不得把你卖了啊，这么有能力的同志，我保护你还来不及呢！”

王芳说：“行行行，那这个事情我就答应了。从今天开始吧，或者，在星期六或者星期天抽个时间，给他们搞个一整天的课程补习，这个可能效果还更好。”

刘镇洪说：“这个我就不管了啊，任务交给你之后，你怎么完成，我对你都有信心，对你的能力有信心，对你的方法也有信心。怎么做是你的事情，不用跟我汇报了，你想要星期六星期天或者是每天都可以，你怎么方便怎么安排都没问题。”

王芳说：“行，保证完成任务！”说完这个话，王芳又说：“对了，刘部长，我有个事要给你汇报一下，就是昨天，我遇到了那个张华妹。她跟我又说了，说了和李兴财之间那个争地的问题。”

刘镇洪伸手一拍额头：“啊，这个事我忘记了，现在李兴财又出去打工去了，很难啊。这个你先别管了，先好好跟她解释一下，这个事情呢，我们是记着的，只要一有机会，我们肯定给她解决。暂时先记下来吧，没办法，现在李兴财也不在这里。”

说到这个事情，刘镇洪也有点儿自责。因为过年之前，李兴财回来的时间比较晚，到了大年三十才回来，没办法做这个事情。然后等过年，假还没放完，正月初四的时候，李兴财又出去打工了。等刘镇洪过来村里之后，发现李兴财又不在家里，实在是没办法去协调。当然，这个问题呢，还是要解决好。

时间过得飞快，刘镇洪请的水质测试员过来测试的当天，朱双福、李秀萍以及黄清三个人也一起出现在了落沙湖村。他们三个人一起，今天是来谈判的，当然，他们还带了详细的投资方案。

第54章　王芳的生意头脑

覃祖浩毕竟是在广东开过工厂，当过厂长的，在见到三个人一起来了之后，就一个劲儿地强调，村里面也有人已经请了水质检测员过来检测水质。他也没说这个检测员是村里自己请的，就是用这种说话的方式，给朱双福他们制造了一点儿小小的压力，让朱双福以为有人也想过来搞投资。果然，在听到这个话之后，朱双福他们都有了点儿压力，然后双方就开始谈判。

谈判的过程比较艰难。好在，最终还是谈下来了。最终的结果，就是村里面在新的旅游开发公司里面，占股百分之十八，用朱双福的话说，要得发不离八。这个具体的占股比例确定下来之后，剩下的就简单了。只要签了合同，然后成立公司就可以搞开发了。

朱双福他们连午饭都没吃，赶紧又回了城里去做具体的合同草案，做完合同草案之后还要发到这边来，让村里面审核一下，双方一些细节还要具体地沟通。这一些程序走完，还是要点时间的，签完合同之后，还要注册这个旅游开发公司。

这个事情一定下来，虽然还没有签合同，但是村里已经开始往外面放风，说村里有一个大项目要搞了，可能会用到工人，如果有不想去外地打工的可以先跟村里面申请，用工的时候优先。这个消息一传出来，村里有几个年轻人就选择了留下来，但是更多的年轻人还是选择了继续外出打工。因为外出打工，每个月有稳定的收入，在村里做这个工程的话，可能晴天有工程做，下雨了就没工程了。另外，他们也有人会担心，来投资的老板会不会投资到一半的时候没钱了，到时候是不是又没有工作干了？如果在村里赚不到钱之后再出去打工，要重新找一份工作，可能工资就没有之前那么高了，而且工作环境不一定有之前那么好。

种种顾虑之下，大部分的年轻人还是选择继续外出打工，不愿意留在村里冒险，希望过一种比较稳定的生活。对于这样的选择，不管是工作队还是村支两委都没有任何意见，因为这是村民们实实在在的选择，也是他们的一种生活方式，谁也无法指责。村里能做的，只是尽量提高村里给大家提供岗位的能力，把村里一步步开发起来之后，自然能够留得住年轻人，能够让更多的年轻人愿意回来建设家乡。

正月十五元宵节之后的一个周末，市摄影家协会来了五十多名摄影家，在落沙湖村那个小岛上不停地对着小白鹭拍来拍去。王芳、覃香秀、覃云亮维持着秩序，不让人群太靠近，也不让人群乱喂东西。

拍完了照片之后，有摄影家就对王芳说："其实你们可以买一些汉服，穿着汉服在这些白鹤旁边就特别好看，而且你们这里的环境，我们可以拍出一种仙境的感觉，像那些古装的仙侠玄幻电视剧一样，非常有仙气。"

王芳听到这个建议，就马上点头说："对，你这个建议很好。我们在这里跟这些动物在一起的时候，不能够穿我们平常的衣服，还是要穿汉服，我们还可以搞一点儿中国风的东西，到时候营造出一种氛围，我还想在这个岛搭一个小茅屋或者是一个茅草亭子。"

边上有人就说："对对对，茅屋都不需要，只要搭一个亭子就行。亭子就用木头搭，然后顶上全部用稻草或者茅草，这样做出来的效果就非常好了。到时候，多准备一些不同的汉服，再加上这些白鹤，那拍出来的效果，比现在的这个效果就更加好。”

听着他们一口一个白鹤，王芳现在居然一点儿都不觉得别扭了。看来，区分不清楚小白鹭和白鹤的人，真的很多啊！王芳就说：“那我马上就到网上去订，订完之后等下次东西道具都摆过来之后，你们还会不会过来拍啊？”

摄影家就笑了起来：“那肯定过来拍啊，只要有好的景，有好的图片能够出来，我们都会过来拍。到时候把这些白鹤都拍成仙鹤的感觉。”

王芳一想，这个很对，要不要在抖音上面的昵称前面，加上仙鹤两个字呢？想了想，还是算了。这东西毕竟只是小白鹭，不是真白鹤。别人误会了，那是别人的事情，但自己不能随便误导人家。

覃香秀也在一旁点头说：“这个建议很好，我们确实要买一些道具什么的，那我们做出来的东西就不一样了，可以做很多的风格。”这个时候的覃香秀已经拍了很多视频，也见了很多人，跟以前那种内向不敢出声的性格完全不一样了。这个时候的她，显得很是开朗，就跟那些小白鹭一样。那些小白鹭最近这段时间也是经常看到人来人往，现在见到边上围了这么多人也不会飞走，只是隔得比较远一点儿，相信要不了多久时间，这些小白鹭就可以在这么多人面前都直接围过来。

有一个人就说：“我在网上经常看那些人养狮子、养老虎的一些视频，他们抱着狮子抱着老虎，但是没有看到像你们这样养鸟的。你们这个也是很独特的一种养法，以后说不定可以形成一个不一样的风格，甚至你们也可以发到外网上去，让我们的中国文化走出去，把我们中国的软实力也彰显出去。”

王芳就说：“这个也是可以的，但是在外网上怎么操作，我还是不懂，这个还没有经验。我们先把内网搞定了之后，再找找好的方式，再去看外网上怎么做，现在还是先一步步走了，要不然搞太多了也顾不过来。”

这一天下来，让王芳觉得，在网上购买汉服，已经是迫在眉睫的事情了。王芳不是混汉服圈的，对于汉服的各种制式也不了解。并且，他们现在也没有多少钱去买那些贵的汉服，所以就在网上找了一些便宜的，穿上去显得仙气飘飘的就可以了，不用管那么多制式。她们的目的，不是混汉服圈，只要想普通人看着舒服，想让传统的服饰传播得更广，就行了。她们又不是玩汉服的，主要还是配合这个环境，让视频显得更加仙气，更加有中国风，只要达到这个目的就可以了。

这一次五十多位摄影家摄影完了之后，只几天时间过去，影响力就出来了。有人开始给刘镇洪打电话，询问落沙湖这里的具体位置，想要过来玩，说到这边来可不可以搞烧烤什么的。刘镇洪满口答应，随后马上跑到县城买了一些烧烤架回来预备着。另外他又紧急联系朱双福，让朱双福赶紧把协议弄好，双方签了协议之后，马上注册公司，好动工。

朱双福也知道了现在已经开始有人想去落沙湖村玩的情况。对于这个现象，他也是非常开心，赶紧把合同拟出来，然后又和村里交换了意见，稍微做了一下修改，最后双方签订了协议，接着马上就注册了落沙湖旅游开发有限公司。公司一注册好，马上就选位置建白鹤山庄。选的就是在山坡上近山顶的位置，也是按照民宿的标准，房子的外面都是准备贴上木块或者包上茅草，体现出融入周围环境的这么一种设计风格。当然，房子的建设，准备用轻钢别墅，这个建起来速度快。只要地基整好了，两个月时间就可能搞定，还包括了内部装修。

一时之间，落沙湖就从一个偏僻遥远的贫穷山村，变得开始热闹起来。当然，这个施工的位置，离小白鹭栖居的地方，还是有很远的距离的，不会影响到小白鹭的生存环境，再一个，小白鹭现在已经基本上能够适应人来人往了。

王芳和覃香秀现在已经开始穿着汉服拍摄了，但是这个汉服就仅仅是在和小白鹭在一起的时候才穿着。别的时候，她们都穿着正常的服装下地干活，或者是日常做饭之类的。

为了拍好视频，覃香秀还好好学了一下厨艺。所以，她现在炒出来的菜非常可口，也非常好看。用李相文的话说，自己是全村第一大厨，覃香秀现在是第二大厨，未来可能覃香秀的做菜水平，还会超过李相文成为全村第一大厨。

刘镇洪吃过了覃香秀做的饭，也赞不绝口："覃香秀这个饭菜做得好啊，以后，我们村里游客多了，你可以开一个饭馆，开个小酒楼，搞出特色，让别人到你这里来吃饭，你就可以赚钱了。还有这个小王啊，王芳同志，你什么时候才能学会做菜啊？你来的时候，不是说要学会做菜给我们露两手的吗？现在你跟覃香秀学了这么长时间，你们拍视频一起拍了这么长时间，她做菜的手艺，你都学会了吗？"

王芳说："我哪有时间学呀？我每天都在拍视频。再等一段时间吧，等我好好学一下。放心吧，刘部长，至少在我们这个扶贫工作队三年结束之前，我绝对要学会做菜的。到时候，一定亲自炒菜给你吃啊，不要小看我，不就是学做菜吗？哪有学不会的！"

刘镇洪就说："行，我等着啊，我就等着你好好地把这个菜做出来。"

村里用最快的速度，帮旅游开发公司拿到了五幢轻钢小别墅的建设手续。但要先把路粗略地修通一下，不然轻钢材料运不上去。落沙湖这边白鹤山庄还没开始建的时候，山泉水厂就已经动工了。经过沟通，朱双福他们同意在建山泉水厂的时候，把村里要搞的自来水的几个水井也帮忙建好，算是给村民送的一点儿福利。至于水管和水龙头这些，刘镇洪自己之前就通过部长，已经拿到了，所以饮水入户，基本上没花什么钱。

整个落沙湖村，已经开始呈现出一片欣欣向荣的景象。时间过得飞快，正月眼看着就要过完了。

在一次党员会之后，李相文就对刘镇洪说："刘书记，现在马上就要到农历二月初二龙抬头了，这个是我们这里的春耕节，所以村里每年二月初二都会搞活动，六月初六也会搞活动。"

刘镇洪点点头说："土家族六月六我知道，但是这个二月初二龙抬头，怎么又变成春耕节了？"

李相文说："别的地方没有，但我们这里二月初二就是春耕节，每年我们村里都要搞一个活动，就是舞青龙、六月初六除了舞青龙，还要吃长龙宴。"

刘镇洪点点头："详细说说。怎么舞青龙？"

李相文说："就是用竹子和棕树叶，扎一个青龙，然后抬着开始游，在村里游一圈。那今年呢，我们还要继续搞，龙架子就用以前的，只要在外面包上棕树叶就行了，很快的，一天时间就能够扎好。到时候你看，能不能请县里的领导来村里看一看？"

刘镇洪说："我打电话跟部长汇报一下。然后呢，我看这个事情还要搞个宣传，就是县里面、市里面，把摄影家协会呀、影视家协会呀、作家协会啊、文联的领导都请过来看一看，我们要搞出我们土家族的民族特色。"

覃祖浩就说："现在已经开始有人想来我们这里，有人打电话咨询了，我们通过这个活动，可以让我们村的影响力，还有知名度，更上一层楼。二月初二搞了之后，六月初六再搞一次，影响力就会越来越大。除了这个，我们自己有王芳和覃香秀，这两个在网络上搞宣传的，我们也可以把市里面别的那些网红也请过来，到我们这里来看一看。我们现在可以把张家界那些搞旅游公司的也请过来看一看嘛。"

刘镇洪就点了点头："这些人，我去邀请吧。县里面，我看看能不能申请一点儿专门的款项，算是弘扬这个民族文化方面的资金。然后呢咱们村里的旅游开发公司啊，看能不能给一点支持，这个也算是为旅游公司以后的发展做出的贡献，打的广告。”

说到就做，刘镇洪首先和落沙湖旅游开发公司商量了一下，给朱双福打了电话。

朱双福很痛快地答应：“这个没关系，公司可以拿出一部分资金来支持这个活动，把这个活动做大一点，做热闹一点。但是县里、市里领导就需要你出面去请了。”

刘镇洪说：“这个没问题。领导我去请，主要这个钱，你要保障资金到位，把各个协会的艺术家请过来，不说给人家红包，你至少要让人家有吃的、有玩的，不能够让人饿着肚子来给你做宣传。”

朱双福说：“这个你放心，公司哪怕再困难，招待客人还是没问题的。今年的二月初二、六月初六，我现在代表公司拍板了，这两个日期，今年这两个活动，公司都能赞助！你们只管放心搞！二月初二，我们就在村子里游一遍就行了，六月初六的话，我们还要专门搭一个搞民族文化宣传活动的大广场，我们落沙湖村民族文化的这么一个戏台子，选一块地出来，我们把这个地平整一下，搞出特色。”

刘镇洪说：“行，这个你们公司自己安排，自己想办法，然后呢，你自己在市里面，还有李总和黄总啊，在市里面有什么认识的领导啊，还有搞宣传厉害的这些网络人士呀，能够请过来的，都请一下嘛。搞一搞这个活动，对于网红来说，也是他们的一个宣传机会。对我们双方都有利啊，是双赢的。”

朱双福说：“这个你放心，我知道的，宣传是宣传村子，但是我们公司是最大的受益人，村子宣传出去最大的点，还是我们这个溶洞啊，还有这个白鹤啊，你放心，我知道怎么做。”

他一口一个白鹤，说得毫无心理压力。

朱双福这么一说，刘镇洪就放心多了。

时间比较紧，只有几天了，刘镇洪赶紧打电话给部长汇报了一下情况。然后请部长无论如何二月初二那一天，要留出时间，来支持村里的这个工作。部长没有责怪他电话打得太紧急，很爽快地答应了下来，并且还说帮村里去市里争取一下，看看能不能搞点儿宣传资源。有了部长这个承诺，刘镇洪就更加放心了。不管怎么说，现在落沙湖这个局面就算是盘活了，虽然可能见到效益还需要时间，但是正在一步步变好。村里的收入目前来讲没有什么明显的增加，但是至少一部分村民现在通过给开发公司做工，能够拿到工钱了，这个对他们来讲，就是一个很好的事情。

二月初二那一天，市里面文联领导过来了，县里面组织部部长还有分管民宗、文化方面的副县长，文化局的局长也过来了。张家界那边，莓茶公司老总，还有几个旅游公司的领导也过来了。另外，市里还有一些网红，带着拍摄的设备，过来拍视频搞直播，还有无人机在天空拍摄。整个一天下来，热热闹闹，算是让落沙湖村小小地火了一把。

有几个网红看到了王芳和覃香秀之后，非常高兴，说看了覃香秀的视频，觉得特别好看，想在村里面住几天，跟着覃香秀学习学习。这个倒是出乎众人的意料，没想到市里面的网红，居然还跑到村里来跟覃香秀学习。

覃香秀有些紧张，也有些自豪，证明自己的路子走对了。“大家一起交流吧，不要说学习，不要说学习。”覃香秀还是很谦虚的，“我要跟你们学习很多东西，我自己就是和王芳两个人，在村里面摸索着拍的，很多东西都不懂。”

市里面来的那个网红就说：“不管你懂不懂，但是你的粉丝比我们多，你的视频做得比我们好看啊，你的评论比我们多，你的点赞量比我们多。那你就比我们懂，就比我们做得好。所以，我们要向你们学习。这个东西不管懂不懂，你能够做出成绩，就是你的实力，你就是比我们厉害！”

王芳就说：“不能这么说，不能这么说。相互学习，相互学习。”

网红就说：“什么叫不能这么说？这个数据就是实力啊！我要是跟着你们去拍一下白鹤，可以摸白鹤吗？”

王芳就很无语，这网红也把小白鹭当成白鹤了。而且还以为白鹤是她们养的，想摸就摸呢。

覃香秀就说：“摸肯定是不能摸的，但是可以稍微近距离地观看。不能打扰它们。”

得到这个答复，网红也非常开心。

二月初二这一天的春耕节活动过后，刘镇洪就接到了更多的电话。

有些人说要过来玩，刘镇洪就实话实说了，过来玩是可以的，烧烤也可以搞，村里有专门提供烧烤的地方，但是住宿的话就只能住在农民家里，因为村里没有酒店，村里的民宿酒店正在修建，那还需要时间，如果自驾的话，不用在这里住，可以晚上回城里。对方的回答基本上都是自驾，自己有车，不能住宿也没关系，他们可以露营，自带帐篷。这个又提醒了刘镇洪，还有一批人是喜欢露营，喜欢自带帐篷的，他们不用房子，是可以直接在山上睡觉的。就跟有些钓鱼的人，喜欢通宵钓鱼一样。到了现在，刘镇洪就觉得，处处都是商机，处处都是发展的前景。只要打开局面，村里的发展就不用愁了。以前只想着把莓茶做起来，倒是没想到，通过网络就能够让这么一个没有开发的景区，让人这么喜爱，算是无心插柳柳成荫了。当然，他更希望有心栽花花盛开。

随着春暖花开，陆陆续续有一些县里和市里的人跑到村里来玩，黄清、朱双福、李秀萍三个人也在城里坐不住了，时不时地往村里跑一趟，看一下工程进度。当然，现在的工程进度，主要还是修路。这个得益于村里的大力支持，修路的地方基本上都是村里的山，只有很小的两小段是村民的山，村民的那个山，只用了一天时间，就谈好了这个补偿的协议，非常顺利。这个修路，肯定不会修水泥路，只是土路上面铺一层沙石，能够把轻钢建材运上去就行了。

目前，村里舍得出力气的人都去上工修路了，主要是挖机先挖出土路，然后细节上就是人工去修了。进度还是非常快的。

朱双福是准备在山上建几座轻钢别墅，外面就是那种木板的装饰。这个没什么难度，到夏天肯定是可以用来接待游客了。但是目前来讲，最难的问题，就是溶洞的开发了。这个真的是需要时间一点点儿打磨。

目前，朱双福他们对于溶洞的开发，大体思路就是先弄好一个洞，这个洞里面先粗略地布下灯光，至少让人家来了之后有看点就行了。不去精修洞里的景，就直接用灯光展示出洞里最原始的风貌。这样的话，投资少一些，也可以开放得早一点儿。当然，基本的安全措施，还是要做到位的。对于这个方式，刘镇洪也很无奈。他只能要求，在洞里有危险的地方，全部装上护栏，立上危险提示牌，灯光必须到位，不说搞得多漂亮，至少在有危险隐患的地方，这个灯光必须显眼，要让人看到有危险的存在。

朱双福说："这个是必须的啊，我们是想来赚钱的，不是想出事故的。如果出了事故，那对我们打击会很大。"

另外，旅游开发公司还给覃云亮开了工资，对覃云亮的工作没有别的要求，只有一条，一定要保护好那些小白鹭，不能够让任何人伤害到它们。本来还要给王芳和覃香秀也开工资的，但王芳不肯要，王芳不要，覃香秀也不肯要。现在，对于整个村子来讲，她们两个都属于无私的宣传。

在这种紧张忙碌而又充满新鲜感的工作之中，莓茶已经开始发芽了，枝干上长出了嫩芽，也分出了一些打着卷的藤蔓。刘镇洪并没有叫村民股东们去把这些藤蔓马上摘掉，而是拍了视频和照片发给了张家界那边公司的技术员，技术员看过之后说，这个太短了，要等长到十厘米左右的时候，再去掐掉它。

到5月的时候，第一波莓茶采摘开始了。随着第一批的芽采下来，地里的草也长了起来。股东们就扛着锄头，去给莓茶地除草，除完草之后还得施肥。春天的雨水很足，莓茶的长势非常喜人，掐掉了滕之后，果然那个枝干上长出的嫩芽就长得非常快。6月的时候，就可以掐第二批的藤以及第二批的嫩芽，枝干上长的嫩芽，并不是说任由它自然生长，而是同样需要掐尖。掐尖之后，才会分杈出更多的枝丫，让整个植株长得更好。这样，才会让整株莓茶，在第二年发更多的芽，可以采摘更多的茶。6月摘过之后，其实还可以再摘的，但再摘的时候，整个的叶子就比较老了，再摘下来也可以，但是就没有前面两次的茶叶那么嫩。

5月的天气渐渐转热，山上的轻钢别墅施工已经接近尾声。

覃香秀和王芳在抖音上面的粉丝，比在西瓜视频上面的粉丝更多了。她们的视频主要阵地，已经转移到了抖音上面，但是还在西瓜视频上面做直播。采摘莓茶的场面，她们也拍了很多很多视频，但是莓茶的制作过程她们没有去拍视频，因为这个制作过程都转移到张家界那边的莓茶公司去了。在抖音和西瓜视频的评论下面，有很多网友、很多粉丝说想要买一点儿莓茶，喝一下看一看是不是那个效果。本来覃香秀是想要卖莓茶的，但是王芳说现在不卖，只是在评论下面说可以搞抽奖，抽到奖品由这边赠送一包自己手工制作的莓茶。

评论之后，王芳又制定出了一个抽奖的规则，然后就对覃香秀说："我们还是要自己学会制作莓茶，就是我们到山上自己去采摘一点儿，不要多，就只要搞个十来包，能够发出这个奖品就可以了。"

覃香秀就说："为什么别人要买，你又不肯卖，还要抽奖送呢？这不是亏本了吗？"

王芳说："不是不卖，而是现在不能卖。就是今年的茶叶，我们都暂时不要卖，我们现在是打基础啊，到明年的时候就可以好好卖了。最快最快，也要今年下半年才能够卖。现在的话，我们是一个巩固粉丝的过程，在这个过程中，尽量不要卖产品，我们为了以后更大的发展，现在还是先继续培养粉丝，这个也是我通过别人的一些经验学到的一个知识点。放心吧，现在不卖，以后会卖得更多。"

覃香秀就说："行，这个都听你的。反正这方面，我也不会搞，你说怎么弄，就怎么弄。"

话是这样说，但是覃香秀心里还是很可惜，没有卖出去莓茶，感觉少了很多钱。

王芳就安慰她说："你现在如果说卖东西的话，其实卖的数量并不多，相对于整个村子的发展，整个莓茶公司的发展来讲，作用并不大。但是如果你现在不卖产品，一直在积累粉丝，你的莓茶是赠送出去的，那别人收到莓茶之后泡了茶喝，就必然会在你的下面评论里面说，你这个东西很好，然后就引起更多人的关注。到时候，我们再赠送一些出去。等到6月第二批茶出来之后，我们再赠送一部分出去，然后这个东西就会越来越好，更多的人就知道这个东西。等到明年，我们再卖。或者下半年的时候，虽然没有采摘的莓茶了，但是，张家界那边的莓茶公司，肯定还有很多货，我们帮他们卖，我们拿这个提成，这个也是可以的。目前还是先不要卖货，先做粉丝，听我的没错。"

覃香秀就说："行，我就听你的，这个我反正是真的不懂。你说怎么做就怎么做，我就完全听你的指挥。"

王芳说："你也不能完全听我的指挥啊，应该是我听你的指挥。你现在是老板，我现在是你的公司旗下签约的网红啊！"

说起这个，覃香秀就大笑了起来。现在她公司旗下的网红，就只有她加上王芳，总共两个人。王芳本来想带着别人一起搞视频的，可是村里这些人都很害羞，平时说话是没问题，但是一上镜头他们就不敢说话。包括覃香秀也一样，就算现在拍视频是没问题的，但是你让她做直播，她就紧张。每次在西瓜视频上做直播的时候，说话都结结巴巴，她也没有才艺，每次直播就只会炒菜。所以，她在直播的时候，观看的人并不多。在这一方面，王芳还跟覃香秀说过，要她学一点儿才艺。本来，王芳给覃香秀拟定的才艺是唱歌，可是覃香秀实在是学不会。后来，覃香秀干脆决定学炒菜，她觉得，虽然现在看直播炒菜的人不多，但是只要把这一行搞精通了之后，以后还是会有人看的。这是覃香秀少见的有主见的时候，王芳很惊喜她可以自己有想法有主见了。

王芳说："行吧，这个东西还是要自己喜欢才行，那你就好好做一做炒菜吧，以后争取做一个炒菜主播，这个好像现在还没看到，现在看到的都是一些吃货主播，直播的时候都是直播吃东西，你这个直播炒菜，说不定也可以打开一条路子。"

时光在不知不觉中溜走，刘镇洪心心念念的支教志愿者，一直没有到来。王芳一直每天抽出时间给孩子们辅导功课，都已经成了一种习惯。

王芳没有说累，没有向刘镇洪请假，刘镇洪也就没有再操心这个事情了。

6月的时候，第二批莓茶采摘了下来。王芳和覃香秀自己学着把莓茶制作出来。刚开始的时候，品相不好，味道还过得去，但是制作了几次之后，终于把品相做好了，味道也更好喝了。这个时候，就可以开始抽奖，给粉丝发福利了。粉丝抽到莓茶之后，泡了一喝，发了各种图片在评论里面，各种称赞，说特别好喝。这些图片和评论，又吸引了别的粉丝。有的粉丝叫王芳和覃香秀赶紧卖货，别抽奖了，赶紧把莓茶卖给他们，要不然他们就到别的地方买去了。这个时候，王芳就说目前还不准备卖货，如果大家真的需要莓茶，下半年会选一点儿货来卖，但目前没有卖货的想法。还有人问她有没有蜂蜜之类的土特产。

王芳说：“现在的蜂蜜自己家里吃都不够，没有卖的！就算要卖，也只会卖莓茶！”

下面的一群粉丝在起哄：“我从来没有见过任何一个网红只卖一样产品的，为什么只卖莓茶呢？卖衣服不行吗？”

还有人说：“你们那个仙鹤羽毛卖不卖，把那个仙鹤羽毛卖给我啊！”

王芳马上回答说：“野生动物和野生动物的皮毛，都是不能卖的，是违法的。我们要保护好野生动物，不要买卖。没有买卖，就没有伤害。”

就这样时不时地在评论区聊天，有时候，她和覃香秀会用视频的方式回复那些问她们为什么不带货的问题。她们会在视频里说，其实也想带货啊，但是怕带货之后，粉丝抛弃我们呀。像这种带着开玩笑风格的视频，也拍了不少。渐渐地，视频下方的评论画风就开始变了，至少有一半的评论，都在催着王芳和覃香秀赶紧卖货，只要她们肯卖货，立马支持一波。

看到这些评论之后，覃香秀才是真正地信服王芳了。

她对王芳说：“王芳，你果然还是很厉害，我发现有一些做直播的网红，他们一卖货，粉丝就开始骂人了。可是你看我们，现在没有卖货，粉丝们却还催着我们卖货，哎，你这个真的是很厉害了！我果然不用自己想事情，只要听你的，就什么都会搞得好好的！”

王芳就说：“就是这么样一种心理嘛，我们说了要卖货，但是又不卖，别人就觉得是开玩笑，然后多开几次玩笑，别人就会在心里产生期待了，就想着让我们去卖货。并且，我们说得跟别人不一样，别人卖货是什么都卖，但是我们一直在强调，就只卖莓茶，那这个就显得很专业。再一个，就证明我们确实是为这个村子做贡献，我们并不想卖货，但是在村里不容易啊，要脱贫致富，总是要卖货的。而别人买了我们的莓茶，也会很开心，因为他们在给予爱心呀。所以，我们这个不仅仅是卖货，我们这个是确确实实的扶贫工作，我们和普通的卖货网红是不一样的。”

覃香秀就说：“这个里面还有这么多门道啊，我听得头都大了。幸好有你，要不然我都不知道怎么做，我可能刚开始就卖东西了，可能卖出几个东西人家就抛弃我了，那些粉丝就不要我了。”

王芳就说：“那也不会。卖着卖着，其实粉丝也就习惯了，只要你的产品好，你卖得好，就一直卖，都会有人买，主要还是产品以及你的人品。你要让粉丝知道你卖的东西确实是好东西，没有骗他，如果你嘴里说得好，实际上卖出去的东西很差，那么粉丝必然会抛弃你。人家买一次不会买二次，做生意也要讲个诚信。”

覃香秀就说：“对对对，我们村里这个东西确实好啊，我们这个莓茶确实好，所以我还是有信心的，那我们什么时候开始卖呢？”

王芳就说：“不要急啊，我们到下半年的时候再开始尝试去卖。今年下半年，我们打下基础之后，明年争取让村里的这个莓茶，有一部分可以不再经过别的公司销售，而是经过我们，直接从网上销售，希望能够至少占到五分之一的销售量。然后别的人到我们这里来旅游啊，到我们这里来玩，也可以卖一部分出去，那么整个局面就打开了。”

第55章　六月六的活动

在王芳和覃香秀的评论区，出现了粉丝催着卖货的场面之后，村里经常看她们视频的人，也看到了这种情况，直接就被震撼到了。从来只听过求着别人买东西的，没想到，现在居然看到了有人在求着别人卖东西。而且还是很多人在求着。这个太颠覆村里人的想象了。

村支两委的人也看到了这个情况，还在开会的时候专门讨论过呢。李相文为此还专门问过王芳：“为什么到现在还不卖货？”王芳就把这个推迟卖货的理论说了出来。

李相文说：“看来，让你搞宣传，果然是搞对了，你看我们就想不到这么搞。我们就是目光短浅，要是让我们来搞，看到有人想要买货，我们肯定马上就卖了啊！你这个思路才是最好的，才是有长远打算的，你看……你们现在做得这么好，村里其实还可以再发展一点儿像你们这样的网红，你们能不能带一带？”

王芳就说：“确实可以再发展一些，我也希望村子里能够发展一下网红产业，就是现在，你看抖音上面，你自己刷视频的时候，也可以看到，很多老年人也在上面拍视频，也有很多人看，也很多粉丝的。其实搞这个啊，不一定要年轻人，老年人都可以的。李书记，你可以动员一下。我跟不少人说过，但是他们害羞，不敢搞，你动员一下，我和覃香秀肯定用心帮他们。”

李相文就说：“行。那我们开个党员会，老办法，党员干部带头，还是要搞！这个不是害羞就不搞了，这个是关系到村里的发展，是为村里的集体利益着想。搞，必须搞！”

王芳又说：“李书记，这个也不是说，我们党员干部一定要带头。这个东西，也不是人人都适合，第一个需要不断的坚持，第二个还需要学习，第三个还是需要自己有特色。我建议啊，年轻人和老年人都参加一下，看看谁适合，看看谁能够坚持到最后。大浪淘沙嘛，能够出几个算几个。”

李相文说：“行，那还是开个会，统一一下思想。”

说干就干，李相文和刘镇洪一合计，开了一个党员会。在会上，把这个事情一说，因为村子里很多人都在看王芳和覃香秀的视频，所以他们也看到了下面的那些评论，感觉做这个网红还是能够卖东西，还是能赚钱的，也是能够为村里做贡献的，所以，也并不抗拒这个事情。

有人就说：“确实可以学一学，还是让年轻人来吧，我们这些老家伙还是不行，晚了。”

这个时候，老党员李永定站出来说：“老家伙为什么不行啊？啊？我们老同志更要做出表率！我现在第一个报名，我要跟着香秀学习，我要给香秀当徒弟，我要做一个网红，到时候，我要到网上卖东西！”

刘镇洪就说：“这个可以。永定伯，我觉得你可以的。你这个勇气可嘉，而且你很有特色，到时候，说不定就是我们村里的一个大网红啊！你要跟王芳和覃香秀好好商量一下，看一下给你搞个什么定位，好像覃香秀还注册了一个公司，专门搞这个网红的，到时候你还可以跟她公司签约，让她给你包装一下，打广告，给你推广出去。”

有几个老同志就马上说：“永定，那我们就等着你成为大明星啊，等你起来之后，我们再跟着你干！”

李永定说：“你们自己说的啊，我先干，干了之后，你们也要跟着干。我们这些老家伙现在也不能坐在家里吃白饭啊，还是要力所能及地帮村里做事，怕什么丢脸呢？为村里做一点事情，也是为自己做事，赚了钱还是你自己的，担的名气还是帮村里做事，又有名又有利的事情，为什么不干呢？到时候我先做，做了之后你们一定要跟着来啊，我都不怕丢脸，你们怕什么啊？除了老同志之外，年轻人也要站出来！”

大家都大笑着答应：“好，你先做，你做好了之后，我们就跟着做！”

李永定是一个行动派，一散会，还没走出会场，马上找到王芳和覃香秀：“你们两个人要帮我好好地想一想，我要怎么做？”

王芳就说：“这个需要先想一个网名，你这个网名看一下怎么取啊？要不就叫莓茶爷爷，或者是落沙湖老爷爷？”

李永定说：“不要叫老爷爷，就叫老头子就行了，莓茶老头子。”

王芳就笑了起来：“那也不能这样，这样太不尊重你了。”

李永定就说：“我最近也经常刷那个抖音，也看到上面那些名字，要是取个老爷爷，别人可能还不爱听，如果取个老头子，那还更吸引人一些。我们现在想的，是要怎么样吸引到别人，吸引别人来看我的视频，来买我的东西，是不是这个道理？”

王芳就说：“对，就是这个道理。没想到您还是个资深网民，对网络还是很了解呀。”

李永定就笑了起来，说：“那我也不能跟不上时代呀，就叫莓茶老李，或者是落沙湖老李啊，这个可以吧？”

王芳就说：“对对对，这个可以，我觉得这个可以。要不这样吧，您看是不是再叫几个人？老爷爷老奶奶来几个人，形成一个组合，就更吸引人，而且也可以拍出一些故事，如果是单单你一个人的话，故事不太好拍。”

李永定就说：“行，你交给我，我这几天就跟他们好好说一说，到时候咱们好好弄一下。我去负责给你找人，全部都找老头子老太婆。”

王芳就说：“行，你把人找到之后，就从覃香秀这个公司里走，用她的公司和你们签约，然后再到平台上去推广，可以用最快的速度，把你们推广出来。”

李永定说：“这个我不管啊，你说怎么搞就怎么搞，我们听你的。这个方面你是专家啊，我们什么都不懂。”

王芳就说：“行，那到时候我来详细地制订这个推广的计划，咱们按计划走就可以了。”

随着天气的转热，到落沙湖村这边来玩的人也开始多了起来。几乎每天都有人过来，虽然人数不多，每天大概就十几个人几台车，有时候甚至只有几个人，但是这对于落沙湖来讲，是非常不错的一个现象。当然，这些人过来，主要还是去看白鹤，去拍照。他们都把小白鹭误会成了白鹤，也没人给他们科普。这个美丽的误会，估计还会延续很长时间。在看鸟的时候，好多人也想看一下两个网红妹妹。所以，王芳和覃香秀，几乎每天都要跑到落沙湖那个小岛上去，一天都要换几身汉服，实在是太热了。

开发公司弄的五个小别墅，已经开始能够住人了。时不时地，就有人在这儿住几天。开发公司觉得，王芳和覃香秀对于公司的影响太大了，等年底的时候，公司要给王芳、覃香秀和覃云亮发一笔奖金，这个奖金就是奖励他们对于落沙湖的支持和宣传。王芳和覃香秀说不用奖金。

朱双福说：“这个不能不要，按说我们是要给你们算工钱的，但是大家都是创业初期，能节约就节约了，就当是公司亏欠你们了。奖金还是要给的！钱也不多，就是那么个意思，如果说你们不要奖金，那么以后别的人又怎么会愿意做这样的事情呢？你们不要奖金，别人也不好意思要，那别人不要的话，就不愿意干事。所以，还是要形成这么一个机制，有一个奖励机制的话，以后也好办事。这些，也是为村里的发展着想！”

话说到这个份上，王芳和覃香秀就没再拒绝。开发公司这边确定了这个制度之后，李相文和覃祖浩一商量，在和村支两委开会讨论之后，决定到年底的时候，由莓茶公司也给覃香秀和王芳表彰一下，钱很少，但算是那么个意思。

第56章　发展养殖业

六月初六，落沙湖村里又搞了一次非常大的活动。

这一次，比二月二那一次场面更大，来的人更多。因为这一次宣传的时间很长，宣传力度很大，然后又搭建了一个专门用来表演的广场。并且，还在从村口到表演广场的这一段路上，摆出来一个长龙宴。就是一张桌子接一张桌子，一直接过去，接了有三百多米长。这三百多米长的桌子上，都摆了饭菜和零食。只要这一天过来的人，都可以免费吃饭。这个叫土家长龙宴，是村子里长龙宴的加强版。以前村子里的长龙宴，也就摆个十几桌，这次摆了三百多米。

这一次，不仅仅是小白鹭和山壁上的溶洞出名了，这个长龙宴也出名了。三百多米长的长桌，两边都是人在站着吃饭，这个场景航拍出来之后，形成了很大的影响力，全市都知道了。朋友圈各种刷屏，抖音上各种刷屏。落沙湖村的名气，在全市范围内，是彻底打响了。很多人都开始计划着，到落沙湖村去玩一玩。

到10月的时候，张家界那边的莓茶公司和村里的莓茶公司结算款项，入账有六十七万。

这仅仅是第一年，并且还不是自己制作莓茶卖出去，而只是采摘下来之后，把这个原茶供应给那边的莓茶公司。除掉了必要的场地上的设施、肥料钱和交税之后，实际利润有五十二万。这个数字，让村支两委都非常振奋。

村里的莓茶公司暨农业合作社召开了全体股东大会，李相文在会上宣布了这个好消息。

顿时，会场上就发出了嗡嗡的交谈声。大家都没有想到，真的能够赚到五十多万！这还只是第一年！

“相文，是不是真的？”

“不会是骗人的吧？第一年就赚了五十多万？”

李相文双手往下压，压了好几次，才把声音压下去。

他笑着说：“没有骗人！是真的赚了五十多万！我们如果按平均来算的话，总共是四十二户股东，那么每个股东今年的利润平均有一万多块钱，明年这个数字会更大。因为明年，我们的莓茶苗长高了，能够采摘的莓茶数量更多，而且明年，我们还要扩大规模。扩大规模之后，卖的东西更多。并且啊，大家现在都知道，我们除了给张家界那边的莓茶公司提供原叶，我们明年还可以通过自己制作，然后自己往外面卖。大家都看到了吧，王芳和覃香秀，她们两个拍视频，有很多的人想直接找她们买，可以卖出去很多的莓茶，这个价格，就不是我们卖原叶的那个价格了！”

顿时，众人就开始憧憬起了明年的美好生活。大家纷纷讨论，说这个事情果然是可以干啊，果然是能赚钱，我们当时还是走对了，那些一直不肯加入的，现在后悔得肠子都青了吧！还有人就说：“这个村里面一定要注意啊，明年再加入的人，那个新的股份，肯定跟我们不能相比的啊，我们这第一批的股份，肯定比他们要高的。”

李相文就说：“这个大家放心！早就说好了的。第一批担的风险大一些，第一批的人算股份的时候，肯定是不一样的，这个请大家放心，都说好了的。另外，我也感谢大家，我们今年能够赚这么多钱，其实也是大家的苦力钱。如果按照请工人的做法，那我们今年可能还要亏个二三十万。但是我们什么工作都是自己干的，没有开出去一分钱的工钱，所以，这个五十二万，说是利润，实际上还是各位的工钱！”

“不管是工钱还是利润，反正赚钱了！”

“对，反正赚钱了！”

这一次会议开了很久，并不是有很多事情要说，实在是气氛太热烈了，人们太高兴了。

会后，李永福找到刘镇洪说：“刘书记，现在村里也赚钱了，那这个，什么时候给我把新房子修一下？”

刘镇洪看着他，心里千言万语，都不知道怎么说出口。

李永福说：“你看着我干吗呀？你倒是说呀，你什么时候给我把新房子修一下？”

刘镇洪耐着性子，说：“你现在都已经成股东了，都赚大钱了，你还要我给你修新房子，你自己有钱啊！”

李永福说：“我哪有钱？我有什么钱啊？我现在这个莓茶的钱，只是公司赚到了，但是还没给我分红啊。就算是分了红，那一万多块钱能干什么？能修个房子吗？”

刘镇洪是真的不明白他这个人心里怎么想的，这么一点儿便宜都要占，而且这个不是他应该占的便宜！建房子，那是给贫困户建的，李永福这种有钱的人，根本不符合标准。更何况，他家的房子，是全村最好的房子呢。刘镇洪又一次给他讲了政策，讲了道理。李永福满肚子不乐意，离开的时候，嘴里还在嘀嘀咕咕。看着李永福远去的背影，刘镇洪叹息着摇了摇头。真是什么人都有啊！

莓茶公司赚钱了的消息，很快就在村里每一个角落都传开了，每一个人都知道了。顿时，不少人就开始找到工作队的三个人，以及村支两委的人，要求用自己的地加入这个莓茶公司，要把樟木垴上面的地，都给村里用起来，都要入股。

为了这个事情，村里又开了几次会讨论。主要讨论的就是后面这一批想要入股的人，想要跟第一批入股的占有同样的份额，想要公平，但是第一批的又不干，不同意。第一批的人说，既然要公平的话，那第一批的就应该比第二批的股份要多，同样一亩地，第一批的算三万块钱一亩，第二批的就只能算八千块一亩。双方的矛盾和分歧越来越大。好在，第一批入股的人里面，也还有很多地没有入股，所以开启第二批入股的时候，他们又可以把多余的地加进来了。这也算是可以调和矛盾的一个契机。

第一批总共是一百七十多亩地，第二批直接就是三千多亩地。比第一批多出了十几倍。经过多次讨论、多次扯皮之后，终于拿出了一个方案。这个方案就是，另外再成立一家合作社。这第二家合作社，就是第二批入股的土地一起合作。然后这个第二家合作社呢，用合作社里面的土地入股，成为莓茶公司的股东。

如此一来，莓茶公司总共就有了三个股东。这三个股东分别就是村里、第一个合作社、第二个合作社。其中，村里占的股份最少。村里现在在莓茶公司的股份只有百分之二十；第一个合作社，也就是第一批入股的，在莓茶公司的股份是百分之三十；第二个合作社，也就是第二批入股的，在莓茶公司的股份是百分之五十。本来，如果按照土地的面积来算，第二批的面积有三千多亩，第一批的只有一百七十几亩。第二批的地，比第一批的多了二十倍左右。按说，第二批的股份，也要比第一批的股份多二十倍，才是正常的。但第一批的人不同意，最终扯来扯去，第二批的地比第一批多了二十倍左右，但是股份却连一倍都不到。谈来谈去，谈成了这么一个奇葩的结果，刘镇洪也算是松了一口气。他知道，明年，还会有第三批的入股，再过几年，可能整个樟木垴山上，都是莓茶了。

在商定出来这个方案的同时，王芳和覃香秀的莓茶也开始卖了。这个时候卖的莓茶，主要还是从张家界那边莓茶公司拿的货，说拿货也不准确。其实就是她们俩在网络上直播销售，链接的订单，直接转到张家界那边公司的网店里，快递都是直接从张家界那边发出。王芳和覃香秀，赚的就是销售提成。不卖不知道，一卖吓一跳。短短一个星期，覃香秀的销售额达到了一百多万，提成百分之十，有十几万。王芳的销售额也有七十多万，提成下来也有七万多。这一下，就更加坚定了全村人投资莓茶的信心。而且，大家都嚷嚷着搞自己的莓茶制作生产线，还有更多的人心动了，加入了网红的行列，和覃香秀的公司签了合同，由覃香秀这边提供培训，做网络运营。

与此同时，还有一些村民也发现了不一样的商机。他们发现，从城里过来到村里来玩的人，很多人喜欢在这边买土鸡，买鸡蛋，甚至问有没有猪肉，有没有牛肉，包括腊肉、香肠都特别行销。那些城里人都喜欢这种在家里做出来的东西。甚至菜地里种出来的蔬菜，几块钱一斤，也有人买！很神奇。然后，有人就开始尝试着，要搞养殖。这一方面，何军就帮着大家去跑养殖方面的路子，有一户想养羊，何军就帮他联系到优质黑山羊的羊种。还有想养牛的农户，何军又给他们联系养黄牛的专家，找到了优质黄牛种苗的公司。还有养鹅和养鸭子的。

第57章　经营权争夺

这些养殖的，有散养的，也有几户家庭一起，成立养殖合作社的。这一块的工作，刘镇洪只是抓总，具体的都由何军去负责。

时间过得飞快，转眼又到了腊月间。这一次，村民们各家各户，都非常卖力地到山上去挖地，他们是早早地就砍了柑橘树，把树根清理出来，现在只要把土地整好。

然后就在腊月间，莓茶公司统一采购了莓茶苗。这个莓茶苗，还是从张家界那边的公司采购，没有打算在自家的莓茶地里去剪枝。一方面，因为剪枝会影响莓茶的生长；第二方面，也是目前的莓茶面积不够，剪出来的枝，离着三千多亩地的种植面积，差得太远了。所以，从张家界那边的大公司买苗，会更合适。苗子回来之后，就在腊月间，直接把莓茶苗栽种了下去。因为三千多亩比去年的栽种范围要大得多，时间要长得多。再一个，莓茶这个东西，别说腊月间了，就算是农历十一月栽种下去，第二年春天也能够发芽。并不一定非得在正月间栽。第一次栽，是因为时间太匆忙，放到了正月间，没办法。三千多亩莓茶苗栽种完毕之后，已经到了腊月二十了。

村里召开了一次村民大会。大会上，覃祖浩宣布要进行一次颁奖，要请副镇长郭毅来颁发。这一次颁奖，分为团队奖和个人奖。

团体奖就是给工作队和第一个农业合作社颁奖，个人奖，就是给王芳和覃香秀两个人颁奖，奖励她们两个人给了全村更多的信心，给了全村很好的宣传。这个事情，刘镇洪事先只知道会有个人奖，没想到还会有一个团体奖。更没想到，工作队会得奖。如果早知道的话，他肯定会拒绝的。给王芳和覃香秀颁发优秀个人奖，他是没意见的，但是工作队的优秀团体奖，他认为不适合。但被覃祖浩搞了一个突然袭击，他也不好在大会上拒绝了。团体奖有两千块钱奖金，个人奖也是每个人两千块钱奖金。借着这个机会，落沙湖村旅游开发公司也要颁奖，这个颁奖，就是给覃香秀、王芳、覃云亮三个人颁发的优秀宣传奖，每个人奖金一万块钱。

在会上，王芳把奖都领了，但是过后，王芳就单独找到刘镇洪说："刘部长，我这个奖金就不要了啊，这个奖金啊，我想捐给村里的那些留守儿童，但是我不知道怎么给，怎么一个方式比较合适。你跟李书记和覃主任商量一下，看看怎么给。这个事情就不要公开了啊，公开了也不好，因为覃香秀和覃云亮也领了奖金，如果说我把我的奖金都捐了，他们是捐呢还是不捐呢？"

刘镇洪就说："行，我明白，那你这个奖金，总共一万二都捐了？"

王芳点点头："都捐了。"

刘镇洪说："我和李书记，还有覃主任商量一下，看怎么给那些孩子比较合适。然后呢，我们这个团队的这个两千块钱奖金，我也是希望捐给村里，我是不知道这个事情，他们给我搞了一个突然袭击，在大会上，不领这个奖金不太好。但是领了这个奖呢，毕竟是团体奖，我是想捐出来，但还是要征求一下你和何军的意见。"

王芳说："我没意见，捐吧。"

刘镇洪就说："行，那我再征求一下何军的意见。当然，获了奖，这个还是值得庆祝的啊，我私人出钱，请你还有何军，我们三个人，回到县里去好好吃一顿。”

王芳就说：“还是我请吧，我到村里来干工作，自己还赚了外快，我现在这个外快比工资收入还高。哦，对了，这个事情我还要跟刘部长你汇报一下，就是我这个做网红合不合适？这个做副业……”

刘镇洪说：“你这个情况，我专门给部长汇报了的，部长告诉我啊，你这个是没问题的。你做的这个工作，主要目的是宣传咱们村。你个人卖东西，当网红，这个是你的业余生活，只要跟工作不冲突，不占用上班时间，那就没问题。就像是你在工作之余，写了一部书，拿了稿费，这个也是很正常的嘛。你就安心当你的网红，用心地宣传我们落沙湖村，等回到城里工作之后，再用心宣传我们县里，作为我们县里的宣传员，这个都是没问题的。不过，你的业余收入，该缴纳的税，一定要缴纳啊！”

王芳就笑了起来：“放心吧，我们的收入，平台都是要代扣代缴税款的。每一笔收入，都是缴纳了个人所得税的。回县里之后，我请客！”

刘镇洪说：“不用你请，我请吧。”

王芳就说：“你一个月就那么点儿钱，不怕请我们吃饭之后，嫂子骂你啊？”

刘镇洪就说：“骂什么骂呀，你看我现在还开着这台旧车呢，新车一直是她开，我一次都没开过来，有什么好骂的？你还想打我小报告呢，我就不给你机会打小报告！”

王芳就说：“现在想一想，刚开始到村里来的时候，毫无头绪，像无头苍蝇一样，现在取得这样的成绩，真是想都不敢想。”

刘镇洪也说：“是啊，现在取得这样的成绩吧，回过头再想，心里还是很有成就感的。村民们都成了股东，眼看着就要富裕起来了，而且每家每户，都通了自来水。以后，慢慢地，每家每户门口，都要通水泥路！”

王芳就说：“我们三年时间还没到，现在差不多算是帮村里脱贫致富了吧？”

刘镇洪说：“那还没有，我们按时间算，到明年这个时候，差不多就可以说已经脱贫致富了。到时候，旅游行情应该也还可以了，只要一天能够有几十个人过来，那村里的日子再怎么都不会难过。”

说到这里，两个人都对未来充满了憧憬，觉得未来无限美好。

刘镇洪放眼未来的时候，一场危机，正在向莓茶公司袭来。这场危机，就是因为莓茶公司的经营权争夺而起。目前来讲，村里面在莓茶公司只占百分之二十的股份，但是莓茶公司的董事长是由李相文担任的，莓茶公司的总经理，是由覃祖浩担任的。这个就让一部分村民不满意了，他们觉得莓茶公司的董事长和总经理，应该是由股东们自己选出来的人担任，而不应该再由村支两委的人来担任。另外一部分人又觉得目前的情况，还是很满意的，觉得由李相文和覃祖浩担任莓茶公司的领导，搞得还是不错的，而且，乡里乡亲的，如果没有犯什么错误的话，也不适合把他们换掉。

在这样的情况下，有人就发起了提议，说莓茶公司本来是赚了五十二万，纯利润有五十二万，为什么到现在一分钱都没有分呢？照这样搞的话，如果要扩大规模就不能分钱，那到明年，第二批加入的赚了钱之后，再扩大规模，是不是也不能分钱？到后年的时候，要是从三千亩再扩大到一万亩，那不还是不能分钱吗？如果每一年都看不到分红，只是在扩大规模，那大家入股这个公司，当这个股东有什么用呢？有什么意义呢？这么一说，很多人就附和了，就觉得确实是这么个道理。不能分红，那赚再多的钱，又有什么意义呢？毕竟，大部分的人目光还是很短浅的，只顾着眼前的利益，他们不会去想公司扩大规模之后能够赚得更多，而只会想着，今年不给我分红，那明年会不会同样不给我分红呢？如果赚钱总是不给我分红，那这个赚的钱，我又用不到，有什么意义呢？

在这个过程中，李永福和李兴旺两个人跳得最欢，随后，他们两个人又联系了很多人，就拿着这一点儿来攻击莓茶公司，来攻击李相文和覃祖浩，要让李相文和覃祖浩两个人辞职。在这时候，很多人又提出，要让全体股东继续选出新的董事长和总经理。而新的董事长和总经理人选，主要就是李永福和李兴旺。面对这样的情况，李相文和覃祖浩一合计，就找到了刘镇洪，商量应该怎么办。

刘镇洪就问："现在公司账上，还有多少钱？"

覃祖浩说："还有十几块钱还是几十块钱来着？反正不到一百块钱。我们这一次是三千多亩的新扩张的地，然后买苗子啊肥料啊这些都是钱。基本上都投入进去了，甚至这些投入进去还不够，我自己还借给公司五万多块钱，这个是我私人的钱。我现在是一分钱没有了。"

第58章　村里的人（大结局）

李相文也说："我也没钱，我现在能够拿得出来的，可能就三万块钱左右。就这个样子。五十二万……差太多了。"

刘镇洪说："我现在是看出来了，现在基本上啊，他们的要求，就是让李永福当董事长，李兴旺当总经理。大概就是这么一个要求，对吧？"

李相文恨恨地说："这个李永福，真是个搅屎棍。好好的一件事，让他这么一搅和，还不知道会搞成什么样子。我不是留恋这个董事长的位置，如果他有能力，我愿意让他当这个董事长，但是他能搞好吗？也可能他有这个能力，但是他私心太重了，到他手里一搞，这个公司可能到时候就搞成他个人的了，可能公司以后赚多少钱，都是他和李兴旺两个人分了，都搞到他们的腰包里去了，轮不到这些股东。"

覃祖浩也说："对，就是怕这个情况。我当不当这个总经理都无所谓，但是李兴旺和李永福这两个人，肯定是不行的。"

刘镇洪说："现在公司不能乱。你们两个人位置不能动！稳定是第一的，如果这个公司，现在刚刚一开始出现能够赚钱的这个苗头，马上就出现这样的乱子，那公司还能发展下去吗？到时候说不定又会跟以前搞的那个柑橘树一样，第二年就从大家一起搞有竞争力，变成了各搞各的没有竞争力，那我们这个莓茶还能够脱贫致富吗？所以，你们两个位置不能动，你们两个一定要坚持住！这是你们的责任！”

李相文说：“我们是能够坚持住，但问题是，现在很难坚持啊，他们一直要这个分红，但是这个分红，现在都扩大规模花出去了啊，分不出来了啊！”

刘镇洪说：“我也给不少村民做了工作，但是这个工作很难做通。他们一口咬定要分红，只有看到了第一批的分红，他们才有信心，才会相信第二批也同样会分红。要不然，他们就觉得第二批也不会分红。你看现在马上就要过年了，闹出这么一个事儿，真是……”

李相文说：“我们也做了工作，但是现在很难做啊。”

覃祖浩也说：“当初大家都没钱的时候，做起工作来还容易一些，共患难容易啊，现在马上要看到富贵了，这个同富贵就不容易了。利益纷争啊，每个人心思就都不一样了。”

刘镇洪说：“那党员干部带头作用呢？让党员干部带头，支持公司稳定发展呢？”

李相文说：“党员干部是没问题的，都是支持公司稳定发展的。但是对于整个村里来讲，党员干部的数量还是太少了，只占少部分。普通群众还是大部分的。然后一个，从占地的这个股份上来讲，那党员干部占的地也不多，大部分的地，还是普通群众的。所以，这个没办法，这个时候要是有五十二万把这个分红发下去，堵住他们的嘴，那也就没问题了。”

覃祖浩说：“对对对，主要还是要堵住他们的嘴。其实大家乡里乡亲的，也不会把事情做绝。只要我们能够拿出这个五十二万，发出第一批分红之后，那他们就没有借口了。没有借口之后，也不会把事情做绝，也就不会再跟着李永福和李兴旺去闹。你看李永福和李兴旺闹的时候，也是要找这个借口，他们也不能直接闹。因为大家乡里乡亲的，都还是讲个脸面，像李永福和李兴旺那样的人，是极少数。”

刘镇洪就说：“那现在的难题，就是只要有五十二万，能够发分红就没有问题，对不对？只要能够找到五十二万，那我们这个就能解决，对不对？”

李相文说：“五十万就能够解决，我私人还有三万块钱可以用一下。”

覃祖浩说：“对，只要找到五十万，就能解决。”

刘镇洪点了点头，说：“我想想办法，你们也想想办法，看能不能凑一下。”

当天晚上，刘镇洪就回到了市区，到了家里，对老婆金凤兰讲了一下这个事情，然后说：“老婆，能不能把咱们家这个存款用一下啊，你上次不是已经存了有三四十万了吗？然后再找爸妈他们借个十来万，就先拿五十万给我凑一下。”

金凤兰立马就发火了：“刘镇洪，你什么意思啊？我这辛辛苦苦地舍不得吃、舍不得穿，给孩子存钱买房子，想到省城去买房子之后，让孩子接受更好的教育。哦，你现在拿着这五十万给别人借出去，你日子是不是不想过了？”

刘镇洪说：“我不是那个意思啊，我们现在是在干工作。”

金凤兰说：“你告诉我，什么工作需要你借出去五十万，那我现在到你们县委去问啊，找你们县委书记，找你们组织部部长问一下，你们县里财政是不是穷到要找你借五十万发工资！”

刘镇洪说：“你不要激动，我不是给县里借五十万，我是给村里、给莓茶公司借。”

金凤兰就说：“我就奇了怪了，别人扶贫只是去干工作，你扶贫倒好，还要拿着五十万去扶贫啊？”

刘镇洪就叹了一口气，说：“老婆……”

金凤兰说：“你不要叫我老婆，我不是你老婆。”

刘镇洪说："你不要激动，这个是借五十万，又不是给五十万。借了之后，明年莓茶一出来，马上就可以回款，马上就还给我。我也给你说清楚了，莓茶公司的效益现在非常好，销路也没问题！"

金凤兰说："那如果不还给你呢？"

刘镇洪说："不可能不还给我，钱肯定是会给我的。现在是遇到难题了，要不然，我们整个的扶贫工作就前功尽弃了，我希望得到你的帮助，帮助我渡过这个难关。"

金凤兰气极反笑："你去帮助别人渡过难关，那谁来帮助我渡过这个难关，我明天就想去省城买房子，谁来帮助我渡过这个难关啊？我要买个学区房，孩子后年就要上小学了，我问你，现在谁来帮我渡过这个难关？"

刘镇洪说："老婆，我知道这个事情啊，是我做得不对，但是，我这个工作到了最关键的时刻，这一次没干好，那真的是前功尽弃了。这个钱明年6月就可以返还给我们啊，明年6月就出茶了，我们直接成批量卖给张家界那边公司的，可能回款慢一点，但是我们通过直播卖出去的、网络卖出去的货，回款非常快啊。只要茶叶出来，马上就能回款，销售量非常可观，可能5月就还给我们了，就几个月时间，不耽搁我们买房子。"

金凤兰说："你不要再跟我说这个事情，我不会答应的，我一分钱都不会给你！"

说完这个话，金凤兰就直接去了卧室，砰的一声把门关了。

刘镇洪窝在沙发上，双手使劲地在脸上搓着。过了一会儿，刘镇洪不停地打电话，问亲戚朋友借钱。可是听到要五十万，没有一个人答应，只有朱双福说现在手头紧张，五十万拿不出来，最多只能给他凑个十几万。然后，朱双福又说，他也听到了村里传闻，黄清和李秀琴有想法，想在莓茶公司入股，他们可以拿出一部分钱来，可以解决目前的这个难题，他们只求入股，不要求控股，不要求经营权，而且坚决支持李相文和覃祖浩。

莓茶公司现在已经够复杂的了，刘镇洪不想再引入一个资本变得更复杂，所以，他拒绝了这个要求。

朱双福就说："那行吧，那我就这么回复他们了。你把你的账号给我，我这里先给你打个十几万过去。"

刘镇洪答应了下来，但是并没有给朱双福发账号过去。因为只有十几万的话，还是杯水车薪。对于这个事情的解决，没有任何实际上的帮助。他坐在沙发上一直在思考，怎么解决这个问题，想着想着就在沙发上蜷缩着睡着了。

凌晨3点，金凤兰打开卧室的门，看了一眼睡在沙发上蜷缩着的刘镇洪，咬了咬嘴唇。

第二天一早，金凤兰叫醒了沙发上的刘镇洪，拿了一张卡给他："这里面总共有五十一万，爸妈的钱都已经借给我们了，你先拿去吧。"

刘镇洪抬头看着金凤兰："这……老婆，这……"

金凤兰黑着脸："我去上班了，今天你送孩子。"

随后，她一句话都不和刘镇洪多说，直接就洗脸刷牙，提着包，出门上班去了。虽然金凤兰没有给刘镇洪好脸色看，但是刘镇洪知道，这是金凤兰对他最大的支持。他张了张嘴，然后双手捧着脸，眼泪从指缝里流了出来。早上把孩子送到幼儿园之后，刘镇洪给覃祖浩打了电话，让覃祖浩把公司的账号和户名发给他。之后，覃祖浩跑到银行，从卡上往公司账号上转五十万过去，备注为借款。

……

公司第一批的分红，在过年之前终于发了下去，一场风波消弭于无形。

李相文和覃祖浩把刘镇洪私人借钱给公司这个事情说了一下，顿时，刘镇洪在村里的威望到了无与伦比的程度。

第二年，村里的工作，只要刘镇洪说的，村民们都热烈支持。几个工作全部都上了正轨，到5月第一季茶制作出来之后，大部分的原叶还是给了张家界那边的公司。村民这边自行制作一部分莓茶，基本上都是通过村里的网红们向外地卖了出去。全村的人们，脸上都洋溢着幸福的微笑。

三年扶贫工作还没结束，但刘镇洪知道，全村的村民都知道，落沙湖村，不贫困了，落沙湖村，变富裕了。以前走在外面，说自己是落沙湖的人，感觉很丢人，声音很小；现在走在外面，说自己是落沙湖的人，感觉很自豪，声音很大。

刘镇洪的五十万借款，在5月的时候，从莓茶公司回到了他私人的账上。

在一个阳光灿烂的早晨，刘镇洪看到张华妹，想到她那块争执的地，心里很是自责，主动说："张婶，你那个地，我今年一定给你们调解好！"

张华妹笑着说："不用了不用了，都是我记错了，那一条边界，都是李兴旺家里的。刘书记，谢谢你们啊，现在我儿子也从外面回来了，跟着王芳和香秀搞网络，他上个月赚了三万块钱！你下次回城的时候，我给你捉个鸭子啊，我家里自己喂的！"

刘镇洪呵呵笑着："不用了不用了，你们自己吃。我现在在村里天天吃得很好，都长胖了！待在村里啊，我现在是一点儿都不想回城里去啊！"

张华妹说："那就不要回城里去了。"

"那不行，我老婆孩子都还在城里呢。"

"把老婆孩子都接过来！"

"接过来没地方住！"

"全村不管哪一家哪一户，你想住就住，你现在就是我们村的人了，全村都是你的家，你老婆孩子，也是村里的人，随时来随时住！”

“对呀，我现在就是村里的人了！”

刘镇洪说着说着，就大笑了起来，心里想着，以后谁要是问我是哪里人，我就大声告诉他：我是落沙湖的人！

（全书完）